U0693555

在太行山上

刘伯承　等◎著
葛　宁◎编

图书在版编目（CIP）数据

在太行山上 / 刘伯承等著；葛宁编．-- 北京：中国文史出版社，2024. 12. --（来时的路：亲历者讲述红色故事 / 朱冬生主编）．-- ISBN 978 -7 -5205 -4912 -7

Ⅰ．I251

中国国家版本馆 CIP 数据核字第 202489C8K2 号

责任编辑：金　硕　胡福星

出版发行：**中国文史出版社**

社　　址：北京市海淀区西八里庄路 69 号　　邮编：100142

电　　话：010 -81136606/6602/6603/6642（发行部）

传　　真：010 -81136655

印　　装：廊坊市海涛印刷有限公司

经　　销：全国新华书店

开　　本：700mm ×1000mm　1/16

印　　张：18. 25

字　　数：174 千字

版　　次：2025 年 1 月北京第 1 版

印　　次：2025 年 1 月第 1 次印刷

定　　价：79. 00 元

丛书编委会

出版说明

选题缘起

一是贯彻落实习近平总书记提出的“要讲好党的故事、革命的故事、根据地的故事、英雄和烈士的故事，加强革命传统教育、爱国主义教育、青少年思想道德教育，把红色基因传承好，确保红色江山永不变色”重要指示精神，深入挖掘红色资源，丰富精神宝库。“采取青少年喜闻乐见、易于接受的形式”，讲好“四个故事”、加强“三个教育”，以高度的历史自觉培育有理想、有本领、有担当的时代新人。抚今追昔、鉴往知来，不忘初心、牢记使命，始终牢记“我们走得再远都不能忘记来时的路”，让信仰之火熊熊不息。

二是引导人们树立正确的历史观。中国共产党百年非凡奋斗历程为我们留下了丰厚的精神遗产，随着时间的推移，现阶段人们尤其是年青一代对当年那一段血与火的历史已渐感陌生；网络时代媒体传播的多元化，极大丰富了人们的信息资源，但在一定程度上也干扰了人们对历史的正确认知，特别是关于党史和军史，存在不准确甚至不正确的史料传播。本丛书旨在通过收集和整理史料，让历史说话，用史实发言，为人们树立正确历史观提供翔实资料。

三是文史资料再开发的尝试。现存的权威军史资料大都时日已长，为防止宝贵的红色资源湮没在历史尘埃中，迫切需要对其进行深度挖掘、梳理整合，以“亲历、亲见、亲闻”的“三亲”史料的形式，让红色资源以新的体系、新的样态呈现在世人面前，更好地发挥教育功能。

编选原则

一是坚持正确的政治立场。牢牢坚持党性原则，牢牢坚持马克思主义新闻观，牢牢坚持正确舆论导向，牢牢坚持正面宣传为主。

二是主题鲜明。丛书反映了中国共产党团结带领中国人民，以“为有牺牲多壮志，敢教日月换新天”的大无畏气概，书写了中华民族几千年历史上最恢宏的史诗；展现了坚持真理、坚守理想，践行初心、担当使命，不怕牺牲、英勇斗争，对党忠诚、不负人民的伟大建党精神。

三是史料权威。丛书内容来源于《中国人民解放军历史资料丛书》《中国抗日战争军事史料丛书》《中国工农红军长征史料丛书》所收录的文章及老一辈革命家的回忆录等。涉及党内路线斗争的题材概不收入；涉及犯有重大错误的人员的情况只做客观描述，不做评述；理论性较强，不便于一般读者理解的文章慎重选录。

四是注重“三亲”性。所选文章紧扣“亲历、亲见、亲闻”的特点，内容感人至深、思想丰富深刻、语言通俗易懂，为加强红色资源的故事化提供生动范例，做到知识灌输与情感培养并举。

卷册专题划分

一是在纵向上按照中国革命的历史进程，讲述了土地革命战争时期、抗日战争时期、解放战争时期及新中国成立初期的党史和军史故事。

二是在横向上各个历史时期再按区域或按部队序列进行分述。如土地革命战争时期的各地武装起义，按照当年武装起义比较集中的地区，如湘赣、湘鄂西、鄂豫皖、苏浙闽沪、陕甘等分别编辑成册。抗日战争时期，按照八路军第一一五师、第一二〇师、第一二九师、新四军、华南抗日游击队、东北抗日联军等分别编辑成册。解放战争时期，按照第一、第二、第三、第四野战军和华北军区部队，以及剿匪斗争、策动国民党军起义投诚等分别编辑成册。后勤工作、军队院校等特殊领域，单独成册。

囿于文史资料的自身特点，作者个人身份立场、视野角度不同，一些人撰稿时年事已高、事隔经年，记忆恐有偏差，细节难求完全准确，有意偏重或弱化亦难避免。对此，我们力求维持原貌，体现多说并存，只对一些显而易见的讹误进行了谨慎订正。诚然如此，由于我们能力水平和主客观条件的限制，难免有疏漏之处，恳请广大读者批评指正！

编　者

2024 年 6 月

本书提要

1937年8月，中国工农红军第四方面军第四、第三十一军，陕北红军第二十九、第三十军和独立第一团至第四团以及第十五军团的骑兵团等合编组成国民革命军第八路军第一二九师（以下简称“第一二九师”）。1937年9月，第一二九师在刘伯承、邓小平等师首长率领下，临危受命，东渡黄河，挺进太行，运筹涉县赤岸村，浴血千里太行山，打响了抗日战争中长生口、神头岭、响堂铺等著名战斗和战役。在战役上配合友军作战的同时，还以一部分兵力进行发动群众和组织群众武装的工作。遵照中共中央创建以太行山为依托的抗日根据地的指示，在中共中央北方局和第十八集团军总部直接领导下，第一二九师大刀阔斧地展开了开创根据地的工作。本书收录的文章主要围绕第一二九师在全面抗战期间，转战晋、冀、鲁、豫等地域，紧紧依靠群众、发动群众，建立抗日民主政权，组织抗日自卫武装，精兵简政、减租减息，创建晋冀鲁豫抗日根据地展开，集中反映了第一二九师官兵艰苦卓绝的战斗历程、骁勇善战的战斗意志和大无畏的革命乐观主义精神。

目录

刘伯承	在太行山上	1
徐向前	反“九路围攻”	14
陈锡联	夜袭阳明堡	21
刘志坚	七亘村大捷	29
秦基伟	把队伍拉上太行山	37
陈再道	东进冀南	44
李聚奎　黄振棠	两战长生口	54
周希汉	扬威神头岭	59
徐深吉　吴富善	响堂铺伏击战	69
李聚奎	“青年抗日义勇军团”的新生	75
李德生	响堂铺战斗的尖刀连	82
王振祥	红色铁骑下太行	89
宋任穷	冀南平原造“人山”	102
周希汉　袁学凯　王恩田	香城固诱伏战	107

皮定均　　　　　　邯长大道上的日日夜夜 ………… 114
程子华　宋任穷　　三打石友三 ………………………… 123
周希汉　陈正湘
徐深吉　　　　　　利剑斩蛇 ………………………… 131
郑国仲　　　　　　南关战斗 ………………………… 139
李德生　　　　　　南关破袭战 ……………………… 146
李　达　　　　　　百团大战中的一二九师 ………… 153
王耀南　　　　　　关家垴围歼战 …………………… 164
何正文　　　　　　邢沙永战役 ……………………… 171
郑国仲　王亚朴　　苏亭伏击战 ……………………… 181
刘志坚　　　　　　重伤被俘脱险记 ………………… 188
李懋之　　　　　　沁源围困战 ……………………… 200
徐深吉　　　　　　林南大捷 ………………………… 216
林克夫　　　　　　“皇军观战团”的覆灭 ………… 224
郭林祥　　　　　　飞驰豫西 ………………………… 231
潘　焱　李　觉　　突袭清丰城 ……………………… 238
曾思玉　段君毅　　攻克南乐 ………………………… 246
王新亭　　　　　　困走沁源敌 ……………………… 255
曾思玉　　　　　　光复东平 ………………………… 259
秦基伟　　　　　　连克四城 ………………………… 267
高厚良　　　　　　古城邯郸的新生 ………………… 273

在太行山上*

刘伯承

太行山位于晋冀豫三省边界，高山连绵，地势险要，西有吕梁山，北有五台山，南临黄河，东接冀鲁平原，是华北的战略要地之一。太行山，不仅在抗战初期是我们据以开辟冀南和冀鲁豫地区的支点，在抗战中期，还支援了平原地区的斗争，在形势极为困难的情况下，冀南、冀鲁豫地区的许多干部和一部分部队则调到太行山区来休整、训练，成为支持整个山地、平原游击战争的基地。

1937 年 9 月底，八路军一二九师继一一五师、一二〇师之后出师抗日，到达了山西前线。10 月 19 日，夜袭阳明堡敌飞机场，烧毁敌机 20 余架，继而在正太路南侧，协同一一五师的部队，连续在马山村、七亘村、黄崖底、广阳等地给了正向太原疾进的敌人以沉重打击，前后歼敌 2000 余人。

---

* 本文原标题为《我们在太行山上》，收录时做了适当修改。

1937年底，一二九师根据毛主席创建以太行山为依托的晋冀豫抗日根据地的指示，在中共中央北方局和八路军总部直接领导下，立即大刀阔斧地展开了开创根据地的工作。一面命令各团以营或连为单位，进到平汉路、正太路沿线，发动群众，开展游击战争，打击继续南犯的敌人；一面抽调大批干部和一些连队，组织了许多工作团和游击支队，分散到太行山区的各地发动群众。这时，地下党的同志运用统一战线政策组成的山西牺牲救国同盟会、山西青年抗敌决死队等进步的群众组织和抗日武装，也在晋东南地区积极地开展工作。冀西地区成立了冀西游击队。这几支力量结合起来，展开了轰轰烈烈的创建抗日根据地的斗争。晋东南和冀西的几百万人民起来了，工会、农会、青救会、妇救会和抗日自卫队到处组织起来了，新的抗日民主政权建立起来了。工人、农民和青年知识分子争先恐后地参加抗日武装，每一个城镇和乡村都出现了“母亲叫儿打东洋，妻子送郎上战场”的感人事迹。游击队在各地如雨后春笋般地生长起来，太行和太岳两块抗日根据地开始创建起来了。

1938年2月，日寇集中了3万余人，向晋南发动进攻。国民党军队仍然是望风披靡，不战而溃。至3月上旬，日寇便又侵占了临汾、长治、风陵渡等数十座城镇，控制了邯郸经长治到临汾的大道和同蒲路南段，并继续向晋西南黄河各渡口侵犯。为了打击侵入晋东南的敌人，钳制日寇的进攻，我们将分散活动的部队适当集中，寻机歼敌。2月22日，在正太路东段，包围旧关村，设伏长生口，消灭了由井陉出援旧关之敌一个加强中队。随即转师南下，寻歼占领邯郸、长治大道之敌。3 月 16 日，袭击黎城，设伏神头，迅速、干脆地歼灭了由潞城出援之敌 1500 余人。半个月后，又在黎城、涉县间的响堂铺地区布下伏兵，将由黎城东开的敌汽车 180 辆全部烧毁，全部歼灭其掩护部队。

太行山上的抗日运动风起云涌，我们的主力又三战三捷，歼敌数千。敌人感到这块抗日根据地对他们的威胁太大，于是在 4 月初，集中了 3 万多人，实施九路围攻，企图合击歼灭我军。但是我军在广大人民的支援下，机动灵活地转出了敌人的合击圈，并且于 4 月 16 日，在武乡长乐村地区抓住了敌人的一路，以极为勇猛的动作，将敌人压在狭窄的河谷里，截为数段，然后经过一整天的激战，歼敌 1500 余人。这一战，给了敌人九路中的主力一〇八师团以严重打击，其他各路敌人即纷纷回窜。我军和友军乘胜追击，连克长治、沁县等 18 座县城，将敌人赶出晋东南。

我们根据毛主席抓住大好时机，以太行山为支点迅速分兵，由山地向平原发展的指示，乃留一部分兵力继续在晋东南和冀西发展游击战争，建设根据地，而以一二九师的主力和一一五师的六八九团，向冀南进发。

冀南的我党组织，在抗战开始后，立即发动群众，组织抗日武装。一二九师也曾在 1937 年底、1938 年初，先后派挺进支队、东进纵队、骑兵团等挺进冀南，结合地方党所组织的抗日武装，展开创建抗日根据地的工作。5 月初，一二九师的主力和一一五师的六八九团到达冀南后，首战威县，打跑了盘踞该县的日军，接着乘胜分兵向漳河南北和卫河两岸发展。至 9 月底，消灭了伪军 1 万多人，解放了临清、高唐、临漳、滑县等 20 余县。同时收纳和整编了大小数十股游杂武装和 20 余县的民团、保安队，加强教育，进行改造，逐渐提高其政治素质。1939 年 1 月，日寇集中 3 万余人，对冀南进行大规模的“扫荡”；我军依靠广大群众，积极展开斗争，粉碎了敌人的“扫荡”。2 月 10 日，在威县香城固全歼日军 1 个加强中队，击毙敌大队长以下 200 余人。

位于河北、山东、河南三省接合部的冀鲁豫地区的党组织，在抗战开始后，也积极发动群众，组织抗日武装，并团结了一部分愿意抗日进步的国民党人员，如山东第六区专员范筑先等与我合作，创建了鲁西北、泰西、湖西、冀南、鲁西南等抗日根据地。

1940 年初，日寇实施“囚笼”政策，以铁路为柱、公路为链、碉堡为锁，企图分割和封锁各抗日根据地。我们结合广大人民群众，对敌展开了全面的交通斗争。1940 年秋，在以正太战役、榆（社）辽（县）战役为中心的大破击中，我们参加战役的部队，作战极为英勇，共毙伤日伪军 5000 余人。

从 1937 年冬到 1940 年，以太行山为中心的太行、太岳、冀南、冀鲁豫几块抗日根据地都迅速地创建和发展起来。东至津浦路，西到同蒲路，北至沧石路、正太路，南至黄河、陇海路的广大地区，成为敌后重要的抗战基地之一。

创建晋冀鲁豫抗日根据地，不仅和日寇进行了激烈的斗争，并且和国民党反动派做了激烈的斗争。我们始终是处在日寇和国民党反动派夹击之下，既要前门打虎，又要后门拒狼。

这种形势在 1938 年冬日寇占领武汉以后，更为严峻。这时，日寇对国民党采取了政治诱降为主、军事打击为辅的政策，逐渐转移其主要军事力量对付敌后我军。国民党则采取了消极抗战、积极反共的政策，对敌后抗日根据地军民加紧摩擦，为投降妥协做准备。在晋冀鲁豫抗日根据地周围，日寇逐渐增加兵力，从 1938 年 11 月到 1940 年底，对我冀南、冀鲁豫根据地进行了多次的“扫荡”，企图首先摧毁这两块平原根据地，然后摧毁太行、太岳山区根据地。国民党反动派也以冀南、冀鲁豫为重点，加紧摩擦。首先派鹿钟麟为河北省主席，到冀南进行反共活动。接着又将石友三部由鲁南调到冀南和冀鲁边，增加反共力量。他们提出“撤换县长，驱逐八路”的口号，要取消冀南行政主任公署，并且委派县长、区长，同抗日民主政权对立。他们到处勾结劣绅土豪、地痞流氓，横征暴敛、欺压人民，一再杀害共产党员和抗日群众。我们遵循着党中央、毛主席的指示，一方面耐心地争取他们团结抗战，多次和鹿钟麟会谈，晓以团结抗战的大义；另一方面也展开了反对国民党反动派设立第二政权的斗争，并做了应有的自卫准备，以便在忍无可忍时，给进犯者以必要的反击。1938 年 8 月，我们对肆意摩擦，悍然向我进犯的反共专家张荫梧部做了“礼尚往来”的回击，坚持了抗日民主阵地。

1939 年下半年，国民党反动派在日寇诱降、英美劝降的形势下，加强了反共活动。11 月，国民党调整了他们在晋冀鲁豫地区的力量，安排了互相配合着的三路反共大军：一路是以其在太行山南部和中条山区的军队，配合阎锡山反对山西新军的活动，从南面、西面压迫我军，企图消灭太行山南部与晋南的山西新军和八路军；一路是以九十七军军长朱怀冰所部进到太行山北部，配合鹿钟麟等，企图控制冀西地区，割断我太行和冀南的联系，尔后进取冀南；一路是以石友三部的两个军和冀察游击总指挥孙良诚等部，从东面向冀南、冀鲁豫我军进攻。

12 月初，阎锡山发动了进攻山西新军的十二月事变，开始了国民党第一次反共高潮。12 月中、下旬，阎锡山的爪牙孙楚指挥其所属部队，在晋东南摧毁了沁水、阳城等七个县的抗日民主政权，共产党员和进步人士被屠杀和逮捕者达 2000 人左右，决死三纵队被反动军官拉走了 4000 多人。同时，蒋介石下令逼迫我军撤至白晋路以东、邯长路以北，朱怀冰部已进入冀西，抢占要点，并指示早已暗通日寇的侯如墉部向我进攻；石友三部在冀南、冀鲁豫也大肆进行反共活动。我军被迫进行自卫反击。

在晋东南，我们一方面严正地拒绝了蒋介石逼我退出太行山南部和太岳区的命令，以一部分主力部队进入太岳，加强了该区的斗争力量，以另一部分主力部队坚持太行山南段的斗争；另一方面，根据阎锡山欲利用蒋介石的力量恢复其对晋东南的统治、蒋介石欲乘机将阎锡山势力排挤出晋东南的矛盾，以及孙楚攻我最为积极，蒋系各军怕损失实力，不甚积极的情况，采取了集中打击孙楚，麻痹太南蒋军、巩固太岳、逐步恢复太南的方针，先后重创了孙楚所率的独八旅及阎锡山的新编第二师、暂编第二旅。当蒋系的二十七军向我太岳区进攻时，我一面派人与之谈判，晓以曲直利害；一面给以适当惩戒，制止其进攻。

在冀西，我继续向鹿钟麟、朱怀冰等说明我团结抗战的主张，进行争取，同时集中了一定的部队，对附敌有据，罪恶昭彰，人民蓄恨已久的侯如墉、乔明礼等部，实施进攻，将其 8000 余人大部消灭。在此情况下，朱怀冰处境孤悬，心虚胆怯，乃于 1940 年 2 月初率部与鹿钟麟一起南撤至武安、涉县、磁县，继续进行其反共摩擦、破坏抗战的活动。

在朱怀冰部南撤后，我一面对其保持戒备，仍望其能改变反共反人民的态度，转而抗日；一面集中冀南、冀鲁豫及冀中、冀鲁边南来的部分部队共 25 个团，给附敌反共的石友三部以坚决打击，毙伤其 3000 余人。石友三率余部渡过漳河，逃向清丰。

这样，太岳区和太行山以南地区的局面稳定下来了，我取得了粉碎国民党反共高潮的第一个回合的胜利。但是，蒋介石并不甘心，他命令朱怀冰、鹿钟麟部在磁县、武安、涉县、林县地区，与退至漳河以南的石友三等部连成一片，并急调四十一军、七十一军向太南开进，企图向我举行新的大规模的进攻。为了粉碎蒋介石的这一阴谋，我乃乘四十一军、七十一军尚未到达之际，于3月初在平汉路以东、以西，分别进行了反击石友三部、朱怀冰部的战役。经过四天战斗，将石友三部击溃，余部逃往陇海路边，将朱怀冰部大部歼灭，我控制了邯长路以南、临淇以北的地区。

蒋介石在其前锋反共爪牙遭我连续反击后，企图增调兵力，布置新的进攻。这时，党中央、毛主席仍本着尽可能争取蒋介石集团继续抗战的方针，命令我们适可而止，结束反击作战，和国民党第一战区进行谈判。在谈判中我既坚决地揭露其反共阴谋，又做了必要的让步，最后议定了以临屯公路及长治、平顺、磁县之线为界，该线以南为国民党军队驻区，以北为我军驻区。我们并立即将进至上述界线以南的部队撤回线北。

以后，晋冀鲁豫边区军民，对国民党反动派的挑衅和进攻，继续进行了不断的斗争。如国民党反动派发动第二次反共高潮后，冀鲁豫区军民对孙良诚部的斗争，1942年太岳区的军民对阎锡山部侵占我太岳区南部的反击，国民党反动派发动第三次反共高潮后，我军对大举侵入冀鲁豫区的李仙洲部的斗争，等等。在这些斗争中，我们都赢得了胜利。

1941 年以后，日寇更加紧了对敌后抗日根据地的进攻。在华北，连续实施了五次“治安强化运动”，对其占领区实行“清乡”，对我边沿区实行“蚕食”，对我根据地实行“扫荡”，并使三者结合起来，反复进行。在平汉路西侧，敌人大力地进行“蚕食”，构筑了三道封锁线，企图割断我太行与冀南、冀鲁豫的联系。在冀南、冀鲁豫平原，敌人实施了多次的全面进攻，以纵横交叉的公路和碉堡，将我根据地分割成为王字形、田字形、米字形的许多小块，造成“格子网”的形状。1942 年，敌在冀南增筑的公路和封锁沟、封锁墙就达 480 多条，全长 5000 余公里，平均 4 平方公里就有 1 个据点。在太行、太岳山区，敌人以“蚕食”和“扫荡”相结合，以“蚕食”占领的点线作为“扫荡”的依托，又在反复的“扫荡”中继续加速“蚕食”。其“扫荡”的方法经常变换，从“分散配置”“灵活进剿”“牛刀子战术”到“铁壁合围”“反转电击”“抉剔扫荡”等等。而每次“扫荡”又必实行杀光、抢光、烧光的“三光”政策，企图歼灭我军，摧毁根据地军民的生存条件。国民党反动派则大肆宣传“曲线救国”，敌后的国民党游杂部队大批投敌，公开充当日寇进攻抗日根据地的爪牙，就是尚未公开投敌的，也暗中与日寇勾结，互相配合，共同反共。加之 1942 年、1943 年连年灾荒，根据地的斗争越来越艰苦、困难了。

1942 年，晋冀鲁豫全区展开了大规模的减租减息运动。大批的干部，深入农村发动群众，领导广大农民开展减租减息的斗争，并且教育农民把改善生活的斗争和抗日斗争结合起来。这样，广大的农民进一步发动起来了，农村的面貌发生了新的变化，人民武装和人民政权也跟着迅速地加强了。边区军民，在增产节约、自给自足的号召下展开了大规模的生产运动。这时，财政经济工作也已初具规模，统一了税收和金融币制，冀南银行发行的钞票通用晋冀鲁豫全区。这就大大加强了对敌斗争，保证了军需民用。1941 年 7 月 7 日，晋冀鲁豫边区人民的代表机关——边区临时参议会开幕，选举了边区政府委员，成立了边区政府，晋冀鲁豫边区的各项工作更进一步展开了。

在深入发动群众、加强人民武装和人民政权、开展大生产运动的同时，根据地的军队和党政机关一样，坚决地实行了“精兵简政”政策，大力紧缩机关，充实连队，一方面加强了地方武装的建设，另一方面又保持了骨干力量。在根据地的各项工作中，都加强了党的一元化领导，统一了对敌斗争的各项政策。在根据地和边沿区组织了正规军、游击队、民兵、自卫队相结合的游击集团，向敌占区“格子网”内派出非常精干的小部队和武装工作队。各区都抽调了大批干部，进入党校或组成干部整风队，进行整风，收到了巨大的效果。

在反“扫荡”中，我们一部分地方武装和民兵坚持腹地斗争，广泛开展游击战争，打击敌人的“清剿”部队，主力则转至外线，配合边沿区的游击集团和敌占区的武工队、小部队，积极破坏敌人的交通线，捣毁其补给点。敌人的“扫荡”虽然来势汹汹，但进入我根据地后，立即遭到了沉重的打击。敌人出发了，我们遍布各地的情报站、瞭望哨就以各种方法传递消息，使广大军民随时都知道敌人的动向。敌人所到之处，不仅遇到彻底的空室清野，并且到处触发地雷，遭受袭击。部队和民兵，时而分散，时而集合，用各种武器袭击敌人，而敌人却到处找不到他们，真是“四面楚歌传来，一拳打去是风”。敌人的交通线和后方的据点、碉堡，又不时这一处那一处，为我转出外线的部队破坏、袭击、夺取，敌人到处损兵折将，顾了这里，顾不了那里，最后不得不狼狈退出我根据地。

在敌占区“格子网”内，武工队、小部队积极地发动群众，和群众一起对敌进行了极为有力而又巧妙的斗争，创造了许多有效的斗争方法。敌人在据点附近，甚至在碉堡内也会突然遭到打击，被打死或被活捉。在这种情况下，许多伪军、伪人员不敢再做坏事，并逐渐向我靠拢，与我建立了联系。我们逐渐地在敌占区内创立了许多小块的隐蔽的游击根据地。

在对敌斗争中，山地和平原互相支援。在冀南、冀鲁豫平原坚持斗争的军民，灵活地进行着各种斗争，经常挖沟、破路，破坏敌人的交通，并且吸取了冀中军民地道斗争的经验，挖了许多既便于隐蔽又便于出击作战的地道。许多地方的地道，不仅是户户相通，而且是村村相连。除地道外，还在村内堵起了原有的街口、大门，另辟通道出入，做好射击设备，与地道结合，把整个村落变成了打击敌人的阵地。在太行、太岳山区，粉碎了敌人多次极为残酷的“扫荡”。这样，山区和平原互相配合，充分地发动群众，军民团结一致，就形成了不可战胜的雄伟力量。我们就是依靠着这个力量，坚持了艰苦、复杂的斗争。

1943 年，晋冀鲁豫抗日根据地进入了恢复和再发展的新阶段。在这个新的阶段中，我们继续粉碎了敌人的多次“扫荡”，并且对一切可能夺取的敌占城镇和据点，展开了进攻。

对深入我根据地内突出、孤立的敌伪军据点，采取了以围困为主的方法夺取之。如围困沁源就是一个典型的范例。在这次围困战中，我们以少数部队配合当地民兵和广大群众，以广泛的游击战争袭扰敌人的据点，打击敌人的运输，从 1943 年初到 1945 年 4 月，前后杀伤了敌伪军 4000 余人，最后收复了沁源县城。对盘踞在根据地周围的敌伪军据点，在可能夺取的条件下，就集中一定的兵力，以偷袭、强攻、里应外合等各种手段夺取之。1943 年至 1944 年，太行、太岳、冀南、冀鲁豫都曾组织了几次较大的战役。如 1943 年七八月间连续进行了卫南战役和林南战役，共歼灭了敌伪军 1.2 万余人，收复了卫河以南和林县以南的广大地区。

1944 年 3 月日寇大举进攻河南，国民党 40 万军队溃退，豫西沦入敌手。我们又遵照党中央的指示，前后派遣了几支部队，开创了豫西抗日根据地，扩大了豫东抗日根据地。以后，在晋冀鲁豫抗日根据地周围，又举行了多次的战役，猛烈地扩大了解放区，缩小了敌占区。1945 年 8 月 8 日苏联对日宣战，出兵我国东北以后，晋冀鲁豫全区军民坚决地遵循着党的第七次代表大会的指示，勇猛地向敌人展开大反攻，在一个短时期内即歼灭敌伪军 5 万余人，收复了县城 59 座，和全国兄弟战略区相互配合，获得了抗日战争的胜利。

在抗日战争中，晋冀鲁豫抗日根据地所获得的胜利，是党的胜利，毛泽东思想的胜利，人民的胜利。

反“九路围攻”*

徐向前

从1937年底至1938年4月，山西境内八路军各部队根据中央军委的指示，在八路军总部的直接指挥下，对日军的作战和根据地的创建，都取得了很大胜利。我一二九师大刀阔斧地展开了创建以太行山为依托的晋冀豫抗日根据地的工作。

三个多月的时间里，我们组织了不少小分队，到各地去宣传、组织群众。很快，大部分县、区、乡都建立了抗日政权，建设根据地的工作进展迅速。在建立抗日政权的同时，我们还建立军分区和各县区的游击支队，迅速发展抗日武装。并积极开展游击战争，打击日军的嚣张气焰。从1937年底到反“九路围攻”前，一二九师先后取得了凤凰山战斗、长生口战斗、神头岭战斗、反“六路围攻”和响堂铺

* 本文原标题为《粉碎日军对晋东南的九路围攻》，收录时做了适当修改。

战斗的胜利，累计歼敌2500人。根据党中央的指示，我师主动开展统一战线工作。山西青年抗敌决死队，就是在我党与阎锡山合办的军政训练班、国民兵军官教导团的基础上形成的，实际是我党领导的抗日武装，薄一波同志是主要领导人。杨秀峰同志还以国民党河北民训处的名义，组成了冀西游击队。到反“九路围攻”前，晋冀豫抗日根据地已初具规模。

晋冀豫抗日根据地的创建和游击战争的普遍开展，特别是我在军事上的重大胜利，搅得日军昼夜不得安宁。为解除我军对他的威胁，日军遂于1938年4月初，以其第一〇八师团为主力，纠集第十六师团、二十师团、一〇九师团及酒井旅团各一部，计10余个联队，由邯（郸）长（治）大道上的涉县、长治，临（汾）屯（留）公路上的屯留，正太路上的平定，同蒲路上的榆次、太谷、洪洞，平汉路上的邢台，以及元氏、赞皇、昔阳、祁县等地，分九路向晋东南地区发起大规模的围攻，妄图以“分进合击”的战术，速战速决，将我军围歼于辽县（今左权县）、榆社、武乡地区。日军一方面进行欺骗宣传，另一方面疯狂地对根据地人民进行烧杀抢掠，他们所到之处，烟火滚滚，尸横遍野。

从缴获的文件中，我们已发现了敌人“4月上旬有较大攻击”的企图。朱德总司令和彭德怀副总司令，及时在沁县小东岭召开东路军各部队高级将领军事会议，制定了粉碎敌人围攻的作战方针，指示我们采用运动战、游击战的作战原则：在日军未进入我“利害变换线”以前，采用内线作战，集中兵力，各个击破，当打敌一路时，余路钳制之；当日军进入我“利害变换线”内时，则从敌间隙中转到外线作战，袭击敌之侧背，亦求集中兵力，各个击破。并作了具体兵力部署。

4月6日，我一二九师在西井召开团以上军政干部会，讨论反围攻的具体作战方案。刘伯承师长认为，我们要先发制敌，与友军一起分头截击敌人，特别要抓紧平汉、正太、同蒲诸线和白晋公路，先粉碎其新计划，推迟其围攻，再给以更大打击。当时决定，先在涉（县）武（安）间打敌一路。会后，邓小平政委和陈锡联同志去辽县，指挥北方各部，动员群众，“空舍清野”，布置后方工作。刘伯承同志和我率部执行涉武作战计划。原定在涉县、武安间的鸡鸣铺山地设伏，打一个伏击。后因敌情有了变化，正太线之敌占了襄垣，八路军总部命令我们西移，配合国民党曾万钟第三军作战。这时，晋东南各部队，包括友军，在朱德、彭德怀同志指挥下，各自都进入了作战地域。

反围攻开始阶段，主要进行游击战，消耗疲惫敌人，并寻找有利战机，在运动中给予打击。因此，敌人的各路围攻，大都受到了八路军与友军不同程度的抗击。

敌第二十师团七十七联队，由洪洞进犯安泽、沁源，被我一一五师一部、决死一纵队和友军高桂滋部给堵住了，酒井旅团的1个步兵联队附骑兵、工兵、炮兵和辎重各一部，由太谷、祁县进犯子洪口，在东西团城地区，遭到友军武士敏和朱怀冰等部的阻击。敌第一〇九师团 2 个大队由太谷、榆次，经长凝，向阔郊、马坊进攻，以榆社为目标，前进没多远，就受到我秦赖支队的钳制。敌第十六师团兵分四路向我围攻，第一路是 1 个联队，由平定、昔阳经和顺，向辽县进攻，这一路由于友军没有积极抗击，顺利到达辽县；第二路也是 1 个联队，由平定、昔阳经皋落，向辽县进攻，在松烟镇附近，被我曾国华、汪乃贵两支队截击，颇有伤亡；第三路是 1 个大队由元氏、赞皇西攻浆水，被我 1 个支队和地方武装迎击；第四路是 2 个大队，由涉县攻麻田，遭到了友军骑兵第四师和我师一部的钳制。敌第一〇八师团 1 个联队由长治经襄垣、西营、下良进迫辽县；步兵工藤联队附骑、炮、工、辎各 1 个大队，由屯留、虒亭，向沁县进攻，曾万钟军打了一下，没有堵住，即占领了沁县、武乡，逼近榆社。这后两路均为苫米地旅团长指挥，是此次向晋东南围攻的主力。

那时我任一二九师副师长，随师都从鸡鸣铺撤出后，经偏店、桐峪、左会、石门，13 日到贾豁镇。根据八路军总部命令，伺机在武乡、榆社间打一场歼灭战。

这时，敌一一七联队进占武乡，并以主力北犯榆社，企图与太谷、榆社南犯之敌会合。但在我总部特务团和一一五师三四四旅部阻击下，感到深入危险，又退回武乡。估计他们有两个企图，一是向西，增援从子洪口进来陷于苦战的敌人；二是向东，退走长治。我们判断，敌人向东的可能性大。于是，决心消灭这一路。

15 日，我部进至马牧、胡家垴、型庄、长庆凹一带。黄昏后，武乡之敌开始向襄垣方向撤退，遂急令三八六旅和一一五师之六八九团尾随追歼。我们赶到武乡时，武乡县城处于一片硝烟火海之中，当即命令部队帮助群众救火。

三八六旅旅长陈赓同志将部队分为左右两路，七七二团、六八九团在左，七七一团在右，七六九团为预备队，尾左路之后，沿浊漳河两岸山地猛追。陈赓同志率七七二团先行。经武乡、小河、黄红坡，16 日晨，在南窑科地方，发现巩家垴有敌侧翼警戒部队四五百人。为避免暴露企图，该团即在山下牛家庄隐蔽起来。敌未发觉，继续东行。

这时，敌人大部已过长乐村，其辎重尚在白草延附近，而我七七一团已到达白草延对岸之郑峪村、张庄以北高地，与七七二团两岸平行。这是一个好机会。遂令两团相对突击，将敌拦腰斩断。敌之辎重人马被压制在长乐村以西之型村、李庄、白草延、马庄一线的一个狭窄的河滩隘路上，无法展开。在我两侧部队猛烈地攻击下，敌人丧魂落魄，欲战无力，欲逃不能，人马尸首和辎重遍布河滩。战至中午，已过长乐村之敌主力 1000 余人返回解围，被七七二团一部和六八九团截住，战斗十分激烈。为争夺要点，我们的部队反复冲锋七八次，才将敌打退。中午，敌一〇五联队从辽县、蟠龙方向来增援，向我主阵地实施反突击，炮火十分猛烈。

此时，国民党第三军曾万钟部，就在蟠龙附近。如果他们能在蟠龙一线截击援敌，我们的压力会小一点。可是他们没有尽力。原定是我们配合他们行动，结果是我们唱主角，他们却成了观战者。事后，陈赓同志讲，这次战斗若得到曾万钟第三军的很好配合，将苫米地旅团歼灭是无疑的。未将该旅团全歼，是最可惜的一件事。

由于曾军不能配合，我军弹药消耗很大。为避免过大牺牲，遂以七六九团和六八九团各一部布成游击网，阻击与迷惑敌人，主力撤至云安村、合壁村一带隐蔽待击。一场恶战始告结束。

这次战斗，消灭日军 1500 多人。但由于敌我双方反复争夺，我们的部队撤出战斗匆忙，缴获甚微，只有 60 多支步枪，3 挺轻机枪，战马 10 余匹。战斗中，六八九团和七七二团都曾夺过大炮，但又被敌人夺回去了。

这次战斗，我们伤亡 800 多人。七七二团团长叶成焕头部负重伤，两日后牺牲。这是我们的一大损失。他作战勇敢，为人忠厚，能团结人，对革命事业忠心耿耿。开追悼会那天，大家都很悲痛，许多同志流了泪。

长乐村战斗结束后，蒋介石还给我们发来了“嘉奖电”，但对贻误战机的曾万钟却没有一点制裁。

长乐村战斗是我粉碎日军“九路围攻”中具有决定意义的一仗，敌人在这里遭到歼灭性打击后，其他各路纷纷回窜。我军各部乘胜追击，又在沁源以南及沁县、沁源间，辽县、和顺间，有力地打击了敌人，先后收复了辽县、黎城、潞城、襄垣、屯留、沁县、沁源、高平、晋城等县，使长治之敌陷于孤立。4 月下旬，长治之敌经白晋公路和曲（沃）高（平）公路向同蒲路南段撤退，又被我三四四旅、决死一纵队截击，伤亡近千。至此，日军的“九路围攻”被我彻底粉碎。

夜袭阳明堡*

陈锡联

日军在平型关吃了苦头之后，变更了作战部署，从平型关与雁门关之间的茹越口突破了晋北防线，接着，又气势汹汹地沿同蒲路直下太原。

国民党军队依然是节节败退。在城市、在乡村，到处可以看到那些穿灰色军装的士兵，三五成群，倒背着枪，拖着疲惫的双腿南逃。就在这时，我一二九师七六九团（师的先遣团）奉命插向敌后发动群众、开展游击战争。1937 年 10 月中旬的一天，部队来到代县以南的苏郎口村一带。苏郎口是滹沱河东岸一个不小的村庄，顺河南下便是忻口。战事正在那里进行，隆隆的炮声不断由南方传来。敌人的飞机一会儿两架，一会儿三架，不断从我们头顶掠过，疯狂到了极点。战士们气得跺脚大骂："别光在天上逞凶，有种下来和

* 本文原标题为《夜袭阳明堡飞机场》，收录时做了适当修改。

老子较量较量！”

从敌机活动的规律来看，机场可能离这儿不远。问老乡，才知道隔河十来里外的阳明堡镇果然有个机场。各营的干部纷纷要求：“下命令吧，干掉它！”

打，还是不打？在北上途中，刘伯承师长曾专门向我们传达了平型关战役总结的经验，刘师长再三嘱咐：到晋北后，每战都应倍加谨慎。这些话使我立刻感到，必须很好地了解敌情，然后才能下定决心。

最初，我们打听到附近驻着一个晋绥军的团长，据说他和日军打过仗，是前两天才带着少数部队从大同方向退下来的。我决定去访问访问他，一来听一听与日军作战的经验，二来了解一下周围的敌情。寻遍了附近的大小山沟，好容易才在一个偏僻的山脚下找到了这位团长。不料我刚说明来意，他便谈虎色变地说：“日军实在厉害呀！天上有飞机，地下有大炮，他们的炸弹、炮弹都像长了眼睛一样，我们的电台刚一架上，就遭轰炸了！”我强抑住心头的憎恶，问他：“那你们是用什么方法打敌人的呢？”这位堂堂的国民党中级军官竟毫不知耻地说：“我们还没有看见日军，队伍就垮了下来，现在敝部只剩下一个连了……”

没有必要再问下去了。这家伙除了能散布一些恐日情绪以外，是不会再谈出什么有用的东西的。于是，我便起身告辞。刚转身要走，他又嬉皮笑脸地轻声对我说：“抗什么战！抗来抗去只不过抗掉了我们的小锅饭而已……老弟，放明白点！看你们那副装备，和日军真干起来，还不是‘白送礼’?”

这家伙真是十足的怕死鬼！亡国奴！无怪乎他们几十万大军一触即溃，几个月就把大片国土送给敌人。

为了设法弄清敌人机场的情况，第二天我们决定到现场侦察一下。一路上，几个营长听我谈起昨天访问那位团长的事，心里直冒火。三营长赵崇德同志唾口骂道："孬种，简直不是中国人!”

“抗战是全国人民的要求。不管他们怎么样，我们绝不能辜负人民的期望!”一营长不胜感慨地插上一句。

是的，抗战绝不能指望那些政治上腐败、军事上无能的军队，挽救民族危亡的重担只有我们共产党、八路军来挑!我想到这里，顿时感到自己的责任更加重大。

我们顺着一条山沟边走边谈，很快来到了滹沱河边。登上山峰，大家立时为眼前的景色所吸引：东面是峰峦重叠的五台山，北面内长城线上矗立着巍峨的雁门关；极目西眺，管涔山在雾气笼罩中忽隐忽现……滹沱河两岸，土地肥沃，山河壮丽。只可惜，如今正遭受着日本帝国主义侵略者的浩劫！……

突然，二营长叫道："飞机!”

我们不约而同地举起望远镜。顺着他手指的方向看去，果然发现对岸阳明堡镇的东南方有一群灰白色的敌机整整齐齐地排列在空地上，机体在阳光映照下，发出闪闪刺眼的光芒。

我们正仔细观察着那机场内外的每一个目标，忽然发现一个人从河边走来。从望远镜里看到：这人蓬头垢面，衣衫褴褛，还打着赤脚，看样子是个农民，但神情很紧张。等他走近一些，我们忙迎上去喊："老乡，从哪里来?"

那人听到喊声，身子一怔，马上停住了脚步，两眼不住地四下观望。及至见到我们这几个陌生的军人时，更是惊慌不安，两眼狐疑地上下打量着我们，好半天才哆哆嗦嗦地吐出了两个字："老……总……"

"老乡，不要怕，我们是八路军，来打鬼子的。"

他听到"八路军"三个字，马上"啊!"了一声，一下扑上来抓住我们的手，激愤地向我们诉说起他的遭遇。原来他就住在飞机场附近的一个小村庄里，自从日军侵入山西以后，国民党军队的抢劫、日本兵的烧杀，弄得他家破人亡，一家三口，只剩下他孤苦伶仃一个。后来，日本兵又把他抓去做苦工，逼着他整天往飞机场搬汽油、运炸弹，每天从早到晚，常常是饿着肚子干活，还得挨打受气。他受不了敌人的折磨，才由机场偷偷跑了出来。最后，他指着敌人的机场狠狠地说："去收拾他们吧，我给你们带路!"听了这位老乡的控诉，大家更加气愤。赵崇德同志握着老乡的手，恳切地说："老乡，我们一定给你报仇，给所有受难的老乡报仇!"接着，这位老乡又向我们详细介绍了敌人机场内外的情况。

经过侦察，我们了解到的和老乡介绍的大体一致。机场里共有24架飞机，白天轮番去轰炸太原、忻口，晚上都停在这里。敌香月师团的一个联队大部驻在阳明堡街里，机场里只有一小股守卫部队。看来，敌人正忙于夺取太原，根本想不到我们会绕到背后来揍他。这正是歼敌的好时机，如果我们出其不意，给他以突然袭击，胜利是有把握的。我们当即决定马上下手。

袭击机场的任务交给了三营，并以一、二营各一部破坏崞县（今原平市）至阳明堡之间的公路和桥梁，阻击崞县、阳明堡可能来援之敌；团迫击炮连和机枪连则在滹沱河东岸占领阵地，准备随时支援三营。

19日下午，整个苏郎口村都沸腾起来了。各营、连纷纷召开支部大会、军人大会进行动员；干部、战士个个斗志高昂，决心如钢。老乡们听说八路军要去打日军，几个钟头之内就扎起了几十副担架。

傍晚，我和几个团的干部一起来到了三营十一连。战士们见到我们都围了上来，争着表示决心。“准备得怎么样啦?”我问大家。

“没问题，团长，只要摸进机场，保证把龟儿子的飞机敲个稀巴烂!”战士们纷纷回答。

我指着面前的一个小战士又问：“飞机全身包着铝皮，子弹穿不透，怎么办?”

这个小战士毫不犹豫，举起右拳在空中摇几摇，干脆而响亮地回答："我们研究好了，用手榴弹捶它！"

这时，赵崇德同志向战士们说："同志们，有人说我们拿着这些武器去打敌人是'白送礼'，这回我们一定打个漂亮仗给他们看！"

人丛中走出来一个粗壮的小伙子，手里提着机枪，气呼呼地用大嗓门说："他们自己长了兔子腿，听见炮响就跑，还有脸耻笑人！我定要缴架飞机回来给他们瞧瞧！"我一看，正是全团有名的机枪班长老李。

有人笑着问："那样大的家伙，你能扛得动吗？"

他辩解道："扛不回整的，砸个尾巴也行！"战士们被他逗得哄然大笑。这真是初生的牛犊不怕虎，虽然是第一次与侵华日军作战，而且又是去打从来也没打过的飞机，但谁也不把这些困难放在眼里。

夜里，部队悄悄地出发了。三营在土地革命战争中，能攻善守，以夜战见长，曾得过"以一胜百"的奖旗。今天他们继承红军时期的优良传统投入了新的战斗，战士们一律轻装，棉衣、背包都放下了，刺刀、铁铲、手榴弹，凡是容易发出响声的装具，也都绑得紧紧的。长长的队伍，顺着漆黑的山谷行进，神速而又肃穆。向导就是先前我们遇到的那位老乡，他对这一带的道路了如指掌。在他的引导下，部队很快涉过了滹沱河，来到了机场外边。

机场里死一样沉寂，大概这时敌人睡得正酣吧。部队爬过了铁丝网，神不知鬼不觉地摸进了机场。赵崇德同志带着十连向机场西北角运动，准备袭击敌守卫队的掩蔽部。十一连直向机场中央的机群扑去。十一连二排的战士们最先看到了飞机，它们果然整整齐齐地分三排停在那里。多少天来大家日夜盼望着打鬼子，现在猛然看到飞机就摆在眼前，真是又惊喜又愤恨。不知谁悄声骂道："龟儿子！在天上你耍威风，现在该我们来收拾你啦！"说着就要接近飞机。突然，西北方有个敌兵哇啦哇啦地呼叫起来，紧接着响起一连串清脆的枪声，原来十连与敌哨兵遭遇了。就在这一瞬间，十连和十一连在两个方向同时发起了攻击，战士们高喊着冲杀声，勇猛地扑了上去，机枪、手榴弹一齐倾泻，一团团的火光照亮了夜空。正在机群周围巡逻的敌哨兵慌忙赶来，和冲在前面的战士绕着飞机互相角逐。机舱里执勤的驾驶员被惊醒了，他们惊慌之中盲目开火，后边飞机上的机枪子弹接连打进了前面的机身。

战士们越打劲头越大，有的边打边喊："这一架算我的！"也有人七手八脚地往机身上爬。机枪班长老李早爬上了一架飞机的尾部，端起机枪向机身猛扫。

正打得热闹，敌人的守卫队号叫着向我扑来。在 20 多架飞机中间，敌我混在一起，展开了白刃战。赵崇德同志跑前跑后地指挥部队。突然，他看见一个敌人打开机舱，跳下来抱住了一个战士，那个战士回身就是一刺刀，结果了他的性命。赵崇德同志大声喊道："快！手榴弹，往飞机肚子里扔！"只听"轰！轰！"几声，两三架飞机燃起大火。火乘风势，风助火威，片刻滚滚浓烟卷着熊熊的烈火，弥漫了整个机场。

正在这时，老李的那挺机枪不响了。原来他正举着铁锹猛砸，嗬！他倒真想砸块飞机尾巴拿回去哩！赵崇德忙跑过去喊道："快打！砸什么！"他又抱起机枪扫了起来。

敌人守卫队的反扑被杀退了。赵崇德同志正指挥战士们炸敌机，突然一颗子弹把他打倒了。几个战士跑上去把他扶起，他用尽所有力气喊道："不要管我，去炸，去……"没说完，这位"打仗如虎，爱兵如母"的优秀指挥员就合上了眼睛。他的牺牲使同志们感到万分悲痛，战士们高喊着"为营长报仇！"的口号，抓起手榴弹，冒着密集的枪弹向敌机冲去……

几十分钟后，守卫队大部被歼，20 多架敌机燃烧在熊熊的烈火之中。驻在街里的香月师团的装甲车急急赶来增援，可是，等它们爬到机场时，我们已经撤出了战斗。

夜袭阳明堡飞机场的胜利消息，通过无线电迅速传遍了全国。那些国民党官儿们，开始根本不相信。他们仍说："就凭八路军那破武器还能打飞机？不可能！"可是从 10 月 20 日起，一连几天忻口、太原都没有遭到敌机的轰炸，那些畏敌如虎、胆小如鼠的官儿们方才张口结舌了。

七亘村大捷*

刘志坚

1937 年 9 月下旬，日军在侵占我北平、天津和保定之后，气焰更加嚣张，大举南下和西进，企图占领整个华北和中原地区。西进日军为了进犯太原，猛攻忻口十多日，连遭守军沉重打击，伤亡惨重。日军三易其指挥官，也未能挽回败局，不得不急令其沿平汉路南犯石家庄的第二十、第一〇九师团，由正太路西进，企图先夺取娘子关，后占领太原。

为阻止日军西进，支援国民党军队作战，保卫太原，我一二九师根据八路军总部的命令，在师长刘伯承的率领下，以昂扬的战斗意志，火速向娘子关东南及以南日军的侧后进发，寻机歼敌。

10 月 18 日，我一二九师师长刘伯承率师部及第三八六旅进抵山西省平定县地区。那时，我任一二九师宣传部部

---

* 本文原标题为《巧妙设伏，出奇制胜——忆七亘村大捷》，收录时做了适当修改。

长，随师部及三八六旅搞宣传工作。师部和三八六旅进驻平定县马山村后，刘师长立即召开营以上干部会议，传达了中共中央军事委员会华北分会的指示，介绍了平型关战役的经验，并分析了抗战形势。此时日军已攻陷娘子关东南的旧关及附近高地，但正面猛攻娘子关，屡攻不克，就以一〇九师团继续攻击娘子关，而以二十师团部由河北省井陉县测鱼镇向正太路以南山地进犯，妄图对娘子关守军实行迂回攻击。这时，国民党的一些部队，因害怕日军断其后路，纷纷撤退。晋东前线，情势危急！

在此危急情况下，刘师长当即令三八六旅第七七一团在平定县的桃家岭、七亘村一线采取运动防御战法，阻止日军西进。同时，速调第七七二团回马山村，准备侧击西进的日军。

为巧妙设伏，出奇制胜，10 月 25 日午饭后，刘师长带着师司政机关干部和警卫班 30 余人到七亘村附近察看地形。七亘位于太行山脉中段、晋冀两省接壤处，又是平定、昔阳、井陉三县的交界地带。古称“太行八陉”之一的井陉，有两道大门可穿过太行山进入山西平定县，北门是娘子关，南门就是七亘。该村四面环山，重峦叠嶂，沟壑纵横，峡谷陡峭，道路奇险，素有“龙虎环抱”之称，实为屯兵设卡之要地。该村东邻山西省平定的甲南峪、东石门村，直通河北省井陉县的测鱼镇；西邻改道庙、营庄，直达平定的县城。村边有一条宽不足 2 米的大道，路南边是高约 10 米的土坎，路北是几十米深的山沟。

他选好一处高地，让警卫员架好望远镜，仔细进行观察，并不时地让参谋在地图上标出要点。忽然，对面山后传来稀疏的枪声，枪声越来越近。10 分钟后，从七亘村东的山谷中冲出一股日军向刘师长等人射击。刘师长即令参谋长李达指挥警卫班抗击敌人，很快将敌人打退了。不一会儿，又有一架敌机在空中盘旋，大家劝刘师长早点离开这里，他却坚定地说："别忙走，我们再看看。"他又认真观察了一番七亘村四周的地形之后，才满意地笑了。

经过对七亘村实地调查和对敌情的分析，刘师长认为，七亘村是日军二十师团进犯平定、太原的必经之路，也是我军伏击日军的理想之地。

事情果然不出刘师长所料。25 日下午，日军二十师团开始向平定方向进犯，还有辎重部队 1000 余人，在距七亘村 10 公里的测鱼镇宿营，刘师长听到这个消息，马上对师部作战人员说："七亘村是测鱼镇通往平定的咽喉要道，日军明天一定经七亘村向前方运送军需物资，送到嘴的'狗肉'，定把它吃掉！"讲到这里，他拿起铅笔，走到地图前，在"七亘村"三个字周围果断地画了一个红圈，接着又说："就在这里设伏，切断日军二十师团的交通，夺其辎重。"说完，他拿起电话命令陈赓旅长调集部队在七亘村路南的土坎上设伏，准备痛击敌人。

依据刘师长的命令，陈旅长马上派七七二团副团长王近山，带领三营进抵七亘村，进一步详细察看地形，选择伏击地，进行战前准备。

在战前动员大会上，陈旅长对大家说：“同志们，抗日以来，‘大哥’一一五师，在平型关打了大胜仗，‘二哥’一二〇师在雁门关一带也打了胜仗。我师七六九团，在夜袭阳明堡机场的战斗中，歼灭日军100余名，毁伤敌机20余架，有力地配合了忻口防御战。我们呢？我们进入晋东以来还没有打仗。刘师长在电话里对我说：‘你三八六旅也要打胜仗。’现在，就看我们的了！”他还号召：“全旅官兵要迅速掀起一个打胜仗的比赛热潮，一定要打好七亘村这一仗！”陈旅长这富有强烈感染力的讲话，进一步鼓舞了三营指战员的斗志，大家摩拳擦掌，等待着出击的命令。

10月26日拂晓，王近山副团长带领三营进入伏击地区。营指挥所设在离大道约300米的青脑北边的山头上，从那里俯瞰山下，七亘村及大道两旁的景物，尽收眼底。

上午8点左右，王副团长带着三营营长郭国言、副营长雷绍康等人，爬到一个最高的山头，察看敌情。突然，他们从望远镜里看到，约距三公里处有一股日军正向七亘村运动。随后，又得到侦察人员的报告，说日军的辎重部队有300多人，前后各有100余名步兵掩护，向七亘村开来。得到敌情，王副团长马上向陈旅长报告，并立即召集营连干部开紧急会。王副团长指出：“我们的任务是伏击日军，夺取辎重。”他根据日军行进队形，进一步明确了各连的主要战斗任务。各单位受领任务后，跑步进入阵地，搞好隐蔽，严阵以待。

从测鱼镇出来的日军辎重部队有300多人，前面开路和殿后的各有100多名步兵，耀武扬威，大摇大摆地朝七亘村方向走来。

日军沿正太路西犯以来，一直未受到任何阻击，所以他们十分麻痹，警戒搜索也相当疏忽。先头步兵与辎重部队约距300米，后面掩护的步兵距辎重部队更远一些，从远方望去，犹如黄蛇蠕动。上午9点左右，日军步兵开始进入我伏击区，日军先头开路部队接近营庄时，辎重部队正好行至我十二连伏击阵地前面。王副团长即令重机枪向日军扫射，伏击部队随之向日军猛烈射击。刹那间，成群的手榴弹，密集的子弹，像从山崖上泻下来的瀑布倾向敌群。正在行进中的日军，被这突如其来的袭击打蒙了，还没搞清是怎么回事，就死伤了一大片。残存日军一窝蜂似的朝东石门方向逃窜，刚跑到甲南峪，又遭我预先埋伏在那里的特务连一个排的猛烈袭击。这时，王副团长命令九、十连投入了战斗。紧接着，我十一、十二连在副教导员尤太忠的带领下，一个个犹如猛虎下山，奋不顾身地扑向日军，展开了白刃格斗。

在我军与敌人进行激烈战斗的同时，平定县城的中学生组成的战地服务团，在牺牲救国同盟会的领导下，冒着枪林弹雨投入了紧张的战地服务。七亘村、马山村附近的民兵和群众也在地方党的领导下，投入了战斗和战地服务工作。年过半百的董三元老汉，机智勇敢地从日军那里夺到一挺轻机枪，立即送到七七二团团部。事后刘师长称赞他是“老英雄”，并赠给他一床军毯。

激战至上午 11 点左右，日军除一部分掩护部队逃回测鱼镇外，其余均被我军歼灭。这次伏击战，共歼灭日军 300 余名，打死、缴获骡马和骆驼 300 余匹以及大批军用物资。

10 月 27 日晚上，七七二团在昔阳县东冶头村召开大会，庆祝七亘村大捷，并悼念在战斗中牺牲的烈士。

可是，就在我们狠揍日军的当天，国民党第二战区前敌总指挥兼第十三军军长汤恩伯却给刘师长打电话说，他们已经决定放弃娘子关，并劝说刘师长也赶快撤兵。刘师长果断地回答：“我们还准备在七亘村一带再打一仗。”汤恩伯听了后说：“好，好。我们等着贵军的捷报。”之后，汤恩伯硬是带着他的部队撤走了。

日军遭到我军伏击以后，退到测鱼镇。第二天，他们一面派出部队在七亘村附近收殓尸体，一面整顿部队，调集兵力，准备继续西进。刘师长认为，日军侵犯华北以来，作战一直比较顺利，七亘村的失利，对他们来说是微不足道的，他们目空一切，并没有把八路军放在眼里。特别是二十师团正向平定进犯，急需军用物资，要运送军用物资，在其打通正太路以前，唯有从七亘村通过。据此分析，刘师长当机立断，指示陈旅长继续利用七亘村的有利地形，准备再次伏击日军。

这次伏击地点选在七亘村西边。10 月 28 日，七七二团副团长王近山奉命带领三营进入伏击阵地。并派出侦察分队，侦察测鱼镇日军的动静。

上午 10 点左右，侦察分队发现一股日军辎重部队向七亘村开来。这次，日军接受了前次遭我军袭击的教训加强了对辎重部队的保护，以 100 余人的骑兵开路，300 余名步兵在后掩护，继续沿大道西进。王副团长当即将这一情况报告陈旅长。陈旅长在电话中命令："近山，坚决出击！"并派第二营和第一营的一个连火速赶去增援。上午 11 点左右，日军先头骑兵开始进入我伏击区。这次日军的警戒搜索，较上次严密，凡可疑之处，他们都先用炮火轰击，然后才向前推进。日军边走边打，大道两侧不断响起轰隆轰隆的爆炸声。但我三营指战员由于有了第一次作战的经验，人人沉着镇静，个个隐蔽巧妙，即使呼啸的炮弹掠过头顶，炸在身边，大家也严守纪律，纹丝不动。不一会，下起了秋雨，战士们趴在泥水里，隐蔽如初，一动也不动。一个骑在马背上的日本兵，看到山上山下均无动静，便得意地吹起口哨，朝后面打"旗语"，通知辎重部队大胆前进。当日军骑兵通过改道庙到达营庄，辎重部队进入我军伏击圈时，王副团长一声令下，我伏击部队一起向日军辎重部队发起猛烈的火力袭击，顿时，打得日军人仰马翻，狂呼乱叫。刚刚爬上营庄的日军骑兵，看到辎重部队受到袭击，马上转过头来增援，并集中火力袭击我营指挥所。我侧翼部队发现后，当即予以猛烈的还击，日军骑兵部队被打得稀里哗啦，乱作一团。这次伏击，由于日军加强了掩护部队，加上风雨交加，道路泥泞，我增援部队未能按时赶来，所以，战至黄昏，日军的骑兵和步兵拼死掩护其部分辎重部队，向平定和测鱼镇逃去。

此战，我歼灭日军 100 余名，缴获骡马数十匹。七亘村连续两次伏击战，共歼灭日军 400 余人，打死和缴获骡、马和骆驼 400 多匹（峰）及大批枪支、弹药、粮食和衣物。我伤亡 30 余人。

在日军疯狂进攻太原的情况下，我军三天之内以一个营的兵力在七亘村两次成功地伏击日军，沉重地打击了日军不可一世的狂妄气焰，提高了太行山区广大人民抗战的胜利信心。七亘村大捷之后，当地群众中流传着这样一句民谣："日出东海，日落西山。"意思是说，日军从东海来犯，要在太行山西边落下去。就连一直怀疑我军游击战的国民党高级将领汤恩伯也受到了很大震动，当他在电话里听到七亘村战斗的胜利消息时，很佩服地对刘师长说："看来，还是你们的游击战行啊！"

七亘村伏击战，虽然不算很大的战斗，但它是一二九师先头部队进入太行山以来打的第一个胜仗，人们叫它"开门红"。这一仗对于打击日军嚣张气焰，振奋民心，支援友军作战，鼓舞我军士气，丰富对日军作战经验，创建太行山抗日根据地都有重要意义。

把队伍拉上太行山*

秦基伟

为了组织力量，坚持抗战，我们于1937年11月初在太谷县城白塔寺内宣布成立了“太谷县人民抗日游击支队”，由我担任指挥长，地下党县委书记侯维煜同志担任政治委员，杜润生同志任参谋长。游击支队有280人。

几天后，日军占领了太原。太原失陷后太谷顿时没了遮挡，阎锡山的县政府稀里哗啦跑得没了踪影，接杜任之同志任县长的刘钰携带2000元现款私逃了。

12月6日，我们集合队伍于夜间摸进县政府，那里已是空荡荡的没有人了。但尚有一批武器，还有阎锡山存放在太谷县没来得及运走的棉被和军衣，我们满满地装了几马车，浩浩荡荡出了县城。也不知太行山在哪里，反正东边有山，就往东边走。

---

* 本文选自《秦基伟回忆录》，解放军出版社2014年版，收录时做了适当修改。

第二天，队伍经惠安村抵达东峪山口。就在这天中午，太谷县城沦陷了。当天晚上，支队部召开会议，正式宣布支队改称“八路军太谷游击支队”，我任司令员。之后，连夜行军，径奔太行山中心榆社。当时，赖际发同志正在榆次组织工人游击队，我派人跟他取得了联系，请他向师部报告我们的情况。然后继续往前走，一直走到榆社县城附近的下武村，在那里休整待命。

队伍是拉出来了，我的任务算完成了一半。但是，这是一支什么样的队伍，这支队伍最终能不能跟我进太行山，都不是一下能说明白的。我们的队伍成分新，大部分是学生，也有少数工人、农民和小商人。别看干革命是头一遭，革命的理儿他们却知道得不少，不光是中国革命的事，连苏联是怎么闹革命的他们都知道。队伍里是高度的民主化，你说今天下午干什么，他们就要开个会，研究一下能不能干。你要批评一个人，弄不好他们也要开会，斗争你。山西有些地方也是睡大炕，男男女女都挤在一起，女同志早晨起床又是洗又是梳又是抹，这一套我很看不惯，一张口说两句，他们就群起而攻之，要改造我的封建旧脑筋。

吃饭也是个问题，有民主就有自由，这种自由在吃饭问题上体现得尤其充分，根本不像部队统一就餐，谁想吃什么就吃什么，有伙房做的，也有自己做的，还有跑到老百姓家里换东西吃的，五花八门。这怎么行呢？我于是亲自下手，院子当中挖个行军灶，烧大锅饭菜，做好之后，一桌一桌摆好，统一号令，所有人员一齐就餐。大家普遍反映，老红军做的饭菜味道就是好，没吃好的还给我提意见。提点意见我接受，再给他们做，但吃饭那一套规矩他们必须按照我的来。

偶尔有人外出执行任务，那更是洋相百出，让人哭笑不得。这帮学生娃，夜间行军一是害怕，二是看不见，要打火把，那我当然不能允许。之所以夜间行动，就是怕暴露目标，一打火把，那跟白天行动有什么区别呢？我坚持我的，只要有夜间行动，我就必须要走在前面。

那时候，带那样一批知识分子，真是艰难得很。尽管如此，我仍然很喜欢他们，他们拥护共产党，仇恨日本帝国主义的侵略，爱国热情和积极性都很高。他们有文化、有思想、有朝气、有热情，优点是很多的。他们的缺点是暂时的，一旦走上了革命的正轨，他们会比我们这些工农出身的同志更有优势。而且，他们从骨子里还是尊敬我的，一方面，我是老红军；另一方面，在接触一段时间后，他们对我的胆量和魄力也服气。

另外，虽然从表面上看，我成天板着脸，卡着腰，一副威严的样子。但从心眼里讲，我对这些知识分子是敬重的。我的年纪比他们大，又是老红军，带兵要先爱兵，这是必须做到的，所以我很注意从生活上关心他们。不仅吃喝拉撒要操心，衣食住行也要管，行军走累了，脚打泡了，这些学生娃们叫苦连天，就是没办法。我就烧热水给他们烫脚，一个一个地给他们挑泡。

那时候枪不多，我的二十响快慢机还是用小米从汤恩伯的卫兵手里买的，物以稀为贵，那些女孩子，平时没枪吵着要枪，一到行军，有的又把枪扔给我，我这个司令要扛好几支枪。那也是没办法的事。那些女孩子年龄都很小，多数是铭贤中学的学生，最小的是侯维煜的妹妹侯春煜（后改名为侯群英），还是个小学生，只有十二三岁。

渐渐地，我和这些学生兵之间的感情融洽了，大家觉得我这个司令员严是严点，但人情味挺浓，尤其是我的学习精神，使他们挺感动。我诚恳地向他们学习。我是这样认为的，虽然我是上级，我有我的长处，但他们有他们的长处。他们要向我学习，我也要向他们学习。我只有把他们的长处都吸收过来，才能更好地领导他们。这样一来，大家就看出来了，我这个司令员不是一般的工农干部，有自知之明，知道自己的不足，接受新事物快。这以后，共同语言便多了，该严肃的时候严肃，该活泼的时候活泼，训练的时候大眼瞪小眼，娱乐的时候我就不再是司令员，打扑克钻桌子也跟他们一样，玩得热火朝天。

我们在下武村待命期间，听说一一五师在平型关打了胜仗，朱德总司令带着部队要到榆社休整，将路过下武村。我听到这个消息，赶紧宣传。游击队里谁不知道朱德总司令呀！大家都很振奋，都想见到总司令。我于是把队伍集合起来，夹道等候。

果然，不多一会儿部队过来了，八路军的正规部队，又是凯旋之师，当然威风啦。朱总司令骑在一匹缴获的大洋马上，看见路边有游击队伍欢迎，也很高兴。他不认识我，但我不管那么多，等总司令走近了，我大步踏上路中央，给总司令敬了个礼，向他报告说："总司令，我是十九师派到太谷的游击教官，现任太谷游击支队司令，我的部队想见总司令。"总司令当时就翻身下马，同我和支队其他几个领导握了手，还给部队讲了话，临别时送给我一把东洋战刀，还有两支枪。见到总司令，对部队是个很大鼓舞。

不久，我们接到师部的指示，要我带领队伍去破坏白（圭）晋（城）路。

严格地说，这支队伍虽然已经成立了几个月，但还从来没有正正经经地参加过战斗，成员又多是学生，第一次接受破路任务，许多同志不情愿。他们还算不上真正意义上的军人，军人必须执行命令，这一条他们还没养成习惯。当我把任务宣布之后，不少人有畏难情绪，并且抱怨我不该把他们当老八路指挥，七嘴八舌地提意见。我的态度很明确，既然我们是"八路军太谷游击支队"，就得像个八路军的样子，执行命令这一条绝不含糊。这是师部第一次交给我们的任务，必须完成，没有别的选择。我又同其他几个负责同志和党员商议，请他们出来做工作。他们本乡本土，在一起工作时间又长，说话还是起作用的。这几个同志不错，做了一些工作，这才带着队伍开往洪口参加了破坏白晋路的行动。

破路之后，我又接到指示，要我把队伍带到石拐。这一下问题又来了。破白晋路的时候，为什么有些人不乐意呢？这里面有个背景。部队离开太谷的时候，就有两个同志提出要去沁州，我没同意。我们住在下武村的时候，又有人提出来，要把队伍带到沁州去。我还是没有同意。因为一二九师要我把队伍拉到太行山，我要是去了沁州，不是没完成任务吗？无论如何不能去沁州。但是，当时支队几个负责人有去沁州的倾向，许多战士也嚷着要去沁州。这一下我急了，也是急中生智，我想了一个“假传圣旨”的招数。

在太谷时，跟我接头的地下党员是侯维煜，他接受晋中特委陶希晋同志的领导。当时榆社有八路军的一个团，团长好像叫杨洪民。我跑去找杨团长，把情况说了，然后请他帮我造了一封“晋中特委陶希晋致八路军太谷游击支队司令秦基伟和政委侯维煜”的假信，信中指示我们二人立即把队伍带到和顺县石拐镇。

信造好之后，我先回到支队。第二天，杨团长就派人把信送来了，先送到侯维煜手里。侯维煜接到这封信后很重视，找我商量。我装着什么也不知道，说：“既然是特委有指示，我们就按指示办吧。”侯维煜马上集合部队动员。其他同志更没话说了，执行特委的指示，谁敢含糊啊？就这样，我把队伍“骗”到了石拐镇。

当时一二九师徐向前副师长率领王近山同志为团长的七七二团就住在石拐镇。徐副师长是我的老首长了，这是西路军失败之后第一次见到他，别后重逢很有感慨。我把组建游击队的情况向他做了汇报，又请他给游击队讲话，七七二团还跟我们游击队搞了文艺联欢，因为我们游击队的知识分子多，女同志也多，所以节目大部分是我们出。最后七七二团的老八路和我们这群新八路还联合唱了一首歌，唱了一遍又一遍。我还记得歌词大意：

炮火连天，战号频吹，
决战在今朝。
我们是抗日先锋军，
英勇地武装上前线。
用我们的刺刀枪炮头颅和热血，
用我们的刺刀枪炮头颅和热血，坚决与敌决死战。

这首歌唱得非常有气势。开始我们游击队不大会唱，主要是老八路唱，唱了两遍，游击队的同志全会了。以后，这首歌也成了我们的队列进行曲。

东进冀南

陈再道

1937 年 12 月，第一二九师根据党中央和八路军总部的指示，决定以我为司令员、晋冀豫省委书记李菁玉为政委，率领由第三八五旅七六九团的 3 个步兵连、1 个机枪连和三八六旅的 1 个骑兵连组成的东进纵队，挺进冀南平原，开辟抗日根据地。

1938 年 1 月 15 日，我们跨过平汉路，到了河北省隆平县（今隆尧县）的魏家庄，准备向冀南腹心地区——巨鹿和南宫县前进。巨鹿和南宫离铁路较远，敌人尚未占领。这里群众基础较好，我们准备以这两个县为立脚点，开辟整个冀南抗日根据地。到了魏家庄后，一二九师挺进支队的胥光义等同志和群众告诉我们，巨鹿一带在打仗。为了进一步弄清情况，我们决定暂时住下。

住下后的一天，我们正在开会，侦察参谋突然领着一个衣衫褴褛、面带倦容、年约 30 岁的老乡来见我。不等参谋介绍，这个老乡就伸出两手紧紧地握住我的手，兴奋地说："可找到了！"原来他是冀南地下党派来给我们送信的同志。这真使我们喜出望外。原来，正在打仗的是巨鹿县保安团和土匪刘磨头等部，为争夺地盘和势力而在互相火并。他们在巨鹿城西一带摆开了一条十多公里长的战线，已经打了十多天。刘磨头等是当地的惯匪，有六七千人。巨鹿县保安团长王文珍、警察局长甄福喜、县政府秘书刘建三等，是当地封建势力的代表。他们的保安团有近千人，人数没有土匪多，但老兵多，装备好，战斗力较强。

巨鹿是进入冀南的一个门户，必须正确地处理这一事件，否则，我们不仅无法进入该县，而且对打开局面，开辟整个冀南抗日根据地也很不利。于是，我召集负责同志进行研究。大家一致认为，两方面我们都不能帮助，因为一方虽打着抗日旗号，却是土匪性质的部队，另一方是已与日军有勾结的当地的封建势力。正确的解决办法应该是，根据党的抗日民族统一战线政策，对双方晓以抗日大义，进行调解，争取他们在我党的领导下团结抗日。

根据讨论的结果，我们一面派人赴刘磨头指挥部，劝说其停火；一面写信送到巨鹿城，要保安团深明大义。为了对双方施加压力，我们还将部队转移至紧靠火并地区的邢家湾。刘磨头在我方代表的耐心说服下，见正义难违，同时惧怕我军与保安团联合起来消灭他们，便见阶下台，答应停火。王文珍等第二天也复信，欢迎我军派代表进城商谈调解，于是我们就派张子衡等同志到巨鹿城进行商谈。王文珍、甄福喜、刘建三等对我方代表表面上奉承迎合，内心里却打着鬼算盘，企图借我军之力，迫使刘磨头撤退，但又想阻止我军进入巨鹿城，以便继续维持其统治。因此，停火问题虽很快达成了协议，土匪退出巨鹿县境后，保安团也退至城内，但对我军入城问题却借故拖延，一直谈了两天多，他们才不得不同意我军的主张，答应我军开进巨鹿城。

1 月 25 日一早，我和李菁玉率部队由驻地出发，下午 3 点到了城西关。这时，城门口已站着一大堆人在等候，掌握该县实权的县政府秘书刘建三，急忙向前深深地鞠了一躬，满脸赔笑地说："敝县城内房子很少，难民甚多，贵军在此下榻，恐使官佐身受委屈，吾辈同人商议，想请贵军暂且退驻城西一带，务期察谅民困。粮草概由政府筹办。"显然这是他们耍花招，拒绝我军入城。我们考虑在此情况下，如我军强行入城，就有可能发生武装冲突，不利于分化其内部，争取和团结广大群众。因此，李菁玉留下进城继续谈判，我则将部队带至城西北 2 公里多的张家庄住下。

第二天拂晓，我派骑兵连绕过巨鹿县城到城东南去警戒威县之敌。骑兵连有意拉开距离，经沙地向东南方向奔驰时，沿途尘土飞扬，兵力莫测。王文珍、甄福喜疑神疑鬼，认为我军是在包围巨鹿城，于是急以巨鹿县政府、保安团、警察局、名流士绅等名义联名请我去吃饭。为了对他们施加点压力，第一次我以"军务在身"为理由没有去。他们又派人来请，我以同样理由推辞了。这下他们慌了，只好恳请李菁玉同志亲自来请我进城。李菁玉同志对我说："你不进城，他们连觉都睡不着啦!"我考虑他们既然反对我军入城的态度在表面上有所收敛，可趁机做些工作，就带着三个骑兵警卫员进了巨鹿城。在宴会中，刘建三有气无力地再三解释不让我军入城的理由，请我切勿误解。但是，有几位开明士绅，对我军调解巨鹿事件再三表示感谢。针对这种情况，我又将党的政策，特别是统一战线政策宣传了一番。说明我们八路军东进纵队是奉命为破坏津浦路，配合台儿庄会战，发动和领导冀南人民抗日游击战争，建立冀南抗日根据地而来的，不仅巨鹿城要进，冀南一切地方我们都要进。接着，我又严肃地说："诸位当中不少是有志抗日之士，但也有个别人，曾杀过共产党，手上沾满了人民的鲜血，现在又接受了日军的委任，准备组织维持会，这些，我们都是非常清楚的。"当我说到这里，只见刘建三、王文珍、甄福喜等把头低下去，不敢看我一眼。但当我说到共产党以民族利益为重不计前仇、不念旧恶，要团结一切力量共同抗日的时候，刘建三等人才抬起头来连声说道："共产党宽大为怀!"最后，我又明确地提出了三点要求：团结起来共同抗日；接受共产党和八路军领导；保安团听候我军改编。我讲完话，那几位开明士绅立刻前来向我敬酒，表示坚决拥护。王文珍、甄福喜等则急忙向刘建三递了一个眼色，刘建三不得不强自振作地站起来，宣布他们完全接受我提出的条件，表示今后一定参加抗日，并准备明日欢迎我军进城。

27日上午，我率部队开进了巨鹿城，群众夹道相迎。进城后，我们与地下党举行了公开会合，并成立了“巨鹿县战地总动员委员会”，委派了县长。接着又将保安团改编为东进纵队第五大队。同时也派了些干部到刘磨头部，进行抗日教育和改编工作。“巨鹿事件”的解决，是我们到冀南后执行党的抗日民族统一战线政策所取得的第一个重大胜利。

1938年2月8日，我们进驻南宫城，与冀南地下党领导机关胜利会合，并遵照中共北方局指示，成立了中共冀鲁豫省委（不久改为冀南区党委）。同时，派部队协助地方党组织，又在新河、清河、冀县建立了抗日政权。还成立了“抗日军政学校”，争取了威县伪警备旅反正。冀南抗日根据地的局面终于打开了。

东进纵队以南宫为中心，东向津浦、西向平汉路、南向邢临公路的发展，都获得了预期的胜利。但是向北的发展却遇到了严重的困难。这时，在武邑、衡水、枣强等十余县，盘踞着赵云祥的“河北民军二路军”、段海洲的“青年抗日义勇军团”以及临清的赵狗旦等游杂武装和土匪。赵云祥部近万人，段海洲部也有六七千人。赵云祥自恃实力雄厚，一直想把段海洲部收编。

赵、段两部是当时冀南游杂武装中最大的两股，能否争取和团结其共同抗日，或暂时争取其对我军保持中立，不仅关系到南宫等县的巩固，而且关系到整个冀南抗日局面的打开。因此，我军进入南宫时就根据党的抗日民族统一战线政策，提议由三方派代表举行会议。但被赵云祥坚决拒绝，段海洲也表示犹豫。

当我军已在南宫、新河、清河、冀县等处展开时，赵云祥又迫不及待地想用武力吞并段部，两股武装冲突时有发生。段海洲为了保存实力，派陈元龙为代表与我谈判，想依靠我军，以摆脱赵云祥的威胁。我们召开专门会议进行了研究，确定要进一步争取段海洲，对顽固不化、争取无效的赵云祥必须采取孤立和分化政策。为了实现这一目的，决定由我出面邀请赵云祥、段海洲在南宫县城举行会议，商谈共同抗日问题，并派马国瑞同志亲赴段部进行争取工作，段海洲很快就表示同意我们的提议。赵云祥内心里虽然坚决反对，但不敢公开放弃抗日的旗帜，又害怕我军和段海洲联合起来对付他，也不得不表示愿意参加会议。

会议的前一天，段海洲就来了。我们向他解释了我党的政策，并初步交换了意见。赵云祥来时，带着一个骑兵连，头一天住在城外，开会当天将近中午时才到城内，显然他对我军存有戒心。会上经过激烈斗争，决议成立军政委员会，提出各部必须共同遵守的三项要求：联合起来共同抗日；各部队由军政委员会统辖；不得扰乱地方，危害人民。军政委员会的成立是我们在冀南执行党的抗日民族统一战线政策所取得的第二个重大胜利。这一组织的成立，对以后我军改编段海洲部，分化赵云祥部，进一步打开整个冀南抗日局面，起了重要的作用。

1938 年 3 月中旬，一二九师刘伯承师长、邓小平政委为加强冀南的领导和我军的力量，又派师政治部副主任宋任穷同志率骑兵团来到冀南。宋任穷同志和骑兵团到达后，将部队迅速展开，协助地方党组织开展工作，并坚决消灭了已公开勾结日军、反对我军的土匪刘磨头部。同时，加紧对段海洲部的争取和团结，进一步孤立和分化赵云祥部。段海洲自从南宫会议后，因为公开和赵云祥撕破了面皮，更加向我们靠拢。其间，我一二九师副师长徐向前同志还把段海洲邀请到南宫住了几天，亲自跟他谈话做工作，并派三八六旅参谋长李聚奎同志到段部做工作，从而不断坚定了段接受我改编的决心。5 月中旬，段部由武强开至南宫改编为“青年抗日游击纵队”。

赵云祥自南宫会议后，更加反动，不断向我挑衅。群众不堪赵部的蹂躏，纷纷请求我军为他们除害。在此情况下，赵部内部矛盾更加尖锐，特别是所属葛桂斋和邵伯武两部对赵非常不满，经我争取教育后，葛、邵两部自愿合编为东纵第五支队。于是，我们在葛桂斋和邵伯武原来盘踞的景县、衡水、武邑、故城、阜城等县建立了抗日政权，打开了冀南北部的局面。

到这个时候，冀南的混乱局面基本改变，社会秩序日益安定，我们在 20 多个县里建立了抗日政权。东进纵队也由原来的 5 个连，很快发展至 3 个团及若干个支队，共 2 万余人，并组建了 5 个军分区。这时，我们召开了第一次军、政、民代表会议，正式成立了“冀南军政委员会筹备会”，宋任穷同志任主任。这样，在我党领导下，不仅进一步统一了冀南军队的领导，而且统一了政权的领导，进一步打开了冀南抗日根据地的局面。

1938 年 4 月，一二九师主力在太行山粉碎了日军的九路围攻。此时，党中央指示，要抓紧时机，在河北、山东平原地区大力发展游击战争。1938 年 5 月初，一二九师徐向前副师长率领三八五旅七六九团、一一五师三四四旅六八九团和第五支队等主力部队到达冀南，大大加强了冀南我军的力量，加速了各项工作的进展。徐副师长到达后，指示我们要大力加强已占领地区的群众工作，强调指出，要“把广大的人民推到抗日战线上来，把广大的人民群众造成游击队的人山”。同时要我们集中必要的兵力，更加积极地向敌伪军展开进攻，以便继续扩大根据地，提高群众的抗日信心。

根据徐副师长的指示，我们抽调了大批干部深入乡村，改造村政权。同时在徐副师长的亲自指挥下，对邢临公路沿线的日军展开了进攻。当时，邢临公路沿线的敌人为清水和高桥两个大队。清水大队部率一个中队驻威县，其余中队分驻平乡、南和等地；高桥大队部驻临清及其以东地区。这些敌人不时四出骚扰，破坏我根据地的建设。尤其是威县之敌，距南宫城只有20余公里，对我威胁很大。根据这些情况，徐副师长决定，以六八九团袭击威县；七六九团等部位于平乡、威县之间的高阜镇地区，准备伏击由平乡向威县增援之敌；另以骑兵团、东纵一团等部，伏击可能由临清出援之敌，并相机袭占临清城。

5月9日夜晚，六八九团隐蔽地接近了威县城墙，敌人警戒疏忽，对我部队的行动毫无察觉。我由城东北角进攻的2个连，立刻竖起梯子，爬上了城墙。从东门进攻的部队俘虏了正在打瞌睡的敌军哨兵，并乘机占领了城楼。两支登城部队继续向前发展，后续部队陆续登城。这时敌人才发觉，乱作一团，仓皇应战，我军在城内与敌展开激烈巷战。战至次日中午，歼灭日伪军近百名，缴获步枪100余支及轻重机枪各1挺。

威县战斗，给了邢临公路之日军以很大打击，各城日伪军紧闭城门，恐慌万状。为避免被歼，临清、南和、平乡之日伪军于14日前后弃城向邢台逃窜，我军当即收复临清等城，并乘胜分兵向东、向南发展。我率部歼灭伪军张殿卿、李守兰等部2000余人，并占领临清，攻克夏津、高唐。骑兵团连克永年、肥乡、广平、成安，消灭伪军400余人。6月初，三八六旅七七一团由太行山进到永年、肥乡一带，配合东纵一部和骑兵团，消灭了盘踞在临漳一带的伪军，生俘伪军军长苏明启以下2000余人。不久，三八五旅汪乃贵支队也进到宁晋、赵县、束鹿、栾城、藁城一带，打击日伪军，相继在宁晋、赵县、束鹿等县建立了抗日政权。

至此，我党我军控制了整个冀南地区，开辟了拥有 800 万人口的冀南抗日根据地。

两战长生口

李聚奎　黄振棠

1938 年 2 月，为配合国民党军队反攻太原，钳制向晋南进攻的日军，八路军第一二九师刘伯承师长于 19 日在长岭召集第三八五旅和三八六旅的干部开会，命令三八六旅设伏长生口，待三八五旅七六九团袭击井平公路上的日军重要据点旧关的战斗打响后，消灭井陉来援之敌。长生口地处井陉地区要塞，是石家庄通往太原的必经之路。那时，李聚奎在三八六旅任参谋长，黄振棠在三八六旅七七一团任政治处主任。刘师长下达作战任务后，我三八六旅指战员无不感到欢欣，因为此地正是去年我旅出征抗日首战告捷的地方。

那次战斗发生在 1937 年 10 月 22 日。当时，沿正太线西犯太原的日军第二十师团、一〇九师团正猛攻娘子关，已占领娘子关东南旧关等重要阵地；其主力一部经九龙关、测鱼镇等处，向正太路南侧山地西犯，企图对娘子关正面的国民党守军实行迂回攻击。该线国民党军队力战不支，曾万钟军一部和武士敏第一六九师已被围困在旧关以南山地，形势十分危急。我旅根据刘伯承师长的命令，于10月初向晋东前线进军，在娘子关东南及以南的日军侧后，积极寻机歼敌，解救娘子关、旧关危机。

10月19日，正当娘子关、旧关告急的时刻，我旅七七二团到了平定县城以东的石门口，已经可以听见娘子关、旧关一带传来的隆隆炮声，指战员们就恨不得马上飞到前线，参加战斗。

10月20日，七七二团到达长生口附近的支沙口。第三营在副团长王近山的率领下，于21日夜间去袭击板桥西北1000高地的日军。部队刚过长生口，突然出现了新的情况，前面板桥方向来了一队日军，正偷偷向西进犯。王副团长立即命令部队利用山坡有利地形迅速展开，片刻工夫，就形成了一个严实的包围圈。骄横的日军一无所知地进到我伏击圈，三营有个战士在月光下小声地数着：1个、2个、3个……好家伙，足足有100多人。

当敌人完全进入三营的伏击圈时，王副团长一声令下，顷刻间，枪声和手榴弹的爆炸声连成一片，敌人被打得乱了阵脚。当他们前后逃窜都受阻时，才发觉已经被四面包围了。战斗持续了一个小时，曙光初露时，残余的日军被压缩在长生口村子的一个空场院里，看来全部消灭这股日军是易如反掌。战士们喊着："冲啊！"从山坡上冲下来，可此刻在火线上的一位指挥员却突然喊出一声："捉活的！"这毕竟是三营与日军的第一次交锋，捉惯俘虏的战士们还以为日军和内战时期的敌人一样，打垮了就会缴枪。然而，被武士道精神所毒化的日军却垂死顽抗，我 11 位勇士在“捉活的”口号声中倒下了，其中牺牲两人，残敌趁机突出了包围，仓皇逃走。后来，这位指挥员每当谈及此事，都黯然地低垂着头，感到对不起牺牲的战友。但这场伏击战，我们终究是胜利了，毙敌 50 余人，缴获 10 余支步枪及一些弹药等军用品。

长生口战斗的胜利，鼓舞了三八六旅指战员的士气，接着，又连续在东石门、马山村、七亘村，给进犯的日军以沉重打击，创造了四战四捷、歼敌 1000 余人的重大胜利，同时解救了旧关被围之国民党军队。我们刘师长还特意把几次战斗中缴获的日军战马、军刀、大衣等战利品，送给国民党第二战区副司令长官卫立煌一部分，卫立煌亲自点验过目，敬佩不已，对身边的将领说：“还是八路军机动灵活的战术好，接连打了好多胜仗。”

时隔四个月，我们又重返首战告捷之地，欢欣自豪之情，再创日军之志无不溢于言表。可是，沿途村庄断垣残壁，瓦砾成堆，景象大变。原来是连遭我军沉重打击的日军，活像一群疯狗，每进一村，枪杀群众、烧毁房屋、奸淫妇女、无恶不作。饱受日军残害的群众见到我们，欣喜万分，奔走相告，说是打胜仗的部队又为他们复仇来了。不用群众说，我三八六旅指战员早已怒火中烧，恨不得立刻为受苦受难的人民群众报仇雪恨。

复战长生口这一仗简直就是一次周密的军事演习。我们的刘伯承师长在一次全师干部会议上说："我们是战术的创造者，我们要打击敌人的弱点，不错；可是倘若敌人并没有弱点，应该怎么办呢？——给敌人制造弱点。"当时，长生口东边的井陉驻有大部敌人，西边旧关驻有 200 多敌人，倚仗坚固工事，死守据点。表面看来，并没有多少弱点。怎么给敌人制造弱点呢？刘伯承师长是这样部署的：用七六九团的兵力佯攻旧关，对敌人实施包围，但并不切断敌人的电话线，让他们向井陉的敌人求援，迫使井陉的敌人不得不走出据点，向旧关增援。一旦敌人出了据点，在行进中便造成了弱点。这样一来连消灭敌人的地点都由刘师长指定好了，就在我三八六旅初战告捷的地方——长生口。

恰好就在与第一次战斗相隔 4 个月的 1938 年 2 月 22 日拂晓，长生口第二次伏击战打响了。七六九团一部袭入旧关，将日军碉堡包围，驻井陉的日军果然中计，急忙出动 200 余人乘 8 辆汽车赶来增援。早晨 6 点，这股敌人进入我长生口伏击区内，七七一团和七七二团突然发起攻击，经过 5 小时的激战，毙敌警备队队长荒井丰吉少佐以下 130 余人，俘敌 1 人，缴获步枪 50 余支，8 辆汽车被我炸毁 5 辆，剩下的 3 辆，载着少数残敌窜向井陉。

我们取得了复战长生口的胜利。陈赓旅长在自己心爱的日记本上记述了这次战斗："我们凌晨 1 点出发。山路崎岖，冷风刺面，但均衔枚疾走，勇气百倍，到达红土岭时，东方尚未发白。拂晓前开始部署。凌晨4点左右，旧关发生激烈枪声，知七六九团已到，开始袭击了。时至6点，尚未见敌援兵到来。正在焦急之际，忽然前面传来枪声，这时候真有说不出的痛快。敌人200余，一部乘车，一部行军。我军突然开火，敌先头第一部汽车即被我击坏……”

三八六旅在长生口“旗开得胜”，复战又捷。尤其是第二次伏击战的胜利迫使日军不得不调集更多的兵力来对付我们，从而钳制了日军向晋南的进攻。复战长生口的胜利消息，很快传遍了附近饱受日军蹂躏的村镇，群众箪食壶浆，热烈欢迎子弟兵，踊跃参加祝捷大会，争看战利品和被俘的日本兵，人民群众的抗战热情更加高涨。

扬威神头岭*

周希汉

1938 年 3 月 5 日，刘伯承师长、邓小平政委和徐向前副师长来到三八六旅驻地，和陈赓旅长、王新亭政委商讨作战计划，打算在邯长大道上寻找敌人弱点或诱其暴露弱点而予以痛击，破坏日军的交通运输线。3 月 14 日，师首长决定以三八五旅的七六九团为左翼队袭击黎城，引诱潞城的敌人来援，以我三八六旅为右翼队，在潞城与浊漳河畔的潞河村之间设伏，迎击增援黎城的日军。

命令传下来后，大家便开始了战前的各种准备工作。当时，旅里刚成立了一个补充团，我从三八六旅作战股长调到补充团任参谋长。因为旅部人手不够，旅长要我等部队进入伏击地区后再去就职。下午，我把潞城敌人的情况向旅长做了汇报。根据最新的侦察报告，敌人兵力已增至 3000 多人。

---

* 本文原标题为《神头扬威》，收录时做了适当修改。

旅长仔细听着，等我说完了，才点了点头，缓慢地说："唔，馒头大了，我们兵力不足，要没有个好地方，就更不好吃哇。"说罢，目光又凝集到地图上去了。

第二天上午，各团的领导干部都赶到了旅部，在磨坊边一间敞亮的屋子里举行了战前的第一次准备会，会议的中心主要是伏击场地的选择。同志们围在地图前你一言我一语，议论纷纷，都不约而同地集中到了地图上的一个地方：神头岭。从地图上看，神头岭位于潞城县城东北 12.5 公里处，那里有一条深沟，公路正从沟底通过，两旁山势陡险，既便于隐蔽部队，也便于出击。从图上看，整个邯长线上，再也没有比这更理想的伏击场地了。大家议论了一阵，最后都望着陈旅长，等着他做结论。但是，旅长没有马上做结论，却问道："神头岭的地形谁看过?"

会场突然沉默了，因为大家都还没有顾上去看地形。"这不是纸上谈兵吗?"陈旅长笑了起来，"刘师长常讲：'五行不定，输得干干净净。'靠国民党的老地图吃饭，要饿肚子啊！我看，会暂时开到这里，先去看看地形好不好?"

于是，在派出侦察警戒小组之后，我们十多个人立刻上马，随同旅长离开驻地向南驰去。到达潞河村附近后，我们下了马，隐蔽地沿公路北面的山梁西行，一路上有几处地形还算险要，但对于这样一个用几个团兵力的伏击战来说，却远不是适合的。因此，大家都很自然地把希望寄托到神头岭上。

翻过一座山，神头岭在望了，眼前的景象使我们不禁大吃一惊：实际地形和地图上标示的根本是两回事，公路不在山沟里，而在山梁上！公路铺在一条几公里长的光秃秃的山梁上，山梁宽度不过一二百米。路两边，地势比公路略高，但没有任何隐蔽物，只紧贴着路边，有过去国民党部队构筑的一些工事。十多个人一时都愣住了。旅长用鞭梢朝公路指了指说："怎么样，这趟没有白跑吧？粗枝大叶要害死人哪！"

原来的希望落空了，怎么办呢？旅长仍在继续观察着，好像要把那些报废了的工事全都数遍。过了好久，才转身一挥手呵呵笑着说："走，回去讨论好啦，地形是死的，人是活的，想吃肉，还怕找不到个杀猪的地方吗？"

回到旅部吃过饭，会议继续举行。会场的气氛更热烈了，有的主张在这里打，有的主张在那里打，种种分析，各有利弊，讨论了很久，还是难于得出结论。旅长一直在仔细听着大家的发言，直到讨论告一段落，才扫视了一下会场，用洪亮而坚定的声音说："我看，这一仗还是在神头岭打好。"

"神头岭？"有人惊异地问。会场又沉默了，很多同志对这一意见都感到有点奇怪，神头岭，怎么会是一个好伏击战场呢？

旅长好像看出了我们的心思，离开座位走到地图前说："不要一说伏击就只想到深沟陡崖，天底下哪有那么多深沟陡崖？没有它，仗还是要打。”接着，他分析说，一般讲，神头岭打伏击的确不太理想，但是，现在却正是我们出其不意地打击敌人的好地方。正因为地形不险要，敌人必然麻痹，而且那些工事离公路最远的不过百来米，最近的只有20来米，敌人早已司空见惯。如果我们把部队隐蔽到工事里，隐蔽到敌人鼻子底下，切实伪装好，敌人是很难发觉的，山梁狭窄，兵力确实不易展开，但敌人更难展开。说到这里，旅长把手杖在两张桌子上一架，问道：“独木桥上打架，对谁有利呢？”

七七一团徐深吉团长笑道：“我看是谁先下手谁占便宜。”

“对哇，只要我们做到突然、勇猛，这不利条件就只对敌人不利而对我们有利了！”谈到预备队的运动，旅长问七七二团叶成焕团长，如果把二营（二营一向以快速著称）放在申家山，能不能在40分钟内冲上公路？叶成焕团长蛮有把握地说：“半个小时保证冲到！我觉得预备队运动问题不大。”

听了这些分析，我们好像从狭窄的山沟里一下走到了平原上，视野突然开阔，心里豁然亮堂了。大家又展开讨论，最后终于统一了认识。计划就这样确定了：仗，就在神头岭打。最后，旅长又问我潞城敌人有没有什么变化，我回答说：“还是3000多人，没有大变化。”

“3000多……我们兵力是有点不足。”旅长沉思了一会儿，突然扭头对叶成焕团长说："你们再抽一个连出来，撤到潞城背后打游击去！"叶成焕团长先愣了一下，接着便高兴地连连点头。

会一开完，我们就把战斗计划向师部报告，计划很快得到了师首长的批准。从师部来的电报中可以看出，旅部的这些决心和部署，正符合师首长的意图。

3 月 15 日，预定的时刻到来了。天刚黑，部队就出发了。在行军路上，陈赓旅长却非常愉快和轻松，一会儿在队伍里和战士们拉呱儿，鼓励大家树立信心，一会儿又和王新亭政委开玩笑。路过申家山时，旅部的同志都留下来了，旅长则仍拄着手杖，和我们一起继续前进。一出村，他就对我说："周希汉，作战股长的任务完成啦，当你的参谋长去吧！"爬上神头岭后，我回到补充团。

陈旅长先在神头村里看了看，又到各团亲自督促大家进入阵地进行伪装，具体指示大家不要随便动工事上的旧土，踩倒了的草，定要顺着风向扶起来。忽然，远处突然传来了一阵沉闷的轰隆声，那是担负"钓鱼"任务的陈锡联率领的左翼队七六九团对黎城的袭击开始了。该团一营于 16 日 0 点 30 分一举攻入城里，消灭日军 100 多名。随着黎城方向越来越密的枪炮声，我们的心情也越来越紧张了，加快速度做好伪装隐蔽起来。

凌晨 4 点 30 分，一切都已就绪，陈旅长再一次交代我们：每个营只许留一个干部值班，在外边观察，别的人谁也不许露面，然后才离开阵地，回旅指挥所去。

天大亮了，我向外观察，四周很静，北面和我们相对的地方，是七七二团一营的阵地，他们隐蔽得很好，我极力搜寻，也很难发现一点痕迹。一会儿，电话铃响了，耳机里传出了陈旅长洪亮的声音，他问了问我们隐蔽的情况，要我们沉住气，又告诉我们，敌人来到时，一定要等七七二团打响后再下手。

上午9点钟左右，陈旅长又来电话说：潞城出来了1500多敌人，已经到了微子镇。我赶紧告诉了和我在一起的补充团二营营长和教导员，同时心里想，好啊，来少了不够吃，来多了一口吃不下，1500人，正合适！潞城有3000多敌人，为什么只出来1500人呢？原来正是我们派出去打游击的那个连发挥了作用，他们在潞城背后乒乒乓乓一打，敌人害怕我们乘虚攻城，便不敢倾巢出援了。

过了一会儿，敌人在微子镇方向露头了，前面是步兵、骑兵，中间是大车队，后面又是步兵、骑兵，一拉几里长。先头到达神头村后，突然停下来，过了很久，才出来了一个30多名骑兵的搜索分队。看到申家山上没有动静，便继续前进了。后面的大队，随即沿公路跟了上来。原来，这是敌人十六师团的部队，敌人满以为大部队行动，我们根本不敢惹，因此又带上了一〇八师团笹尾部队的一个辎重队，妄想救援黎城、护送车队一举两得。

敌人大摇大摆地来到了我们面前，步兵、骑兵过来了，大车队过来了，后卫跟着也进了我们的伏击圈。七七二团指挥所发出了攻击的信号，这平静的山梁好像变成了一座火山，成百成千的手榴弹蓦地在敌人脚下齐声爆炸，横飞的弹片、闪闪的火光，连同那滚腾的硝烟与黄土，一下把那长长的日军队伍和公路都吞没了。“冲啊！杀啊！”没等再下命令，战士们便从工事里、草丛里飞奔出来，冲进敌群，用刺刀、大刀、长矛奋勇砍杀。正杀得难解难分，一阵喊杀声自天而降，这是远在申家山的七七二团二营冲上来了。这支生力军的到来，马上使中段的敌人完全失去了战斗力，除少数窜向东面的张庄和西面的神头村方向外，绝大部分都成了我们的刀下鬼。

谁知就在这时候，出现了一个意外的情况。残余的敌人都集中到了东西两头，东头的敌人是插翅也难逃的，因为七七一团早防备了这一手，战斗一开始即炸毁了河上的大桥。但西头的300多敌人乘隙占领了神头村，企图依据房屋、窑洞固守待援，伺机接应东头的敌人一起向潞城逃跑。显然，让敌人在村里站稳脚，就等于让敌人占领“桥头堡”，形势对我们将极为不利。现在，战斗能否取得全胜，关键完全系在对这个只有十余户人家的神头村的争夺战上了！

二营营长和教导员急得直跺脚，连声问我：“怎么办？怎么办？”我喊道：“向村里冲！”部队刚要运动，村里突然枪声大作，只见日军乱得像一窝蜂，稀里哗啦逃了出来。同志们高兴得大叫大喊："老大哥干得好啊！干得好啊！"

原来当敌人冲进神头村时，陈赓旅长刚好自申家山下来，到了七七二团指挥所。旅长问道："村边是哪个排？"

"七连一排。"叶成焕团长回答。

"是蒲达义那个排吗？"蒲达义排一贯勇猛顽强，能打硬仗，曾多次受到旅长的表扬。这时，陈赓旅长突然把手杖一挥，斩钉截铁地吼道："命令一排，不惜一切，把村子拿回来！"

一排没有辜负旅长的信任，出色地完成了任务，20 多个人在蒲达义排长的率领下一个猛冲，仅以伤亡五人的代价就把敌人赶出了村子，并用猛烈的火力打死打伤了好几十个日本兵。然而，力量毕竟悬殊太大，敌人一出村，马上又蜂拥上来，情况真是危急万分。幸好，就在这千钧一发的关头，叶成焕团长亲自率八连赶到了村里，巩固了阵地。

正在激战的时候，旅长拄着拐杖来到了神头村里，一边观察村外的情况，一边挥着手杖向冲过身边的战士们喊："快上，把敌人给我赶到山梁上去！"正喊着，一颗炮弹在附近轰然炸裂，一间小草屋立即熊熊地燃烧起来，旅长的手杖也被爆炸的气浪震落，飞出去很远。警卫员急得大喊："旅长，这里危险！"旅长抖了抖身上的泥土，取下眼镜一边擦着一边说："你老跟着我干什么？快上去告诉大家，决不能再让敌人占一个窑洞，一栋房子！"

正在前沿的叶成焕团长把盒子枪一举，大喊声："消灭敌人！冲啊！”战士们大喊着不顾一切地扑向敌人。我们补充团的干部战士也好像平添了千百倍的勇气与力量，振臂一呼便狂风般向敌人卷去。几面一夹，如雷霆万钧，残余的敌人完全失去了抵抗的能力，很快就全部被消灭了。

枪声停息了。我和团长、政委急忙朝村里赶去。走到村口，只见旅长穿着灰棉衣，敞开前胸，正笑容满面地和叶成焕团长站在那里，老远就向我们喊：“补充团，干得不错呀！”

见到旅长，我们把战斗情况做了汇报，又把两架崭新的折叠镜箱照相机送到他面前说：“这也是刚才缴的。”旅长接过照相机，见机子里装有现成胶片，便打开机匣，对准狼藉满地的日本旗和横七竖八的日军尸体，连拍了好几张。

当神头村围歼战激烈进行的时候，我伏击部队放过去的先头之敌，一到潞河村就被七七一团一个不剩地给收拾了。七六九团完成“钓鱼”任务后随即撤离黎城。黎城日军即派一部向神头岭疾进，企图援救神头被围之敌，当其行至赵店村浊漳河畔时，突然遭到我七七一团特务连的阻击。潞城前来援救的日军被我七七二团第七、八连的勇士阻击，见势不好，慌忙掉转车头，逃回了潞城。

下午4点，神头岭伏击战胜利结束。这次战斗，毙伤俘日军1500余人，毙伤和缴获骡马600余匹，缴获各种枪300余支（挺）以及其他大批军用物品。这次伏击战打得干脆、利落，刘伯承师长赞扬是“吸打敌援”的一个好的战例。就连日军统帅部也把这次伏击战看成我八路军的“典型的游击战”。这次伏击战沉重地打击了日军的嚣张气焰，提高了我军的声威，增强了人民抗战必胜的信心。

响堂铺伏击战*

徐深吉　吴富善

1938 年 3 月下旬，日军继续向黄河各渡口猛犯。邯长大道和由长治至临汾的公路，是敌人的两条重要交通要道，汽车每日往返不断。为了给日军以沉重打击，我一二九师首长决心以三个主力团，在东阳关至涉县之间的响堂铺地段，消灭敌人的运输队。

响堂铺是位于今河北涉县以西、山西黎城县东阳关以东，邯长大道上的一个小村。村南侧是海拔 1400 多米的高山，山峰陡峭，村北边也是海拔 1200 多米的高山，山势平缓，地形起伏，并有一些村庄。两山之间是一条长长的峡谷，日军依山顺谷修了一条简便的汽车路，是日军由邯郸进犯山西的咽喉之地。

我军作战部署是：三八六旅七七一团和三八五旅七六九

* 本文原标题为《动地军歌唱凯旋——忆响堂铺伏击战》，收录时做了适当修改。

团的主力，分别在邯长大道以北的后宽漳至杨家山一线山地设伏。七七一团为右翼队，七六九团为左翼队，三八六旅七七二团主力集结在马家拐，以保护我伏击部队右后方安全。

各部队接受任务后，抓紧时间进行思想动员和战前准备。当时我们七七一团指战员绝大多数未见过汽车，对它的性能和特点不了解，团长徐深吉和政委吴富善有针对性地进行打汽车运输队的战前教育。在传达战斗任务时，我们特别向连以上干部说明，这次前线指挥战斗的师首长是徐向前副师长。大家听了这个消息非常高兴，因为我们的干部和绝大部分战士来自红四方面军，徐向前副师长是我们的老首长，他在指战员中有很高的威望。

30 日午夜，我们部队准时进到响堂铺村附近的预定阵地。三八六旅旅部指挥所设在后宽漳。为了打好这一仗，我们七七一团的领导认真进行了研究，并做了具体部署：第一营在响堂铺北山坡上，第二营在响堂铺西北山坡上，一、二营为第一梯队，担任正面主攻任务；三营在二营的右后西山坡上为第二梯队。等敌人最后一辆汽车驶过下弯时，即切断敌人后路，并消灭后部敌人及其掩护部队。团迫击炮连阵地布置在宽漳村附近的山坡上，以便支援各营突击敌人。

3 月间，太行山区的深夜寒气逼人，但是，为了伏击战的胜利，指战员们没有一个叫苦喊冷的，都聚精会神地等待战斗的命令。天刚拂晓，我们得到一个情报：东阳关的几百名敌人，向苏家峧的七七二团七连伏击地开去。是不是敌人发现了我们的行动？如果真是这样，这对我们完成伏击任务会产生很大的影响。当时我们都很着急，但作战经验丰富的徐向前副师长却冷静地做出分析判断：昨天东阳关敌人只有150人，今天突然出现几百人，这说明东阳关增兵了。我们昨夜的行动十分隐蔽，今天拂晓敌人是不会知道的，敌人至多只能发现我苏家峧之小部队，不可能发现我主力部队的行动。徐副师长胸有成竹，指挥若定，立即果断地命令七七二团派一个营到庙上村以东之高地，加强警戒，保护我埋伏部队的右后方之安全。又命令埋伏部队继续隐蔽，耐心等待敌人，并对七六九团团长陈锡联说："你们仍应集中注意力准备打敌人的运输队，即使敌人几百人绕到你们后面来，也不要管。你和徐深吉各给我一个连，我来掩护你们消灭敌人的运输队以后，向南撤出。"徐副师长的正确判断和坚定的决心，使参战部队受到很大的鼓舞。大家很快安下心来，继续搞好设伏。

上午8点多钟，观察所侦察参谋高厚良报告："听到东阳关方向有汽车马达声音。"

接着他又报告："敌人的汽车队已由东阳关方向沿公路往东开来。"徐深吉命令观察所继续观察敌人有多少汽车，及时准确地报告。不一会，观察所又报告："从敌人的第一辆汽车开始数起，现在已过上弯的有33辆，后面还继续来。"听到这个情况，徐深吉当即判断敌运输队将很快全部进入我伏击地域，战斗马上就要打响了。为了更有把握地歼灭敌人，他命令观察所继续查清敌情。观察所接着又报告说："敌汽车继续开进，已过64……97……113……153……180辆，后面没有了。"不一会，敌先头的几辆汽车已通过七七一团第一营正面，进到七六九团的伏击地段。这时，我俩商量：我们是全团担任伏击任务，应该多消灭些敌人，打后头100辆，七六九团有几个连担任对涉县的警戒任务，放过80辆让他们去收拾。

敌汽车过了下弯，进入河底，公路比较平坦，速度加快了。当我们看到最后的几辆坐着六七十名日军掩护部队的汽车，刚到下弯，前面的70多辆汽车已进入七六九团地段，亟待出击命令时，突然听到"啪！啪！"两声枪响，抬头一看，两发绿色的信号弹悬挂在上空，这是总攻击命令。顿时，我们的步枪、机关枪和迫击炮一起怒吼，密集的火网打得敌人晕头转向。紧接着几十把军号一齐响起"嘀嘀嗒！嗒嗒嘀……"的冲锋号声，我们的部队如猛虎一般地冲了下去。霎时间，数以千计的手榴弹在敌群中爆炸。随着枪炮声、冲锋号声、喊杀声，我们的勇士们火速冲上公路，跳上汽车，与敌人展开了搏斗。敌人被打得惊慌失措乱作一团，有的被击毙在车厢里，有的被刺死在公路上，有的滚下车来企图顽抗，有的藏到汽车下面。我们的战士越战越勇，跳下汽车的敌人被我们的手榴弹炸得血肉横飞，有的被刺刀和长矛刺死在地上。残余的敌人向南山逃窜，被我南山的部队一阵猛打，又滚回公路上被消灭。

就在我们七七一团紧张战斗的同时，七六九团在团长陈锡联的指挥下也与敌人展开了激战。上午 11 点钟，战斗基本结束，敌人的 180 辆汽车和随车的 170 多名日军，除了 30 多个敌人乘我南山部队少、空隙大，钻空子逃掉外，其余的敌人均被歼灭，车上的军用物资也都被我缴获。那时，我们没有汽车驾驶员，汽车开不走，只好把 180 辆汽车一一点着。顿时，一团团黑色烟柱冲上几十米的高空，敌 180 辆汽车很快全部被烧毁。这时，我指战员满怀胜利的喜悦，抬着缴获的迫击炮等战利品，高高兴兴地撤离了战场。

果然不出徐副师长的判断，当我部队在响堂铺与敌激战之际，驻黎城和东阳关之敌步骑兵共 400 余人很快出动，并向马家拐地区的我七七二团发起进攻，企图解响堂铺之危。敌人哪里知道，我七七二团早就按照徐副师长的部署，进行了战斗准备，所以当即奋力反击，把进攻之敌击溃。黎城之敌出动 200 余人会同被击溃之残敌再次向我七七二团进攻，又被我击溃。涉县之敌也乘 6 辆汽车驰援，在椿树岭以东被我七六九团打援部队击退。

下午 4 点左右，敌人出动飞机十多架，飞到响堂铺上空轰炸。但是，徐向前副师长早就预料到：敌人在地面上吃了败仗后，必然从空中来“示示威”，以挽回面子。因此，在战斗快结束时，他就命令部队迅速打扫完战场，当即撤离，并留下少数部队动员、组织群众疏散隐蔽。所以，当敌机飞到响堂铺上空时，我们的部队早已全部向马家峪、佛堂沟一带山地转移。敌机转了一圈，见到满山沟是被我烧毁的汽车残骸和横七竖八地躺在地上的日军尸体，发疯似的投下一排一排的炸弹。顿时，响堂铺北山坡上扬起一团团浓烟，其实敌机连我军的影子也未见到。

这次战斗，共毙伤敌少佐以下官兵400余人，烧毁汽车180辆，缴获各种枪130余支、迫击炮4门。我伤亡300余人。

战后，刘伯承师长对徐向前副师长指挥的这次战斗深为赞扬，说："向前不减当年勇。"并指出，此次伏击战首先是地形选择得好，其次是情况判断准确，决心果断，部署周密。同时，担任打增援的部队和担任打伏击的部队密切配合，保证了响堂铺伏击战的胜利，为我军伏击战创造了一个范例。

“青年抗日义勇军团”的新生

李聚奎

1938年初，我一二九师东进纵队进驻河北省南宫县以后，接连打了几个胜仗，收编了南宫周围好几个县的保安队和伪军，在冀南地区产生了很大影响，使游杂武装段海洲部受到了很大震动。段海洲是冀南地区游杂武装中较大的一股，队伍有四五千人，自命番号为“青年抗日义勇军团”。经过争取，段海洲部表示愿意接受我军改编。

5月初，我随一二九师副师长徐向前同志来到了南宫，在三八六旅任参谋长。徐向前同志听了东进纵队进入冀南和争取段海洲的情况后，指示要加快做好收编和改造段海洲部的工作。并立即邀段海洲到南宫住了几天，亲自同段谈话，给他介绍抗战形势和我军痛歼日军的几个重大战斗，还详细讲述了我党抗日民族统一战线的政策，使段海洲很受教育，当面向徐副师长请求收编，并表示要在八路军领导下积极抗日。徐副师长随即发电报给刘伯承师长，请示将段部编为

"八路军青年游击纵队"，并建议让我去担任青年游击纵队政委。刘师长很快回电："同意段海洲部编为八路军青年游击纵队，以聚奎为政委，可以朱、彭电令委任，让其宣布显明旗帜，并受一二九师直接领导。"之后，徐副师长还把我和段海洲叫到一起，传达了刘师长的电报，并对段说："李聚奎同志是我们八路军给你派的政治委员。他同你一起回武强县，把队伍整顿一下，然后就开到南宫吧！"

离开南宫后，我同段海洲来到武强县县部驻地。到部队一看，这支队伍无论是武器装备、着装，还是纪律、士气等，都比我所听到的和想象的还要差。可以看出这是一支训练无素、战斗力较弱的杂色部队。当部队看到我代表八路军来改编他们时，官兵们议论纷纷，众说不一。为稳定部队，段海洲首先召集干部开会，请我讲话。我着重向他们宣传我党的抗日主张，只有团结起来，"有钱出钱，有枪出枪，有力出力"，才能把日本侵略军赶出中国等道理，同时，我还宣布了开往南宫接受改编的有关安排。我讲完话后，段海洲接着讲了几句，八路军是真正的抗日武装，参加八路军是我们的光荣，从今往后我们这支队伍就要听从八路军的指挥等等。我们的讲话在段部引起了强烈的反响。广大官兵对部队改编拍手称快，表示拥护。但也有一些人极为反对，因为在这些人当中，除了土匪、旧军官外，还有个别是国民党中统特务。在这些人的煽动下，队伍还没有开拔，有些人就开小差跑了。但是，这些人毕竟是少数，当时段海洲部绝大多数人是拥护八路军改编的，特别是那些接受过抗日宣传的进步学生显得特别活跃。我依靠这些人积极开展工作，争取了一部分军官和广大士兵，使部队的思想很快稳定了下来。之后，对一些不适合打仗的老弱人员，发给路费劝他们回家，并给改编后的官兵每人赶制了一套新军服，使军容焕然一新，部队也变得精干了。临行前，我还向部队宣布了行军纪律和注意事项，让每人带三天口粮，以便不再打扰沿途老百姓。队伍从武强县出发，经过冀县大寨村，又把段部驻在那里的一部分人带上，走了四天到达南宫，我向徐向前同志报告了段部的情况，并提出必须将有些干部调整一下，否则对改造段部不利。徐向前同志同意我的建议，以刘伯承师长和邓小平政委的名义，调出了几个人去太行山师教导队学习。

段部在南宫正式改编为青年抗日游击纵队（简称“青纵”），稍加整训，即从冀南开到豫北的滑县、汲县、濮阳一带。

这期间，南宫以东发生了反动会道门组织“六离会”叛乱事件。为了打击、瓦解会道门组织，迅速平息叛乱，“青纵”奉命返回南宫，开到张马、甘狼冢一带，与七六九团、骑兵团一起，击溃了“六离会”纠集的 1 万多人的进攻。

平息“六离会”叛乱事件以后，“青纵”在南宫、威县、永年一带地区活动了几个月，并进行了短期整训。

为了把这支队伍改造成为真正的人民军队、抗日武装，我们做了大量的工作。1938 年 7 月初，一二九师政治委员邓小平来到冀南，住在威县附近，我去汇报改编段部情况，并请邓政委与段海洲见面，邓政委爽快地答应了。第二天，我和段海洲来到邓政委处已近中午，邓政委置办了一桌在当时来说是比较丰盛的午餐招待段海洲。席间，邓政委赞赏了段率部接受我军改编是正义之举。饭后，邓政委又同段进行了长时间的谈话，勉励段不断进步。

我们回到部队后，段海洲多次和我谈起邓政委的接见，说邓政委的谈话，使他很受教育，终生难忘。之后，我俩经常在一起交谈。我除不断给他讲抗日救国的道理外，还常常给他讲一些井冈山朱德的扁担，红军长征爬雪山过草地，我师夜袭阳明堡飞机场和在神头岭、响堂铺伏击日军的故事。这些在八路军中人人皆知的故事，对段海洲来说却是那么陌生，引起了他浓厚的兴趣，每次都听得入了神。记得有一次，我刚得到一本毛主席的《论持久战》，读过之后就送给段海洲学习。段海洲看后，赞不绝口，深为毛主席关于抗战三个阶段的精辟分析所折服。我们在做好团结改造段海洲等上层人员工作的同时，还采取多种形式，对广大士兵进行政治教育。

部队整编期间，邓小平、徐向前、宋任穷同志一直住在“青纵”。我们充分利用这一有利条件，在驻地附近选了一块较大的场地，用木板搭了个台子，请邓小平、徐向前、宋任穷给“青纵”全体官兵做报告。“青纵”中那些原段部的官兵，见了这些著名的八路军高级领导人，格外激动，特别是听了首长们关于抗战形势和我军的军民关系、官兵关系、作风纪律、游击战术等生动的报告，觉得很新鲜，受到了很大教育，精神面貌为之一新。

为改变“青纵”的成分、编制，加强领导力量和政治工作，在邓政委的领导下，部队与三八六旅七七一团及在河南安阳收编的游杂武装合并。为了争取段海洲，部队命名为“八路军青年抗日游击纵队”，段海洲仍任司令，我任政治委员，七七一团的团长徐深吉同志任副司令，政治委员吴富善同志任政治部主任。整编后，纵队加强了党的领导和骨干力量，军政素质有了显著提高。在党的领导下，“青纵”积极开展对敌斗争，并在战火的洗礼中逐渐成长壮大起来。

8 月下旬，我纵与东进纵队、六八九团、新一团等部，在由平汉路西东进的六八八团配合下进行了漳南战役。9 月 10 日，我纵与六八九团、新一团消灭伪军李台部及王自全残部共 1300 余人。接着，我纵又与新一团、六八八、六八九团组成漳南兵团，继续南进，25 日攻占滑县城、道口镇。26 日，在汤阴西南歼灭伪军扈全禄部，俘敌 1400 余人，经过近一个月的作战，基本肃清了平汉路东、漳河以南、卫河以西，南北近百里地区的伪军和土匪。通过这些战斗，锻炼了部队敢打硬仗、敢与敌人白刃格斗的顽强战斗作风，使部队由开始的只能打游击、打反动会道门的小型战斗，发展到能同日伪军打大仗、恶仗。

漳南战役后，大约在 11 月初，枣强县又发生了反动会道门“白吉会”叛乱事件。冀南行署宋任穷主任派我纵与骑兵团去解决这一事件。我们跟反动头目胡和道谈判时，首先向他申明我党抗日统一战线的政策，然后提出撤走围城武装，解散“白吉会”，并严正指出不要煽动和利用受蒙蔽的老百姓搞摩擦。但胡和道一伙根本不听，城外“白吉会”继续敲锣打鼓，摇旗呐喊，不肯撤走，还乘夜袭击我纵三团驻地，谈判无法进行下去。于是，我们决定反击，打下他们的反动气焰。战斗前，我在本子上写了几句话，大意是：谈判几次，你们都没有诚意，而且越来越嚣张。现在，我们已忍无可忍了！特此通知你们。我撕下纸条，派人给胡和道的上司孙良诚送去。战斗开始，我们的枪一响，“白吉会”这一伙乌合之众当即仓皇逃散，孙良诚、胡和道看事情不妙，也都偷偷溜走了。

1938 年冬天，日军对我冀南地区进行第一次全面“扫荡”。敌人占领隆平、故城、恩县三座县城后，继续向南宫推进。我率领“青纵”在南宫以西阻击日军。有一天，宋任穷主任找我谈话，说鲁西北自范筑先牺牲后，整个局面乱了，我党为开辟鲁西北的工作，决定派我去鲁西北重建新的队伍。

就在我去鲁西北期间，听到段海洲托病请假回家一去不返的消息。以后得知段海洲回家养病期间，开了小差，又到国民党那里当了官。全国解放前夕，他率部在湖北省监利县起义。段海洲那年虽然离开了“青纵”，但这支队伍，由于党的教育和战争的锻炼，却坚定地跟着共产党、八路军走。

后来“青纵”编为八路军一二九师新四旅。这支队伍在巩固冀南抗日根据地以至在解放战争中打了不少胜仗，做出了不可磨灭的贡献。

响堂铺战斗的尖刀连*

李德生

1938 年 2 月，为配合友军反攻太原，一二九师分散活动的各主力部队相对集中，向正太路东段井陉地区的日军进击，在一个多月的时间内，接连打了三个成功的伏击战。前两个伏击战是按刘师长“吸打敌援”的思想打的。刘师长说，所谓“吸打敌援”，就是以一股部队佯攻敌人的军事要地，以主力埋伏在敌援兵必经之路，待机伏击之。吸打敌援，选择佯攻点很重要，他说：我们要打敌人不能独立坚守，必须求助外来援兵的目标，就是古人说的“出其所必趋”“攻其所必救”。

第一个伏击战是长生口之战。正太路河北井陉西南的旧关，是井（陉）平（定）公路上的重要据点。刘师长命令第三八六旅七七一团和七七二团埋伏在井陉、旧关之间的

* 本文选自《李德生回忆录》，解放军出版社 1997 年版，收录时做了适当修改。

长生口附近，七六九团在23日拂晓攻入旧关，毙敌40余人，日军退守碉堡顽抗。战前刘师长已向陈锡联团长面授机宜，一面攻击碉堡，一面命令我们不要剪断日军电话线，借以吸引井陉的日军出援。果然，井陉日军接到旧关守敌求援电话，立即出动200余人，分乘8辆汽车赶来旧关增援。2月22日清早6点左右，这8辆汽车刚刚经过长生口，就被预先埋伏的三八五旅2个团截住，130多名日军被击毙，5辆汽车被炸毁，荒井丰吉少佐等5人被我活捉，残余的敌人，乘3辆汽车狼狈窜回井陉。

第二仗是神头岭之战。刘师长亲自选定敌人兵站晋东南的黎城作为佯攻目标，在邯（郸）长（治）大道上的神头岭作为伏击山西潞城来援之敌的中心地区。2月16日凌晨，七六九团一营按计划一举突入黎城城内，与敌展开激烈巷战，消灭敌人100多名。上午9点，由潞城出援之敌1500余人，进到神头岭时遭三八六旅三面猛击，大部被歼。

自从神头岭战斗后，日军加强了对邯长大道的控制，在黎城以东的东阳关增设了据点。邯长大道及由长治到临汾的公路，是敌人的交通要道，虽经我多次打击，但敌人的汽车仍来往不断，运输繁忙，为进犯黄河各渡口的敌人提供物资弹药保障。师首长研究决定，在邯长大道上再打一仗，由徐向前副师长指挥，以师的主力伏击敌运输车队。

徐向前副师长亲自率领干部察看了地形，把伏击地区选定在东阳关与涉县之间的响堂铺地区。进入战斗地区前，邓小平政委、徐向前副师长亲自到我们七六九团召开了党的活动分子会议，做了战斗动员。邓小平政委对大家说，上次神头岭战斗，让你们袭击黎城，你们还对师里有意见，说只啃了骨头，没有吃上肥肉。这次可是块大肥肉，得下劲吃哟！说得大家都笑了起来。

徐向前副师长说：现在的抗日形势起了急剧的变化。敌人已经饮马黄河畔，国民党的军队大部分早已退到了黄河西岸。3 月 8 日，我们师部却收到了蒋介石颁布的“不准一兵一卒过黄河”的命令。表面上看起来，是要我们在敌后抗战到底，好得很。其实呢，他是打算把我们困在敌后，借日本人的手消灭我们。同志们，我们不怕这个！我们八路军早就提出了与华北共存亡的口号。我们一定要保卫华北，保卫山西，这是华北的屋脊。我们的担子很重。我们一定要打一个漂亮仗，给友军做一个榜样，去影响和帮助友军打游击。

邓小平政委还强调，这次伏击战就是要打他个出其不意，要快、要狠，务求全歼，等敌人反应过来时已结束战斗，留给他们的是一摊血、一堆尸、一道烟。

我们通信连除了保障通信联络外，抽出几十人与特务连在前面打“蛇头”。当敌人的运输车队进入我军伏击圈后，我们将敌人迎面堵住，这是能否打胜的关键。因为战斗打响后，敌人会拼命挣扎，如果让敌人突出去，整个伏击战就落空了。师、团首长再三叮嘱我们，一定要打好这一仗。我向他们表示：请首长放心，我们连全部是长征过来的红军战士，我们要不惜一切代价完成堵击任务。

3 月 30 日深夜，响堂铺四周万籁俱寂，山峦、树林淹没在夜幕之中，参战的各部队悄悄地顺着小道和山沟，摸进了指定的伏击地域。我们连埋伏在交通线东头紧靠路边的一个小店里。3 月的太行山区，春寒逼人，冷风刺骨，穿着薄薄的棉衣，大家不住打着寒战，只得悄悄搓揉冻僵的手脚，全神贯注地注视着公路。31 日上午 8 点多钟，公路上传来了汽车的马达声，战士们精神为之一振。敌第十四师团山田辎重部队 2 个汽车中队，180 辆汽车及掩护部队由黎城经东阳关开来。9 点左右，敌车队全部进入我伏击地带。“啪、啪”，两颗绿色信号弹升上天空，徐向前副师长发出了总攻的命令。一看到总攻的信号，我们通信连、特务连以迅雷不及掩耳之势，用密集的手榴弹将第一辆汽车炸毁，堵住了日军前进的道路。日军仓皇应战，疯狂反扑，我们以猛烈的火力向敌人压过去。这时，整个伏击圈上憋足了劲的指战员同时向日军的汽车大队猛烈攻击，手榴弹连珠炮般向敌人砸去，机枪、步枪也随之吼叫起来，5 公里长的山谷立刻火光闪闪，烟尘翻滚。日军开在前面的汽车被击毁，其后尾则被七七一团斩断。车上的敌人遭到这突然的打击，晕头转向，开足马力想夺路而逃，可是前进无路，后退无门，乱作一团，有的汽车撞上了崖壁，有的汽车几辆撞在一起。车上的鬼子，有的被打死打伤，有的摔下了车。活着的鬼子急忙跳下车来，有的趴在车底下、车轮后，有的钻进了路旁的洞子里垂死顽抗。但是还没等敌人组织起有效的抵抗，我伏击部队就全线发起冲锋，冲上公路用刺刀与敌人拼杀，有的枪刺断了，就和敌人肉搏在一起。

特务连连长朱作昭在与敌人肉搏中身负重伤，团长陈锡联命令我立即担任特务连连长，带领同志们继续战斗。通信连由钱副连长接替我指挥。这时公路上陷入了混乱状态，我们也有不少伤亡，大家更止不住心头的怒火，奋不顾身地冲杀。躲进路边防雨洞里的日军士兵非常顽固，拼命抵抗。我让每班分组合围洞里的敌人，尽量靠近洞口用手榴弹打，钻进洞里的日军全部被我们塞进去的手榴弹炸死。

在抗日战争中，我们在缺乏重火器的情况下，手榴弹发挥了巨大的威力，由于我们平时练得好，打起仗来就投得远、投得准，有时一个班、一个排一起，每人连续投出几枚手榴弹，敌人就倒下一大片，大家再冲上去同敌人拼刺刀。我们就是用勇敢加刺刀手榴弹，打败了装备精良的日军。

当面的敌人肃清后，我们特务连按预定计划向西发展，进行搜索。刚跑不远，我看到十几个鬼子正向南边的山上爬。我命令二排排长李忠泰带领全排像一阵风扑了过去，用机枪、手榴弹一顿狠打，终于把敌人压回公路。三营十一连和我们一起把这些鬼子收拾干净了。

经过两个多小时的激战，车厢旁、岩石边，到处都躺着鬼子的尸体。打扫战场时，我们连还发生了一个非常感人的故事。六班班长袁开忠奉命率领全班战士去搬运胜利品。

“啪”一声枪响，他猛然回头一看，在离他一丈来远的地方一个鬼子军官正躲在一块岩石后面，用手枪向他射击。袁开忠来不及上刺刀，提着枪猛扑上去。那鬼子见来势凶猛，连忙扔掉打光了子弹的手枪，拔出了指挥刀。没等敌人摆开架势，袁开忠用枪击落了敌人的指挥刀，互相扭抱着厮打起来，袁开忠一口咬住敌人的耳朵，痛得敌人哇哇乱叫，然后迅速掏出手榴弹，朝鬼子头上猛砸，敌人晕过去了，袁开忠拾起一把刺刀戳进鬼子胸膛。同志们看见袁开忠气喘喘地跑回来，满脸都是血，都跑上去慰问他。直到这时，袁开忠才发现自己在咬敌人时，把门牙扯掉了三颗。7 月 7 日抗战周年纪念日，袁开忠被选为杀敌英雄，还给他镶了三颗金牙。

我团七连是个新组建的连队，除干部班长有枪，战士只有梭镖。打这一仗时，陈锡联团长把七连安排在特务连后面，一边打仗，一边捡枪，仗打完了，新战士也全部背上了缴获的日本武器，他们非常兴奋，我们也替他们高兴。

战斗进行中，敌一〇八师团慌忙从涉县调 200 多人乘 6 辆汽车来援。当援敌进到椿树岭地区时，遭到预伏的七六九团一营的猛烈阻击，击毁敌人汽车 1 辆，残敌退回涉县。黎城及东阳关敌军 400 余人也出动援救，被七七二团击退。响堂铺战斗，共毙伤敌森木少佐以下 400 余人，缴获长短枪 130 余支、重机枪 2 挺、迫击炮 4 门和大批军用物资，烧毁汽车 181 辆，日军第 14 师团山田辎重队 2 个汽车中队遭到毁灭性打击。到下午 5 点，日军出动十多架飞机，对响堂铺地区狂轰滥炸，但我一二九师部队早已安全转移到秋树垣一带。

40 多年后，徐向前元帅赋七言诗一首，回顾这次战斗：

巍巍太行起狼烟，黎涉路隘隐弓弦。
龙腾虎跃杀声震，狠奔豕突敌胆寒。
扑天火龙吞残虏，动地军歌唱凯旋。
弹指一去四十载，喜看春意在人间。

红色铁骑下太行*

王振祥

和顺首战

1937 年 9 月底，一二九师开赴华北抗日前线，由红十五军团骑兵团和陕北红军部分骑兵改编的师骑兵营随师部一起行动。从陕西省韩城芝川镇渡过黄河挺进到太行山以后，骑兵营又奉命策马奔赴冀西打击日军，创建敌后抗日根据地。那时，我在骑兵营二连任代理连长。

10 月中旬的一天，骑兵营营长夏云廷（后改名夏云飞）、在我营帮助工作的师组织部部长徐立清和我奉命到师部接受任务。当我们到达和顺县城师部时，只见师司令部里充满了紧张气氛，电话铃声、收发报声、传达命令声交织在一起，我们也顾不上和多年共同战斗的同志们握手叙谈，直

---

* 本文节选自《红色铁骑下太行》，收录时做了适当修改。

奔师首长住处。刘伯承师长、倪志亮参谋长见到我们，忙招呼进屋，一一握手，亲切地拉我们坐下。师首长首先向我们简明扼要地讲了当前的形势，分析了敌我双方的态势。接着刘师长走到作战地图前，开门见山地说："你们骑兵营的任务是，立即到石家庄、元氏、赞皇、内丘一带，发动群众建立抗日武装，开展游击战争，破坏敌人交通运输线，钳制和打击敌人。"刘师长反复强调，要我们充分发挥骑兵在平原作战的特长，机动灵活地打击敌人。最后，刘师长走到我们跟前，关切地说："你们骑兵营独立作战，任务很重，师里决定给骑兵营补充一批干部。另外，再给你们一部电台、三名报务员和三名话务员，以加强骑兵营和师部的通信联络。"刚受领任务完毕，师部得到一个情报：阳泉、昔阳方向的日军正向和顺县我师直属机关运动。刘、倪首长当即命令我带2个骑兵连前去阻击。我立即带着通信员到城北刘家窑村，向一、二连的干部传达了师首长的命令，并部署了作战任务。

任务下达后，一、二连立时沸腾起来，一个个摩拳擦掌，整马备鞍，像拉满弦的弓箭，一触即发。根据战斗部署，一连一排排长张金仓同志带领全排，沿泊里村、郭家坳、沙谷驼方向迅速前进，抢占高野底、四十亩、杨家坡一带有利地形，查明敌情，阻击敌人。临行前我对张金仓同志说："这是我们骑兵营下太行的第一仗，一定要旗开得胜，让日军也尝尝我们骑兵营的厉害。"张金仓同志挥着他那铁锤般的拳头说："你就听我们胜利的好消息吧！"

随着"上马"的响亮口令，全排战士迅速翻身跃马，飞驰在通往杨家坡的大道上。

当一排奔驰到四十亩村时，发现日军五六百人，气势汹汹地从杜庄、白羊岭方向扑来。张排长命令全排下马，迅速在松岭南1295高地西北侧占领有利地形隐蔽起来。骄横一时的敌人哪里想到，我八路军骑兵早已在此设下埋伏。全排战士沉着迎战，他们把走在前面开路的几个日军士兵放过去，等大队人马接近时，"打！"张排长一声令下，机枪、步枪喷射出愤怒的火焰，复仇的子弹就像长了眼睛射向敌人，颗颗手榴弹冒着白烟飞向敌群，当场击毙日军二三十人。张排长乘敌被打得晕头转向之机，命令全排撤出战斗。我骑兵战士跃上战马，不一会儿就消失在战火的硝烟中。敌人不知我方虚实，未敢贸然行动，以密集的炮火向山头猛轰，过了好一会儿，不见动静，才战战兢兢地爬上山头，而我骑兵战士早已无影无踪。

太阳渐渐地落下了地平线，天空慢慢地拉上了黑色的幕帐。白天挨打的日军，不甘心失败，继续向马圈沟、沙谷驼、郭家垴方向进犯。狡猾的敌人恐怕再遭到伏击，东张西望，走走停停。当发现我埋伏在泊里村附近两侧高地的一、二连时，便大喊大叫，疯狗般地向我阵地扑来。刹那间，我两个连同时向敌人开火，顿时，枪声四起，杀声震天。在我猛烈火力之下，敌人败下阵去。受挫的日军不肯善罢甘休，又一次向我阵地反扑，我骑兵战士越战越勇，迅速打退了敌人第二次进攻。日军两次进攻都未能得逞，不得不退到百官坪、马圈沟地区宿营。当晚，我们看到敌驻地方向燃起了两堆大火，后来据群众报告，是日军在焚烧尸体。

第二天拂晓，敌人组织残兵分两路继续向我泊里村和师部所在地和顺县城进攻。这时刘师长给我来电话，说师直属机关已经转移，要我们撤出阵地后，向牛川、皋落方向转移，按原计划行动。我立即命令部队撤出战斗，扬鞭催马向冀西进发。

这次战斗是骑兵营下太行山后的第一仗，共毙伤日军100 余人，胜利地完成了阻击日军进攻我师部的任务。

北马村重创日伪军

1937 年 10 月，一二九师骑兵营在和顺首战告捷后，又在元氏、赞皇、内丘等县展开剿匪、锄奸、反霸、破坏铁路、袭扰打击敌人等一系列活动，结束了当地土匪五里一霸、十里一王的局面。

但是，在高邑县的附近，当时还有一股反动势力，为首的是住在高邑城西之南邢郭的旧军阀大地主岳兆麟。他早年浪迹于政界、军界，1930 年作为国民党军队的一个军长盘踞江西，后被我红军打得焦头烂额，才不得不退出官场宦海，隐居在高邑县城西的南邢郭。日军侵占高邑县城后，他暗地里与日伪军勾结，并且到处招兵买马，收罗了一批地痞、流氓、恶棍、散兵，组织了一支 100 余人的反动武装，名曰“看家护院，保卫地方”，实际上是依仗日伪军的势力，到处抢劫掠夺，私立捐税，派粮派款，抓丁拉夫，奸淫妇女，无恶不作。此害不除，就无法在高邑县开展抗日救亡运动。我营根据群众的要求和提供的情报，决定消灭岳兆麟反动武装，为乡亲们报仇。

11 月 30 日夜晚，劳累了一天的人们早已关上门吹灯歇息了，只有初冬的寒风卷着枯黄的落叶拍打着大地。这时，我骑兵营战士却顶着寒风，闪电般地奔驰在通往南邢郭的大道上。天刚蒙蒙亮我们就到达南邢郭，迅速把村庄包围起来，悄悄摸进岳贼狗腿子们的住房，战士们用枪对准还在横七竖八蒙头大睡的敌人，大声喊道：“缴枪不杀！”敌人从梦中惊醒，吓得魂飞魄散，一个个筛糠似的站了起来。将这股敌人生俘后，一连又迅速将岳家大院包围起来。忽听“啪”的一声枪响，战士们破门闯入岳家，只见岳兆麟仰面朝天倒在血泊中——自杀了。此时天已大亮，火红的太阳带着温暖升了起来，岳兆麟反动武装被歼的消息像一阵春风吹遍了十里八乡，深受欺压的老百姓从四面八方涌向南邢郭，我们就地召开了声讨汉奸卖国贼的群众大会，宣布了岳兆麟的罪行。接着，我们焚烧了地契，打开粮仓，救济贫苦的人民群众。昔日深受其害、满脸愁云的百姓，如今兴高采烈，充满了喜悦的笑容。

消灭汉奸岳兆麟之后，我们预料到日军一定会前来报复，便决定在北马村一带阻击敌人，狠狠打击前来报复的日军。

果然不出我们所料。12 月2 日中午，驻高邑县城的日军约 200 人，分乘 18 辆汽车气势汹汹地向北马村方向开来。按照营里的部署，四连跃马扬鞭赶到西塔影村，埋好了自制的土地雷，分成几个战斗小组隐蔽起来。不多会儿，敌人的汽车就驶入我伏击区内，“轰”的一声巨响，敌人的一辆汽车便不动了。接着四连的几个战斗小组，在广阔的平原上节节阻击敌人，他们忽东忽西，时而从正面打，时而从侧面攻，时而绕到敌人背后袭扰，四处周旋，灵活出击，敌人被打得晕头转向，东冲西撞，弄不清我们到底有多少人马。下午 5 点左右，敌人被引诱到北马村附近时，已被拖得精疲力竭，狼狈不堪。我四连在胜利完成阻击任务后，迅速返回了骑兵营驻地。

天黑后，接到侦察班及地方同志的报告：约有 200 名日军已进到北马村，汽车停在村东南角场院上。营里命令侦察班迅速查清敌人的岗哨位置，监视敌人的动静。

当晚 11 点，骑兵营除留四连警戒营的后方、留守人员及马匹外，一连、二连、三连徒步向北马村开进。途中忽然刮起了大风，狂风卷着沙石铺天盖地袭来，打得人睁不开眼睛，但衣着单薄的战士们仍然精神抖擞，恨不得插翅飞向北马村。凌晨 1 点左右，部队到达北马村附近，侦察班报告：敌人大部分住在村东南角靠近停车场的大院里，警戒不多，只有三四个日军士兵在院子门口和停车场放哨。营里当即命令：三连从村当中冲进去突击街心一个院内的敌人；二连从村东南角突击敌人停车场，迅速把汽车烧毁，一连从村西南角向敌人突击，并视情况配合和接应二、三连。

任务下达后，各连迅速进入村内，三连一排排长韩永正首先带领全排插向敌人大院，只见日军两个哨兵裹着军大衣缩在墙角里正在打盹，两个战士悄悄摸了上去，用马刀结束了他俩的性命。随之全连一拥而上，对着正在呼呼大睡的敌人猛烈开火，机枪、冲锋枪嗒嗒的响声，手榴弹轰轰的爆炸声淹没了敌人的嗷嗷乱叫声，敌人死的死、伤的伤，还有些抱头鼠窜，四处躲藏。与此同时，二连也摸到了停车场，四班长魏大明带三个战士点着了几辆汽车。警戒停车场的敌人发现后，慌忙用机枪扫射，班长魏大明及两个战士躲闪不及，当场牺牲。二排排长王清山看到战友倒下，眼中喷射出愤怒的火焰，把枪向身旁的战士一扔，大声吼着“跟我来”，带着几个战士抱着柴草不顾一切地冲到汽车跟前，烧着了另外几辆汽车。这时风越刮越大，火越烧越旺，整个停车场燃烧成一片火海。敌人见此情景，就像受了伤的野兽凶猛地向我反扑。这时一连也冲进停车场，两个连集中火力接连打退敌人两次进攻。被挫伤锐气的敌人像斗败的公鸡，只有招架之功，没有还手之力，不得不龟缩到一个大院内的土炮楼和两座较坚固的房子里拼死顽抗。战斗相持两个多小时，我们看到敌人大部分被歼灭，全部汽车被烧毁，就带着战利品于黎明前撤出了战斗。

此次战斗共消灭敌人140余人，主要是日军，也有少量伪军，毁伤敌汽车18辆，缴获步枪、机枪一批及其他战利品。

这次战斗后不久，骑兵营扩编为骑兵团，由夏云廷任团长。1938年3月夏云廷调到冀西独立团当团长，我接任了骑兵团团长。

当机立断克平乡

1938年4月，一二九师东进纵队首长命令骑兵团相机攻占平乡县城。

平乡县城地处邢台与临清之间，邢临公路横穿平乡县城，滏阳河与小章河纵贯全境，是邢台地区水陆交通的咽喉，战略位置比较重要。夺取平乡县城，摧毁该县的伪政权，也就切断了邢台与临清日军之间的联系，便于我们分割围歼邢台和临清之敌。

4月8日的上午，晴空万里，春风吹来使人感到阵阵暖意，战士们个个精神饱满，紧张地进行着战前准备，干部们也下到各班排检查武器装备和马匹，时近中午，全团做好了一切战斗准备。吃完午饭，我们跃马直奔平乡县城。

当部队行至刘庄、夏庄地区时，几个老乡气喘吁吁地跑来报告说："刚才见到五六辆汽车载着100多个日本兵朝平乡县城开去了。"当时，我在骑兵团任团长，即令部队停止前进，就地隐蔽，封锁消息，并派侦察员前去侦察。而后我和邓永耀政委召集各连干部研究敌情，我们估计这股日军是为保护邢临公路而来的，决定趁敌立足未稳，迅速攻占县城，消灭这股日军及驻在县城内的伪保安队。这时侦察员回来报告：县维持会和伪县政府的要员正在县城十字大街的几家饭铺里摆宴款待刚来的日军，敌人的汽车停放在西大街，由伪保安队给他们放哨。我们立即做出战斗部署：命令二连连长黄家景带领该连迅速抢占县城东门，向街内敌人发起进攻；三连连长郝占新带领该连在二连后面跟进，待战斗打响后迅速从左侧向敌人猛烈攻击；一连连长张金仓带领该连迅速抢占县城北门，而后向街内进攻；四连派一个排前往西郭桥村炸毁通往威县公路上的两座桥梁，切断威县之敌的增援。

全团迅速将马匹隐蔽好，即刻投入了战斗。二连、三连向县城东门发起了进攻，敌人的哨兵面对突然出现的我军战士顿时慌了手脚，胡乱放了几枪便弃门而逃。我二连、三连抢占城门后，迅速向街心冲去。这时，饭铺里的日军和伪县政府官员们正在饮酒作乐，碰杯声、叫骂声混杂在一起十分刺耳，只见一个个敞胸露怀、喝得酩酊大醉，饭桌上杯盘狼藉，地上还躺着两个烂醉如泥、手中还抱着酒瓶子的日本兵，机枪、步枪横七竖八地放在了一旁。

县城东门的枪声并没有惊动敌人，当我们的战士冲进街心猛烈开火时，敌人才如梦初醒，惊慌中撞翻了桌子、凳子，蜂拥着向门外逃去，有的挤倒在地被踩得嗷嗷乱叫，有的从窗户拼命往外爬，被划得头破血流，挤不出去的就往桌子下面钻，桌子被拱翻了，残汤剩饭随着头顶往下流。挤出饭铺的敌人不顾一切地奔向汽车，企图乘车而逃。这时被二连一排点着了的汽车，火光冲天，浓烟弥漫。敌人见此情景，又向县城北门逃窜。张金仓带领一连迎头赶到，对准只顾逃命的敌人一阵猛射，跑在最前面的十多个敌人没来得及喊叫一声，就一个接一个地躺倒在地上。敌人见北门突围不成便又转向西门城楼，凭借城墙与我顽抗，以图固守待援。为避免重大伤亡，我们重新调整了作战部署，二连集中火力压制城门楼上的敌人，三连分别从南北两侧打通房屋攻击城门楼，战斗进行得非常激烈。下午 5 点左右，驻邢台之敌 300 多人分乘十多辆汽车前来增援。援敌看到天已快黑，不敢多留，慌忙将城楼上的敌人接应下来，丢下 9 具尸体向邢台方向仓皇逃去。此次战斗共歼灭日伪军 50 余人，俘伪保安队 100 多人，缴获长、短枪 80 余支，烧毁汽车 5 辆，摧毁了平乡县伪政权，解放了平乡县城。

解放平乡县城后，我们积极发动群众，建立抗日政权，协助地方成立了抗日救国委员会，组建了一支 100 余人的县大队，并健全了工、农、青、妇等抗日救国组织。至此，我们不但解放了平乡县城，切断了邢临公路，而且还将群众发动起来，走上了抗日的战场。

铁骑踏破“六离会”

为了扩大和巩固冀南抗日根据地，1938 年 5 月初，徐向前副师长率领一二九师的主力等部队到达冀南，于 5 月 10 日发起威县战斗，毙伤日军清水部队 100 余人。

正当我主力部队在威县与日军清水部队激战时，南宫东南一带的反动封建组织“六离会”，在汉奸李耀庭的操纵下发动叛乱，杀害我行经张马、小屯附近的津浦支队政委王育民同志以下 24 人，抢去电台一部，还狂妄地叫嚣要“打进南宫城，赶走八路军”。经我方多次劝说无效，在忍无可忍的情况下，徐副师长决定采取果断措施，命令七六九团（欠 1 个营）和骑兵团等部队进行反击，并明确地指出：“六离会”中坏人只占少数，多数是受骗上当的群众，要少杀人，多做揭露敌人阴谋、瓦解敌人的工作。

5 月 16 日，东进纵队陈再道司令员率领我团行至孙庄以北不远的地方时，侦察员王新增同志前来报告：“孙庄村内有近千名‘六离会’会员，正在烧香喝符，祷告天师保佑。”陈司令员立即指挥我团以迅雷不及掩耳之势，对孙庄实行了三面包围。陈司令员和我团邓永耀政委带领三连、四连分别从村东、村西冲入村内，我是团长带一连、二连由村北冲进村内。“六离会”遭到我突然攻击，顿时乱作一团，大部分会员潮水般地向垂杨镇方向逃窜。有些顽固分子认为吞了符，可以刀枪不入，就负隅顽抗。开始，我骑兵战士只是朝天上打枪，面对少数死硬分子，我当即予以还击。他们见抵挡不住，念咒无用，便把大刀、梭镖扔掉，纷纷逃跑了。

我团追击到演武村时，徐向前副师长也带领七六九团赶到该村。徐副师长看到“六离会”狼狈溃逃，提醒我们：“这些亡命之徒是不会善罢甘休的，必然要组织力量进行拼命地反扑，我们可不能大意啊！”并命令七六九团占领有利地形继续做好战斗准备，同时命令我团随时准备出击。过了一个多小时，只见远处尘土飞扬，数不清的红点朝我阵地方向移动。过了一会儿才看清楚，原来是“六离会”援兵1万余人头扎红布、身穿红衣、手持大刀、梭镖，仗着“护身符”壮胆，狂呼乱叫，一窝蜂似的拥了上来。当敌人接近阵地前沿时，我部队不得不予以还击，只见他们刚才那股气势汹汹、杀气腾腾的狂妄劲头消失得一干二净，东逃西窜。我团抓住战机立即出击，仓皇逃命的“六离会”会员把红褂子、红包头巾、大刀、梭镖扔得到处都是，来不及跑掉的，不是被我击毙，就是束手被擒。徐副师长看到“六离会”已溃败而逃，即令部队停止追击。

严惩“六离会”叛乱的战斗结束后，我们召开了群众大会，公审了“六离会”首领破坏抗日，残杀我军干部战士的罪行。当众枪决了几个罪大恶极的头头。会上，一二九师政治部副主任刘志坚等领导同志宣讲了我党我军的政策，指出只要退出反动会道门组织，就既往不咎，否则严加惩处。会后，我们张贴布告，散发传单，动员群众劝说自己的亲友不要受反动派的欺骗，退出“六离会”，回家安居乐业。在我军强大的武装攻势和宣传教育下，不久，这一带的“六离会”便纷纷自动解散，大部分地区得到了平静。

平息了“六离会”叛乱事件，我骑兵团随即向南进发，至6月上旬连续攻克了永年、肥乡、广平等县城，摧毁了敌伪政权，并配合七六九团、六八九团等部，消灭了甄老德、王惯三、李守兰等伪军及土匪2000余人。与此同时，三八六旅政委王新亭同志率七七一团从太行山下来，进到永年、肥乡、成安一带，进一步发动群众，巩固扩大抗日根据地。

8月底，我团在王新亭政委的指挥下，配合青年纵队、东进纵队、七七一团、新一团等部，消灭了盘踞在临漳地区的伪军苏明启、郭青部2000余人，生俘伪军军长苏明启，攻克临漳县城。

冀南平原造“人山”*

宋任穷

1938年秋，为进一步加强冀南武装建设，成立了冀南抗日游击军区，我任司令员，王宏坤任副司令员。军区成立之前，就组建了几个军分区。为什么组建军分区这么急？我下太行赴冀南前，刘伯承师长专门跟我讲：你去了以后，要把军分区快点搞起来，只有正规军没有地方武装不行，要大力发展地方武装。所以，我到冀南后，根据当时的发展情况和部队活动区域，于4月底，初步划分了5个军分区，并向刘师长作了报告。

随着形势的发展和部队的扩大，7月，重新划定5个军分区。这时分区的部队和领导干部都是由东进纵队的各支队兼任的。这次划定的军分区的活动区域，后来虽有些变化，但变化不大。

---

* 本文选自《宋任穷回忆录》，解放军出版社2007年版，原标题为《创造“人山”，开展平原游击战争》，收录时做了适当修改。

日军攻占武汉后，中国的战局发生了重大变化。日本侵略者虽然占领了中国的大片土地和许多交通要道、重要城市，但遇到中国军队和广大人民的英勇抵抗。特别是我党领导的游击战迅速发展，开辟了广阔的敌后战场，日军只能控制主要城镇和交通线。日本侵略者提出的“三个月灭亡中国”的速战速决的战略宣告破产，不得不停止了对正面战场的战略进攻。因此，武汉失守后，抗日战争由战略防御阶段进入了战略相持阶段。日本侵略者开始对国民党政府采取以政治诱降为主、军事打击为辅的策略，集中其兵力对付敌后抗日军民。

1938 年 10 月下旬，种种迹象表明，敌人要对冀南抗日根据地进行大规模“扫荡”。为迎击和粉碎敌人可能发起的“扫荡”，冀南部队召开了营以上干部会议，布置反“扫荡”准备工作。徐向前副师长作了重要讲话，分析了敌人近期“扫荡”的可能性，我军反“扫荡”作战的有利条件和不利条件。我和陈再道同志也讲了话，做了动员。会议研究了反“扫荡”作战的措施。

徐向前同志到冀南后考虑最多的一个问题，就是如何坚持开展平原地区游击战争，并使广大指战员在思想上坚定胜利信心。过去红军时代的游击战是在山地，靠山起家，只要有山就有办法。可是，能否在平原地区开展游击战争，能否在平原建立根据地？最初还拿不准，不能肯定。党中央让各地先试一试。在河北、山东经过几个月的实践，党中央下定决心，向一二九师发出了发展河北平原游击战争的指示，肯定了“在目前全国坚持抗战与正面深入群众两个条件之下，在河北、山东平原地区的游击战，也是可能的。”因此，迅速分兵，向冀南、豫北平原实施战略展开。我们开赴冀南平原前，一二九师首长们就考虑到在平原开展游击战争，平原没有山怎么办？大家认为办法就是：在山区利用自然山，在平原建立人造山。刘师长说：平原没有山，要造人山。这山就是群众，有群众就有山。

创造“人山”是师首长集体的主张。但是，在平原地区怎样创造“人山”，采取什么办法造“人山”？徐向前最先下山，具体执行这一任务就落在他肩上了。

徐向前在冀南的时间不长，只有一年多。但是那一年多时间很关键，关系到决策能不能坚持平原游击战争这一大问题。他到冀南后，掌握统一战线，军事、政治全盘筹划，在很短的时间内，就把冀南的广大的人民推动到抗日战线上来，造成了我军赖以依托的坚不可摧的“人山”。不仅使我军在平原地区站住了脚，而且开创了新的局面，并为进一步建设巩固和坚持冀南抗日根据地奠定了坚实基础。

11 月中旬，日本侵略者根据先控制平原，再进攻山区的方针，向冀南地区发动了“扫荡”。敌人分别从石家庄、邢台、邯郸、德州四路出动，长驱直入，合击冀南腹心地区南宫一带。我军先后放弃了包括南宫在内的一些县城，冀南党政军机关撤出县城，在南宫、威县、广宗交界的一带沙地多林地区活动。东纵和青纵部分分散到广大农村，结合地方武装，分散游击。

冀南行署为了动员广大人民群众参战，颁发了《战争动员紧急命令》，要求各地群众挖沟破路，空舍清野，积极配合部队开展反“扫荡”斗争，打击“扫荡”之敌。

我军避实击虚与敌周旋，采取伏击、截击、袭扰、围困等战术战法，不断打击、消耗敌人。敌人疲于奔命，捉襟见肘。在我军民打击下，于 11 月下旬，敌人被迫退出所占之南宫、隆平、故城、临清等县城。

通过敌人这次“扫荡”和我们反“扫荡”斗争的实践，深感敌人的汽车、坦克、骑兵等快速部队在平原上横冲直撞，对我极为不利。另外，冀南地区除各县城都筑有城墙外，不少较大的村镇都有围寨。如被敌占领，我军在无重火器情况下，很难攻克，对我也很不利。为了长期坚持平原游击战争，根据这次反“扫荡”血的教训，我们进一步展开了挖道沟，拆城墙、围寨，改造平原地形的大规模的群众运动。本来这一工作 1938 年初就开始了，这次冀南行署提出了进一步的要求：凡 15 岁以上 50 岁以下村民都参加。所有通行的大车路，一律挖成沟。对沟的深度、宽度等都做了具体规定。以通过大车为标准，每隔一段，挖一错车宽沟。由于广大群众亲身体会到改造平原地形的重要性，挖沟的积极性非常高，男女老少齐上阵，夜以继日。道沟，使敌军的汽车、坦克、骑兵等快速部队难以行进，而根据地军民的转移却有了很好的掩护。冀南全区先后共挖道沟总长 5 万余里，显示了人民的伟大力量。

香城固诱伏战

周希汉　袁学凯　王恩田

1939 年 1 月，日军 3 万余人，分 11 路对冀南进行大规模“扫荡”，企图消灭或驱逐我军，进而控制平原地带。与此同时，国民党顽固派鹿钟麟等，与日军相呼应，不断制造事端，向我发起猖狂进攻。

我一二九师将主力分为 6 个集团，在冀南广阔的平原上展开了游击战，巧妙地与敌人周旋。但是，敌人在冀南平原还没有受到较大的打击，气焰仍十分嚣张。每次受袭后，敌人必派部队追击我军，寻机报复。我三八六旅集团首长摸到这一规律后，便谋划利用敌人的骄纵心理，布置圈套，引狼就范，打一个平原诱伏战。

冀南平原有利于敌之快速部队行动，又时值冬季，原野光秃，不利于我伏击部队集中和隐蔽。因此，陈旅长为选择战场的问题几夜未能成眠，他指示有关部门认真勘察，选择有利地形，并发动群众，献计献策。

2 月 4 日上午，三八六旅集团遵照师部命令进驻曲周县香城固，韩东山副旅长和周希汉参谋长立刻对香城固周围的地形进行了勘察，发现香城固西北一带的沙滩是个理想的设伏战场。这里为黑龙港流域，是一带形沙河故道，四周长满一丛丛红柳棵、野枣树，地势倾斜，洼地西侧靠张家庄处是一道数十米高、1000 多米长的大沙岗。香城固东北 1500 米处的庄头村，与西边的张家庄遥遥相对，构成了一个天然的钳形防御阵地，把地势倾斜的洼地紧紧地夹在当中，若能诱敌于此聚歼，是再理想不过了。

当韩、周向陈赓旅长和王新亭政委汇报了敌情和香城固西北一带的地形后，陈赓同志连声说："好，好！香城固西北一带的沙滩确实是一个很理想的袋形伏击阵地，而威县守敌恰好可作为我诱击之对象。"王政委和副旅长许世友都支持陈赓的决定，并立即组织各团干部秘密察看了那里的地形地貌。接着，陈赓同志做了战斗部署，由补充团、新一团、六八八团担任伏击部队，骑兵连为诱敌部队。部署完这个口袋阵后，陈赓命令伏击三个团各一部，在 2 月 7 日、8 日、9 日连续袭击威县，千方百计诱敌出城。王新亭政委指示：这一带群众觉悟高，封锁消息是没问题的，但要教育群众在政府组织下参战，部队要认真做好战前动员。并说，许世友副旅长刚来，动员大会和欢迎大会合起来开。

周希汉和政治部主任苏精诚组织旅机关召开了战前动员和欢迎许世友同志的大会。许世友在红四方面军时就是一员著名的战将，曾担任过红九军军长。这次到抗日前线，是他主动要求到三八六旅的。这次战斗，他提出到六八八团和新一团方向参加战斗。陈赓对这位老战友是非常了解的，所以欣然同意了。韩东山原是补充团团长，他要求去补充团参加战斗，陈旅长也同意了，并决定让周希汉在旅指挥所负责指挥。

2 月 9 日晚，我三八六旅集团的干部战士在香城固西北老沙河西岸一带，展开了一场构筑工事的紧张战斗。天快亮时，这个口袋阵神不知鬼不觉地筑成了。周希汉对阵地仔细检查了一遍后，即命令部队进入阵地，迅速做好战斗准备。这时，香城固区区长郝立顺跑来报告："参谋长，100 多名参战群众、5 个向导、7 个掩护伤员的堡垒户，还有 30 副担架，都准备好了。"

与此同时，部队连续两天袭击了威县县城。六八八团二个营，在第三天夜里再次包围了县城，接着虚张声势，架起云梯攻城。而我军只是佯攻了一下，便向城南撤去。接着，我骑兵连在威县城南草场村一带飞马扬鞭，左右奔驰，故意将行动暴露于敌。

威县日军看到我攻城部队撤退了，又见我骑兵在城南奔驰，便令四十联队补充大队一部和安田步兵加强中队，分乘 9 辆汽车，拖着 1 门山炮，载着 2 门九二式步兵炮，组成快速部队，像饿狼一样扑向我骑兵连。我骑兵连且战且退，诱敌步步深入。骑兵连一看牵住了敌人，迅速朝我预设伏击圈——香城固大沙河一带奔去，日军便紧跟着进了伏击圈。

当敌人全部进入伏击圈，到达香城固村北街口时，埋伏在那里的六八八团立即给敌人以迎头痛击，击毁了头一辆汽车。敌人遭此突然袭击，慌忙组织兵力反击。日军安田中队长拿起望远镜一看，发现东、西、北三面什么动静也没有，只有正南面在阻击，就命令部队继续向正南我军阵地冲击。然而，两次冲锋都被打了回去。狡猾的安田便分出一股兵力，由东向南，企图抄我后路。但这股敌人刚接近庄头村，就被我埋伏在那里的补充团两个营堵了回去，并被迫西窜。安田见东、南两面都遭到突然阻击，断定中了埋伏，便想突围逃命。这时，西、南、东三面我军各参战部队一起开火，猛烈堵击、侧击敌人。敌人掉头向北突围。

这一面是伏击圈的入口，地势低，无法预先构筑隐蔽工事，也无法事先设伏。因此，当时决定待战斗打响后，由隐蔽在马落堡附近的新一团抢占。然而，由于敌人突然回窜，给新一团运动到北面抢占阵地造成很大困难。情况相当紧急。如果不马上扎住北面这个袋口，敌人就将突围出去，使我们的伏击计划落空。在这紧急时刻，许副旅长带领新一团二营冲了上去。当敌人的先头部队刚刚踏上大沙滩北坡时，新一团的勇士们突然从西北冲上坡岗，冒着密集的子弹，向敌人猛烈射击，截断了敌人的退路，并将其团团围在大沙滩的中心——凹形洼地。

这是个椭圆形的沙窝，日军汽车大部分陷入沙窝开不动了，有几辆开得动的汽车也被二营用集束手榴弹炸坏。安田中队长惊恐万状，即令部队下车，重新组织兵力向新一团阵地冲击。敌人以重火力向新一团阵地猛烈轰击，炮火压得人抬不起头来，炸起的沙尘迷得人连眼也睁不开。新一团是个新团，从建团到参加这次战斗才六个月。这样一支新部队要在地形不利，且无工事的情况下，阻击日军一个加强中队的猛扑，确实是很艰难的。周希汉不断给新一团团长丁思林打电话，询问战斗情况，并再三要他注意许副旅长的安全。激战中，许副旅长一直冲在前面，丁思林让警卫员把他拉回了指挥所，自己带着部队继续阻击敌人。

敌人的炮火停止了，百余名日本士兵端着刺刀冲了上来。那时候，我们缺乏弹药，像这样的战斗，每人也只发十几发子弹，经过消耗，剩下的已不多了。但是，我们的战士硬是用手榴弹、刺刀迫使敌人丢下 20 多具尸体败退下去。从下午 4 点 30 分左右到傍晚，敌人发起了四次冲锋，都未能突破“口袋”口。灭绝人性的日军朝新一团阵地投掷了毒瓦斯弹，我方阵地有很多人中毒，但干部战士坚持战斗，牢牢地守住了北阵地。

从战斗一打响，区长郝立顺就带领支前队冒着枪林弹雨送弹药，运伤员，参加战斗。特别是北香城固模范民兵班班长赵开明，带领民兵打得机智灵活。当安田中队向新一团阵地冲击时，四十联队补充大队的一小队日本兵突然接近了香城固南边的一座小庙，企图配合安田冲破我军的包围圈。在这关键时刻，赵开明带领全班配合我军一个突击排，从香城固西头猛插过去，突然出现在敌人背后，一阵肉搏，消灭了这股敌人，巩固了包围圈。

安田见难以突围，便发出一串串红色信号弹求援，并命令日本兵再次向新一团东侧阵地冲来。在那里阻敌的六连弹药已经用尽，连长徐则贵、指导员刘子模率领全连端起刺刀，与冲上来的日本兵展开了肉搏战，打退了敌人。

夜幕徐徐降临。敌人像热锅上的蚂蚁，在口袋阵内乱蹦乱跳。这时，陈旅长和王政委认为聚歼敌人的时机成熟了。只听一阵冲锋号响，突击队和武装群众跃出阵地，端着刺刀，从四面八方冲向敌人。到半夜 12 点左右，战斗进入尾声。后半夜，一辆漏网的汽车逃到第什营村时，被群众发现包围，生俘了司机，烧毁了汽车。我骑兵排打扫战场时，在一个沙坡后边找到五个负伤的敌人，其中一个举刀朝排长砍去，排长翻身下马，挥刀将其拦腰砍死，其余日军全部被俘。后来从俘虏口中得知，那个被砍死的就是安田中队长。拂晓，一个侥幸逃脱的日本兵在葛村碰上两个拾粪的老乡，两人操起粪叉同敌搏斗，将这个侵略者打死。这件事后来被编成“两把粪叉战东洋”的故事。

至此，来犯之敌全部被歼，共毙敌 200 余名，生俘 8 名，毁掉汽车 9 辆，缴获山炮 1 门、九二式步兵炮 2 门、迫击炮 1 门、长短枪数十支、弹药一部，我军伤亡 50 人。战士们高兴地说：“这一网撒得真漂亮!”为防止敌人报复，战斗结束后，部队随即撤向馆陶县以北地区。同时，香城固附近的群众也疏散隐蔽起来。第二天，2000 多名日军分乘 70 余辆汽车，在飞机的掩护下前来报复，结果是到处扑空，一无所获。

在这次战斗中，我新一团经受了考验和锻炼，打得勇敢，守得顽强，朱德总司令誉之为“模范青年团”，后来又被八路军总部授予“模范朱德青年团”的光荣称号。刘伯承师长称这次战斗是一个模范的诱伏战。

当地老百姓还编了这样的歌谣来歌颂这次战斗：

三八六旅好儿郎，
领导是陈、王，
沙滩布下口袋阵，
香城四面撒罗网。
大汽车，冒火光，
日本鬼，见阎王。
解了咱们心头恨，
保住咱们好家乡。

邯长大道上的日日夜夜

皮定均

1939 年 7 月初，日寇向晋东南进行大规模的“扫荡”。敌人先攻占了白（圭）晋（城）公路沿线各城镇，割断了我太行、太岳两区的联系，接着又气势汹汹地沿邯长公路西进。正当我太行军民以艰苦战斗准备迎击敌人的时候，盘踞在冀西、太南地区的国民党顽固派朱怀冰、庞炳勋、孙殿英、侯如墉等部，却趁火打劫，想借日寇的刀枪把我军赶出太行山，恢复其反动统治。他们派出大批的特工人员骚扰我后方，策动地主分子造谣，破坏我军民关系。这时，正如刘伯承师长所说：太行军民面临着“前门打虎，后门拒狼”的艰巨而复杂的斗争任务。

为了粉碎敌顽夹击的阴谋，首先斩断日寇伸进太行山区的魔爪，6 月底，我们一二九师特务团奉师首长的命令，开赴邯长大道沿线的武安、涉县、黎城、潞城一带迎击敌人，我是团长。特务团是刚刚由师特务营扩编起来的，名义上是个团，实际上不到两个营，担负这样重大的任务是十分困难的，但行动前邓小平政委说得好：“只要我们按照毛主席的指示，广泛发动群众，开展独立自主的山地游击战，我们就能够战胜一切敌人。”邓政委的话对我们鼓舞很大。我们于7 月初到达了涉县外围，寻找战机。

7 月12 日，部队行至涉县西北十几公里的岭后村时，侦察排排长曹宝安从前面飞奔回来报告：“鬼子进占涉县以后，派出一支300 多人的先头部队，渡过清漳河，进到河南店。这几天连降大雨，河水暴涨，隔断了他们与东岸大部队的联系。”这真是个难得的良机！我们当即研究了一下，并到山顶上看了地形。决定以一营趁雨夜天黑，急袭河南店，给西进的敌人一个迎头打击。

部队正要出发，迎面跑来几个老乡。他们是刚从河南店逃出来的，一见我们，就高兴地说：“鬼子兵大都驻在北街三个骡马大店里，只有 20 多个人驻在村西北角的关帝庙。漳河水涨，鬼子没吃没喝的，就在地里掰棒子吃，砸家具烧。”这些情况帮助我们进一步判断了敌情，确定了战术手段，也使我们更加有信心了。

在伸手不见掌的黑夜里，部队冒雨疾进，悄悄地摸进了河南店北街。敌人根本没有料到我们会在这大雨滂沱的深夜里突然降临，当我们二连的勇士们爬上屋顶，揭开屋瓦，雨水滴在鬼子睡的铺上时，敌人还以为是房子漏了，慌忙起来躲雨，战士们迅速扔进了几十个手榴弹，把屋里的鬼子报销了一半。侥幸活着的鬼子，连鞋都没穿，就鬼哭狼嚎地奔向村西北角，想抢占关帝庙那个高地。哪知我三连一排早已歼灭了关帝庙里的敌人，正好架起刚缴获的歪把机枪，集中火力给奔跑的鬼子一顿痛击。残敌扭头窜往河边逃命，但漳河的激流却无情地吞噬了他们。对岸的鬼子摸不着头脑，以为我军在渡河，便用机枪大炮向河里乱放。就这样，涉水逃命的鬼子，除少数逃上岸外，其余全部葬身漳河。

沿邯长路西进的敌人，在河南店受到沉重打击后，战术上有了变化：前进的速度减慢了，兵力更加集中，行动更加小心，一天只向前爬几公里，进一段，安一个据点，采取稳扎稳打的方针。要想再找到河南店战斗这样的歼敌战机是困难了，于是我们就派出一支部队在前面边打边走，一方面掩护邯长路两侧的群众坚壁清野；另一方面以我军主力插至敌人背后，发动群众开展交通破击战，以积极的行动迟滞敌人。

从武安到涉县的公路线上，在井店、阳邑、猛虎村、鸡窝铺一带，我们把部队分成数股，配合党政部门组织的工作队，分别深入公路两侧的村庄，在群众中组织起无数支破击战的队伍。一到夜晚，公路上便成了我们的天下：部队以迅速的动作把据点监视起来，然后让群众一拥而上，男女老少一起下手，挥动锹、镐、斧、锯，砍电线杆、割电线、毁桥梁、破涵洞、挖路面……几个钟头的工夫，公路被挖得一段一段的，甭说鬼子的汽车不能开，就连鬼子的人马都很难通过。群众三三两两地扛着木桩、电线往家走，有的说："这回俺家可有东西晒衣裳了。"有的说："这些木头拿回去可以箍个小桶!"三番五次的破击，使群众的胆子越来越大，积极性越来越高。白天，敌人用种种手段，抓来群众为他修路，可是群众采取"磨洋工"的办法，能拖就拖，能捱就捱。敌人在前面修，我们在后面破；他们白天修，我们晚上破，使敌人的电话经常打不通，公路长时间通不了车，后方得不到情况，前方得不到补给，"皇军"的威风慢慢消失在邯长路上了。等鬼子爬到黎城，已经是两个月以后的事了。

为了维护这条交通线，敌人又采取了新措施：从各个据点抽调兵力，组织 50 人到 100 人的机动部队，在公路两侧三四公里的地区进行反复的"清剿"，企图以优势兵力消灭我地方武装，镇压群众。可是敌人这一招也不灵。还在敌人开始西进的时候，沿线群众就做好了坚壁清野的准备；同时，我们把部队进一步分散，以连排为单位组成游击支队，再分成三五人一伙的战斗小组，带领群众在敌人据点外围交通沿线展开了麻雀战，专打敌人四出骚扰的机动部队。在这段日子里，虽然没有什么大的战斗，但是团参谋处的战绩统计却每天在增加着消灭敌人的数字：十几个，二十几个，最多时达到五六十个。几十天后，敌人的分区"清剿"，在太行军民的打击下也被彻底粉碎了。

鬼子虽然付出了惨重的代价，邯长路的交通补给还是得不到保证。他们只得退缩到公路线上，增加几十个小据点，并抽出部分兵力，在公路上巡逻，企图保住邯长路的通信和运输安全。

敌人以为这一手十分巧妙可靠，但实际上是被迫将重点防守变成分兵把守了。我们抓住敌人这一个弱点，瞅准机会，一个一个地收拾，有时一夜摘掉它好几个。敌人害怕我们夜晚袭击，一到晚上便鸣枪放炮，像除夕迎财神一样，盲目地打上一个通宵。我们摸清这个情况后，每晚派一两个人在据点外面放火、打枪，闹得敌人通宵不能安眠。经过我游击小组接连几天的折腾，敌人满以为白天可以平安无事地睡大觉了，哪知我们又利用白天来收拾他们。每当敌人在中午熟睡的时候，游击小组就装成修路的、做小工的、给敌人送东西的、维持会送情报的，混到碉堡门口，一阵手榴弹，把睡梦里的敌人送上了西天。等到别的碉堡发觉赶来支援，我们早已安全转移了。东阳关到黎城间的许多据点，就是这样被收拾掉的。

我们白天整掉几个据点后，敌人更加恐慌了，为维持这条交通线，敌人在公路上加派了巡逻队。因为敌人已经吃够了“分区清剿”的苦头，再也不敢徒步在公路上游来晃去，只得乘汽车在公路上巡逻。开始，我们还以为敌人在运兵，后来见到路上来来去去老是那几辆车，才发觉是敌人乘车巡逻。起初游击小组感到很为难，汽车跑得这样快，怎么打呢？这的确是个新问题。后来我们根据地形和敌汽车巡逻规律，研究了好几种伏击汽车的办法。东阳关到黎城是一条漫长的夹沟，两边是几丈高的峭壁，汽车非要从这条沟里通过不可。我们利用夹沟的坡度，在沟底几十米处挖了一个约1米高的陡坡，当敌汽车开到离这里100米左右时，埋伏在两侧的游击小组便鸣枪迎击。敌人一听到枪响必然加快车速向前跑，一头撞上这个陡坡，四轮朝天，翻到沟里。

参加这样的伏击是十分有趣的。在停河铺和玉石桥之间，我就看到过一个这样的场面：这天，200多鬼子护送100多辆汽车，由涉县开往黎城。一出东阳关，游击小组就“照顾”了一路，汽车好不容易过了玉石桥，开进了那条夹沟。刚听到汽车的响声，侦察排排长曹宝安便笑着对我说：“团长，快看吧，咱们的节目快开始了。”我顺着他的手指向沟口望去，只见为头的一辆汽车刚刚露头，就听“砰”的一声枪响，站在车上的一个探头探脑的翻译被二连的神枪手李全友揍倒了。一个鬼子军官挥着手叽里咕噜一阵，汽车加快了速度，“砰！”又是一枪，这个家伙的脑袋歪在汽车上不动了。接着，轰隆一声巨响，领头的那辆汽车倒扣在壁沟里，后面的汽车想躲，哪里来得及！只见一辆辆碰在一起，不少敌人被压在车子下面号叫。这时，我们的伏击小组像有经验的猎人一样，一枪一个打开了活靶。等到后面的汽车停下来，敌人向山头组织冲锋的时候，我们已经转移到东北方一个500多米的高山上休息谈笑多时了。

在停河铺东西两侧，鬼子挨了几次揍，再也不敢派汽车在公路上大摇大摆地巡逻了。就是大批车队经过，也变得小心翼翼，每逢上山下坡，穿沟过桥，都不得不把车子停下来，派兵搜索后，才敢先派一辆车试行一段，其他车再跟上来。战士乔保和看到后，哈哈大笑着说："鬼子可真会出洋相，汽车还会接力赛跑呢！"

鬼子为了维护邯长路的畅通，采取了更疯狂的手段：放弃沿线的小据点，建立和巩固大据点；在交通线两侧二三百米以内，见树就砍，见草就割，见沟就填，企图把公路两侧变成无人区，使我军民不能接近公路线。敌人这一手够毒辣的，我们给它起了个名字叫"光光政策"。怎样对付敌人这个毒辣手段呢？我们和群众共同研究对策，民兵小队长范克新说："鬼子有脚就能出来，有手就能砍树、填沟。只有把他们的手脚捆住，才好办。"这话给了我们很大的启发：要想彻底粉碎敌人的"光光政策"，就只有把敌人限制在据点里面，叫它有脚有手动弹不得。

我们把师部发的几千个地雷，变成了捆绑敌人手脚的绳索。在斗争的第一阶段，我们采取"欲擒故纵"的办法，将游击小组撤离交通线，敌人闯了几天，没有遇到打击，渐渐麻痹了。一天晚上，我们在据点外面扎了三个草人：一个鬼子兵，一个八路军，一个老百姓，八路军手里端的刺刀插在鬼子的胸膛上，老百姓拿的红缨枪捅在鬼子背上，旁边插了块木牌，上面写着："打倒日本鬼子！"第二天一早，一队鬼子出门看见这个场面，顿时怒火冲天，一个鬼子伸手去拔牌子，一个鬼子用劲踢草人，只听轰隆几声巨响，草人和牌子下的地雷统统爆炸了，鬼子死伤大片。从此以后，路边、沟旁、草堆、树根以及房子里的桌椅、板凳、锅碗瓢盆，随时都会给敌人一个突然爆炸。敌人终于被捆住了手脚，牢牢地拴在据点里，再也不敢乱动了。

鬼子施用的种种毒辣手段，全被我英勇的太行军民战胜了，黎城的鬼子也只好乖乖地听我们指挥，躲在城里一动也不敢动。这时，夺回邯长大道的条件已经成熟了。12 月 8 日，师首长命令：对邯长大道之敌发起全线出击。

我们配合兄弟部队，首先进击邯长路中段，像快刀斩巨蟒一样，一下子把邯长路切成了几十段。经过 10 天的激烈战斗，敌人被迫在 22 日开始全线总退却。当天，我团配合兄弟部队强攻赵店镇。第二天，对黎城之敌又展开猛烈的争夺战，敌被迫弃城东逃。公路沿线之敌，也仓皇向东溃退。我主力和游击队在当地群众配合下，连夜追击，紧紧地盯住敌人，连克了停河铺、玉石桥两个重要据点。

我团主力一直沿公路北侧进行平行追击，部队连夜急行军，经东西长垣，绕道直取东阳关。东阳关，是晋东南的第一关，山峦重叠，地形险峻，是邯长大道的咽喉，晋豫交界的险隘。为了追歼溃退之敌，部队充分发扬了我军不怕疲劳、连续作战的优良作风，接连翻越几个山岭，急奔东阳关。

拂晓前，我团先头部队第一连抢占了东阳关的北高峰，卡住了关口。当时，我们估计敌人已经沿着公路跑了。忽然，远远看到街东头烧着一堆堆大火，恍惚中还有人来回走动，就马上派四班去搜索。谁知满街都是鬼子兵，正准备开饭，街里到处堆满了物资。原来，鬼子企图凭借东阳关天险来阻击我追击部队，争取时间，把从太行山掠夺来的物资运走，根本没料到我军来得这样神速。他们只注意向我军可能追来的西南方向警戒，没料到我们会从东北角上这样突然地出现在他们的背后。我一连四班看到这种情景，全班凑近街口，一个排子手榴弹接着一个排子枪，打得敌人敲锅砸碗乱成一团。鬼子还以为是小股游击队来袭击，急忙集中所有炮火，向我一连强攻，做最后挣扎。我一连战士全力扼守北峰阵地，敌人多次冲锋，都被我坚强的战士一一揍下去了。北峰阵地仍然掌握在我军手中，它像一只巨掌一样，紧紧地按住了敌人的脖子，使其一动也不能动。后续部队听到枪响，一气跑了十几公里，赶到后就向敌人发起了猛攻。鬼子正想烧掉物资弃关逃窜，一看势头不对，赶紧纠集残兵败将，丢下大批物资，从东阳关东南小道狼狈逃窜了。

我军居高临下，继续东追，一鼓作气，连下响堂铺、河南店、涉县。至 26 日，涉县至武安间敌十几个据点全被我军摧毁。窜进邯长大道的日寇，除少数逃回武安、邯郸外，大部被我军埋葬在太行山和邯长大道上了。

三打石友三

程子华　宋任穷

1939 年底、1940 年初，国民党顽军石友三部，勾结日军，并联合其他顽军，对我冀南等抗日根据地发动了猖狂进攻。1940 年 2 月至 11 月，我冀中、冀南和冀鲁豫等军区的部队，遵照党中央的指示和八路军总部及一二九师的命令，在冀中军区政治委员程子华、冀南军区司令员宋任穷等统一指挥下对顽军进行反击作战，取得了讨石斗争的重大胜利，歼敌 1.5 万余人。

冀南反顽始于 1940 年 2 月。参战部队有冀中、冀南两个军区的部队以及一二〇师在冀中的部分部队。

临战前，石友三部主力六十九军和孙良诚等部共 1.7 万余人，摆在南宫东大营、垂阳、董家庙一带；高树勋主力在冀鲁边观城地区，一部延伸到临清、冠县之间。石军腰部软弱处在卫河以西的广宗、威县、新河一带。我军在此处部署了重兵，准备在战斗一开始，即将石部拦腰砍断。临战前，我们对石所辖各部的头头，有的写信，有的派人去谈，做争取和瓦解工作。我们原定 2 月 11 日开始反击，被石友三发觉，石于2 月 9 日秘密南窜，并令高树勋为其策应掩护，高未执行。我军立即分数路追击和堵截，第一次讨石战役正式开始。

我左翼队由陈再道、刘志坚指挥，下辖冀中 4 个团、青年纵队七七一团、东进纵队主力和贺（炳炎）余（秋里）支队、赵（承金）谭（冠三）支队，任务是将石部截断，由西北突击消灭石军。右翼队由李聚奎、肖永智指挥，辖卫河东岸范筑先纵队和曾国华支队，任务是钳制高树勋部。杨勇支队到观城、朝城一带，逼近高树勋部主力，阻止其北援石军。中央纵队由徐深吉、吴富善指挥，辖东进纵队第一团、青年纵队第三团、先遣纵队第一团、牛连文团等部，任务是由南突击向北打击石军。

战斗打响后，在威县东北，我冀中 1 个团和冀南东进纵队 2 个团密切配合，与石部暂编第三师展开战斗，歼其 2 个营，击溃其大部。在清河以西，我青年纵队七七一团和冀南军区特务团等，歼灭孙良诚部 1 个团。我东进纵队、青年纵队、先遣纵队、筑先纵队和三八六旅各 1 个团在清河西南与石友三部主力一八一师激战，于威县东南一带将该师团团包围，并把石友三总部困在下堡寺。我军与顽军进行村落争夺，激战五昼夜。石友三见情况危急，即令下属抛弃辎重，避开大道、村镇，星夜向西南逃窜。石部主力遭我军痛击，伤亡惨重，逃散 500 多人，被俘 1500 多人，武器被我军缴获颇多。这是首次讨石战役的一次关键性的战斗。

13 日，孙良诚率 3000 余人突围，逃过卫河到南乐地区向国民党军丁树本部靠拢。15 日夜，石主力残部突围向西逃窜。冀中赵谭支队和冀南东进纵队、青年纵队共 6 个团，在顽军左右两侧追击。16 日，我军与顽军在曲周东北的南北龙堂村激战。冀南 5 个团和冀中刘子奇支队、一二〇师津南自卫军（相当于团的兵力），由邱县东向西疾进，截击顽军。

日军见石友三部被我军追击、堵截甚急，便由曲周、肥乡、广宗等县出动日伪军 1000 余人，到马连固、平固店一带阻击我军，以掩护石部南逃。我军迂回过日伪军，于 17 日继续追击顽军到曲周地区。日军见未能阻止我军对顽军的追击，便又从威县、邱县调集一批日伪军，加上前一股共 3000 余人，分数路到东目寨、下堡寺一带，攻击我军尾部，并施放大量毒气。我军与敌激战一天，因腹背受敌，伤亡甚大，刘、邓遂下令暂停追击顽军。原估计石友三可能率残部向南向东从大名龙王庙一带逃窜，他却向西向南，穿过日伪据点密集、我军工作比较薄弱的魏县境内，从大名、临漳之间渡过漳河，逃到清丰、濮阳地区，向丁树本、高树勋部靠拢。第一次讨石战役到此告一段落，共歼灭顽军 7000 余人。

第二次战役在同年 3 月，叫卫东战役。

打这次战役，我们总结了第一次冀南反顾战役的经验和不足之处。由于我们缺乏平原大规模作战的经验，上次战役在兵力的使用和部署上有不尽妥当的地方，如在贯彻“咬一口算一口”“一口一口吃”的指示时，有的口张得大了点。在卫东战役中，我们尽量注意布置得更周密些。

参加这次战役的除冀南、冀中的部队外，还有冀鲁豫支队杨得志部。3 月 4 日凌晨 1 点，我部对石友三部发起总攻。我军命一支精锐部队潜入顽军占领的六塔集，从里面打，出其不意，顽军甚为恐慌，一举歼灭顽军，攻下此镇。濮阳、观城、仙庄、卫城等地也很快被我攻克，俘顽军 800 多人，并击溃由范县开到观城以北阻我前进的王金祥部一个团。5 日深夜，顽军分数路南逃，我军猛追，在濮阳城东和东南，击溃顽军 2 个团。6 日，我军追至八公桥再战，顽军向菏泽方向窜去。杨勇部穷追不舍。11 日，顽军逃到民权县以东陇海路两侧的日军占领区。15 日，丁树本部也向南撤到封丘一带。但他们并不善罢甘休。当我军大部返回鲁西北时，石友三和丁树本部在山东菏泽日军 500 多人的掩护、配合下，进占东明城向我反扑。4 月 5 日，石部进至徐镇、保安集以东，丁树本到两门西北。6 日，我冀鲁豫支队、冀中赵谭支队在两门西北小韩集一带，击溃了丁树本部大部，丁率残部 1000 余人逃到豫西去了。8 日，我东进纵队、冀鲁豫支队、冀中赵谭支队猛攻石友三部，石率残部南窜，逃到曹县、定陶一带。这次战役，连同 8 月上旬打退石部的反扑，我军先后共歼灭 6000 余人，将他们赶到我根据地边沿地区。

根据有理、有利、有节的原则，我们把顽固派的进攻打退以后，在他们没有举行新的进攻之前，便适可而止，不再继续追击，使这一斗争告一段落。两次讨石战役的胜利，改变了国民党顽固派长期在我冀南配合日军进攻我军的严重局势，为冀南抗日根据地拔除了一个大祸根。

为贯彻区别对待，利用矛盾，分化瓦解顽军的方针，宋任穷在这次战役打响前给丁树本写了亲笔信，由与我接近、同丁关系甚密的原临清公署专员韩多峰专程送去，规劝丁不要跟石友三跑。但是丁树本不听我方规劝，最后被我军击溃，本人率残部落荒逃跑。孙良诚更是顽固不化，和石友三紧紧勾结在一起，对我们的劝告置若罔闻，结果损兵折将，大部被我军歼灭、击溃。也有的顽军头头，经过我们的工作，采取观望和消极态度，作战时随大溜逃跑。这对我军讨伐石友三的作战是有利的。

在作战中，我们认真贯彻执行了一二九师刘、邓首长和师政治部对争取顽军下层官兵抗日、孤立头子的指示，以及不准杀害、辱骂、殴打被俘官兵，禁止搜腰包，被俘官兵实行分居，连级以上军官酌情给以物质优待等具体规定，效果很好。因石部等顽军下层官兵多来自冀南或山东沂蒙山区，不少人是被抓壮丁抓来的，他们的家乡曾遭日军蹂躏，抗日民族意识比较浓厚，对横行乡里、祸害百姓的汉奸深恶痛绝，他们对石友三等少数上层分子的所作所为非常不满，愿意抗日和铲除汉奸，但只能藏在心里，不敢流于言表。我们根据这些情况，在石部被俘官兵中，广泛揭露石友三勾结日军当汉奸，攻打八路军、残害抗日群众的大量事实。还组织座谈会，让俘虏以自己的亲身经历控诉石友三等人的罪行，大大激发了被俘官兵的抗日爱国热情。经过教育，放他们回家。这些做法对瓦解石军起了很好的作用。石部好多士兵盼望我们去打，以便趁机逃跑回家。每次战斗，石部下层官兵都有趁机逃跑的。石友信教导师逃亡情况尤其严重，其第一团二连只剩下 23 人，第二团每连平均只剩 40 人。

第三次在直南反顽作战，始于同年 7 月，至 11 月结束。

石友三等顽固派遭我两次打击后，不甘心失败，进一步勾结日军，向我抗日根据地反扑，我们对顽军的斗争又持续了半年之久。卫东战役后，冀中军区的部队除留下赵谭支队外，其余几个团由程子华率领返回冀中。7 月 2 日，朱德、彭德怀命宋任穷、鲁西军区政治委员肖华指挥直南的反顽作战。

冀南的新四旅七七一团和骑兵团、新七旅二十团、新八旅二十二团为中央纵队。冀南南下支队，直南新三旅、民一旅为右纵队。鲁西运河支队、晋西独立支队为左纵队。右纵队佯攻六塔集的高树勋新八军，阻击石六十九军东援。中央纵队和左纵队歼龙王庙、吴桥等地的孙良诚暂编一师。我军原定 7 月 15 日夜发起进攻。11 日，石友三的特务旅和孙良诚的二纵队 5000 余人，分四路进犯房子铺和范县。我运河支队五团与顽军奋战一天。夜里运河支队第四、五团冒大雨攻占颜村铺、赵家楼的石友三特务旅和孙良诚二纵队，歼灭顽军 1200 余人。15 日夜，我中央纵队和左纵队进攻龙王庙、吴桥等地孙良诚暂编一师，经两天的战斗，将其击溃。右纵队攻打濮阳县增援之顽军，歼灭 1500 余人。这时，日军配合石友三等部由寿张出动 200 余人，在飞机掩护下向我军猛扑，我军将其击退。

石友三等部经我军打击后，凭深沟高垒采取守势，并指使会道门对我军进行骚扰。八路军总部根据顽军这时的特点，于 8 月中旬指示我们军事打击和政治攻势双管齐下。在军事打击的同时，我们采取了空室清野截断其粮源，并开群众大会、开明绅士座谈会，散发传单，释放俘虏，揭露石友三等勾结日军、破坏抗战等种种罪行，宣传我党的抗日民族统一战线政策，收到很好的效果。群众纷纷起来反对顽军，开明地主和士绅也同情、支持我军。顽军内部十分不稳，基层不少官兵不愿再跟石友三走，大量逃亡。到 1940 年 11 月，我直南反顽斗争胜利结束。

我军曾一度包围驻扎在濮阳巩庄的石友三三十九集团军总部，石友三甚为恐慌，给被困在观城附近的石友信发一密电，令其速去清丰联络日军出动“扫荡”。石友信接电后，连夜派教导师副师长文大可，将其部队伪装成八路军，混出了我包围圈，到清丰城内与日军取得了联系。次日，石友信教导师与日军一个联队并肩出动，一起向我进攻，给石友三解了围。不久，石友三又先后派石友信到济南、开封、北平找日军头目联络，与日军进一步勾结在一起。我军从战斗中缴获的石友三的密件里，还发现石友三派人到郓城向日军报告石部移动和部署等情况。

石友三勾结日军臭名远扬，就在国民党军队内部也声名狼藉，他一贯反复无常，三次投靠冯玉祥又背叛冯玉祥，投靠张学良又打过张学良，投靠蒋介石也打过蒋介石，因此，人们称他为“倒戈将军”。1940 年底，高树勋受命，杀掉了石友三。

在讨石斗争中，特别值得称赞的是冀南、鲁西、直南人民群众对我军的有力支援。这些地区的群众是石友三制造摩擦的直接受害者，对他无不切齿痛恨。讨逆战役打响后，群众十分踊跃地支援我军，纷纷组织战地服务团，冒着枪林弹雨，不顾疲劳，不怕牺牲，为部队运送弹药、粮食，抬担架，救伤员，战斗打到哪里，他们就服务到哪里，有力地支援了讨逆战役。

利剑斩蛇*

周希汉　陈正湘　徐深吉

1940年2月初，蒋介石令占据磁县、武安、涉县和清丰等地区的朱怀冰等部向太行、冀南地区的八路军进攻，企图夺取我太行、冀南抗日根据地。为彻底粉碎顽军朱怀冰部的猖狂进攻，八路军总部决定由刘伯承师长、邓小平政委指挥，并调晋察冀军区南进支队和冀中警备旅进入太行区，配合一二九师反击朱怀冰部的进攻。

2月下旬，国民党第四十一军、第七十一军还在黄河以南，而朱怀冰部2个师共8000余人已远离太行山南部顽军而突出于磁、武、涉地区。鹿钟麟部位于林县以北、任村集以东地区，新五军孙殿英为保存和发展实力，采取了观望态度。针对顽军部署，刘伯承师长、邓小平政委在研究作战计划时，决定抓住朱怀冰部孤立无援的时机，利用国民党军队

---

* 本文原标题为《粉碎国民党顽军朱怀冰部对我军的进攻》，收录时做了适当修改。

之间的矛盾，争取鹿钟麟、孙殿英两部中立，集中兵力首先歼灭朱怀冰部。并定于3月初，在平汉路以东部队打击石友三部的同时，集中平汉路以西13个团的兵力打击朱怀冰部。

刘伯承师长在战前分配我各部任务时，再三强调打蛇要打“七寸”，要集中力量打击朱怀冰这个反共急先锋，而且要集中力量打击朱怀冰之九十四师与军直属队；争取新二十四师不参战。具体部署是：青年纵队一、二、三团和南进支队一、五团，警备旅一、二团共7个团组成中央队，以独立支队、师部特务团和三八六旅新一团一部组成右翼队，以先遣支队一大队为左翼队，以独立游击支队为别动支队。

3月4日黄昏，我参战各部队进入预定集结地区。5日凌晨2点，开始了全线进攻。

邓小平政委随中央队前进，直接指挥整个战役。中央队由一二九师参谋长李达指挥，像一把利剑力劈朱怀冰的“七寸”。

青年纵队进攻顽军补充团。从5日凌晨2点开始攻击到拂晓，一团攻下六座碉堡，二团攻下五座碉堡，天亮后调来炮兵支援，又连续攻下几座碉堡。青年纵队司令员徐深吉、副司令员易良品和政治部主任吴富善感到进展不快，都来到前沿观察，发现顽军碉堡大多在山顶端，山高坡陡，易守难攻，顽军凭堡固守，我军接近困难。同时发现一团右侧（西峧、南坡以西）由北向南有一条山梁子，只山脊上有少量碉堡，两侧无工事，可以避开碉堡顺两侧山坡迂回，直达牧牛池附近的最高山上。他们令一团政委王贵德指挥该团一营由山梁迂回上去，直插顽军补充团团部所在地牧牛池村，打乱顽军的指挥机关，造成前后夹击当面顽军的态势。一营行动前，青纵三个团的追击炮连和加强青纵的机关炮连，向当面仍在凭碉堡固守的顽军同时进行炮火急袭，一、二团步兵连待炮火延伸，乘势攻取顽军碉堡，战场上一片烟雾火海。一营乘机向牧牛池迅速前进，他们一会儿顺坡飞跃，一会儿下沟快进，各连轻机枪不断向两边山上射击，交替掩护部队前进。开始，敌人只注意我正面攻击部队的防御，后来发现侧后方也在进行激烈战斗，才知道我们插向了牧牛池，但已自顾不暇。正面妄图固守的顽军全面动摇，有的钻出碉堡狼狈逃窜，有的从碉堡里举出白旗缴枪投降。我攻击部队对逃跑的顽军紧追不放。

晋察冀军区南进支队司令员陈正湘、政委刘道生率领一团、五团，进攻新二十四师七十团。为争取该部中立，南进支队参谋长晨光遵照邓小平政委指示，去和新二十四师谈判。谈判从 5 日凌晨 2 点起直到拂晓，该团一直不明确表态，晨光感到该团已被反动军官控制，对谈判毫无诚意。

当青年纵队发起攻击时，南进支队五团作为第一梯队，已抵近新二十四师碉堡下隐蔽。指战员们热切盼望支队晨光参谋长谈判成功，一直耐心等待。拂晓，青年纵队已向顽军补充团右翼纵深猛烈攻击，但新二十四师仍不肯让开道路。李达参谋长为增加中央突击力量，原决定冀中警备旅为第二梯队，在南进支队之后跟进；现决定警备旅向顽军补充团的左翼立即展开进攻，同青年纵队一起夺取由顽军补充团守备的村庄和高地。并决定南进支队仍不要发起对新二十四师七十团的攻击，再给他们一个选择的机会：是欢迎谈判、保持中立；还是拒绝谈判、妄图顽抗，何去何从，由他们最后抉择。

遵照李达参谋长命令，冀中警备旅在王长江旅长、旷伏兆政委率领下，迅速抵近到顽军补充团占据的山脚下，投入战斗。天亮前未能突破顽军的碉堡群，恰好友邻部队一门机关炮运上了警备旅阵地，李达即令该炮归警备旅指挥。激战至下午 4 点，青年纵队和警备旅将顽军 50 余座碉堡全部攻占了，歼顽军补充团大部，残余顽军向牧牛池东南逃跑。

晨光在谈判中又做了最后努力，陈述其利害，希望七十团能猛醒。直到 5 日早晨 7 点，谈判已达五小时，新二十四师七十团不仅不让开道路，反而从碉堡内向我友邻部队射击，妄图阻拦我友邻部队前进。真是螳臂当车不自量。我南进支队指战员再也按捺不住心头怒火，一致要求立即出击。陈正湘、刘道生及时向李达参谋长并邓小平政委报告了上述情况和指战员的要求，邓政委和李达参谋长表示同意。于是一团在张家庄村西，五团在张家庄东北，同时向该村顽军发起攻击。战至午后，将七十团据守之 40 余座碉堡全部攻占，俘顽军 100 余人。该团大部不愿对我顽抗，向关防、两岔口撤退。一团、五团即分两路追击。至此，古台、牧牛池以北顽军碉堡100余座及全部村庄、高地均被我军攻占。晚上10点，我中央队主力会合于前后牧牛池，一部进至古台，一部继续向刘家坡、苏家攻击前进。朱怀冰部主力在我军沉重打击下，退集于南北两岔口、东西花园、南北贾壁一带。

在我中央队进攻时，左、右翼两队也似两把利剑，直刺顽军的左右胸。左翼队在晋冀豫军区副司令员王树声指挥下，4日下午5点30分，由固镇出发，4日夜以2个连进到崔炉西南新庄、马庄、天井一带，袭扰该地九十四师部队，主力进至张尔庄东南山地，阻止顽军向东南逃窜。右翼队在三八六旅参谋长周希汉和独立支队司令员桂干生指挥下，由扬耳庄出发，途经河西岸孙殿英部驻地，周希汉会见该部军官，说明我军这次反击，是朱怀冰部不断向我进攻引起的，并要求孙殿英部让开道路。孙殿英部见我军力量强大，又鉴于他们和朱怀冰部之间有矛盾，便立即让开道路。当我右翼队进至峪门口时，迅速将阻我前进的国民党游杂武装冀察游击第二纵队第四支队700余人击溃。5日凌晨4点，攻占南王庄、齐家岭，歼灭顽军1个营。顽军2000余人，凭据老爷山、天保寨（北王庄以南）阻我前进，并三次向我反扑，企图夺取齐家岭，均被我击溃。因天保寨、老爷山地势险恶，不易攻取，右翼队仍以主力扼守齐家岭，一部顺河向甘泉、北王庄推进，兜击顽军，防止其从西南方向逃窜。

6日凌晨1点左右，我中央队各部向南北两岔口、东西花园、南北贾壁猛进。南进支队五团由古台、关防，向东西岭底、南北两岔口、东西花园突击，战斗中缴获轻重机枪11挺、炮1门、步枪300余支，俘顽军300余人；警备旅由苏家庄向十步槽、东西花园突击，战斗中缴获轻机枪7挺、步枪200余支、俘顽军200余人；6日拂晓，青年纵队由苏家庄经刘家庄向杨家堂、南北贾壁突击，与顽军九十四师、军部独立团等部展开了激战，缴获炮4门、轻重机枪13挺、步枪200余支，俘顽军200余人。顽军向南北旧城、东西郊口方向溃退，我青纵各团随后追击。

左翼队在王树声同志率领下，亦由东南向张二庄、青碗、南北贾壁、陶泉兜击，占领30余座碉堡阵地，击溃陶泉方面之顽军，并将池上、张二庄、青碗、南北贾壁占领。左翼队进至白土以南与中央队之青年纵队会合。6日晨，我中央队和左、右翼两队同时向朱怀冰军部及九十四师发起了迅雷不及掩耳之势的猛烈攻击。朱怀冰没有料到我军这样迅速直捣他的心脏，搞得他措手不及，在我南北两面猛烈夹击下，溃不成军，遗弃全部辎重及后方机关，在南北阳城、许家滩抢渡漳河后，向林县方向逃窜。

为了坚决将顽军歼灭于林县、科泉之线以北地区，不给顽军以喘息的机会，我军除留左翼队在漳河以北肃清残敌、打扫战场外，其余部队立即分成三路，于6日下午4点展开猛烈追击。为阻滞顽军渡过漳河急窜，以待我主力赶到林县以北歼灭他们，邓小平政委打电话给周希汉，令周希汉和桂干生率领右翼队主力全部轻装，由台家口、小王村渡过漳河，直插芦家寨、燕科、东西岗等顽军必经地区，阻滞顽军南逃。

7日拂晓，三八六旅新一团三营营长张成宽率领突击队协同独立支队一团抢渡漳河，迅速占领芦家寨北面山头。他们看到山下黑压压一片乱喊乱叫的人群，立即抓住俘虏查问，原来是逃窜至此的顽军正在集结。张成宽迅速报告桂干生、周希汉，桂、周立即命令2个连在山头掩护，5个连分五路直插山下，冲乱打散顽军。5个连冲进去又向四面冲杀，来了个中心“开花”。乘顽军四散逃窜时，5个连迅速抢占了芦家寨南面山头，堵住了顽军直接向南逃窜的道路。

我中央队之南进支队一团、五团和冀中警备旅昼夜兼程，先后向林县方向追击溃逃的顽军。青年纵队一团于8日凌晨4点，由东交口和西岭之间渡过漳河向顽军猛追。徐深吉、易良品到达大河村后，根据李达参谋长的命令，带领一团、三团迅速向南猛追，8日下午3点，到达顽军侧后林县西北之魏家庄及南北卷。一团立即攻下西券以西高地，三团同时也攻下马家山村及以东高地。残余顽军向西逃跑。徐、易命令一团、三团紧追，乘势由东向西横击顽军，与由西向东横击顽军之南进支队、警备旅密切配合向北兜击。经整日激战，顽军在我东西两面夹击下，朱怀冰之军部、九十四师、新二十四师、冀察游击第二纵队夏维礼部及新二师金宪章残部大部被歼。顽军3000余人，经横水、科泉南逃，在林县以南、临淇以北、南马巷地区，又遭我恭候多时的别动支队截击，最后顽军仅剩2000余人逃入修武县境内。

3月9日，国民党第一战区司令长官卫立煌出面请求我军停止追击，表示愿意同我军谈判。为了使斗争适可而止，我军停止了追击。是役仅用四天时间，我军集中三倍于顽军的优势兵力，迅速、干脆地歼灭了朱怀冰九十七军及其他反动武装1万余人，其中生俘朱怀冰部九十四师参谋长蒋希文、鹿钟麟部的参谋长王斌、武安自卫军军长胡象乾等以下官兵8000余人，缴获步马枪4000余支、轻重机枪110余挺、炮5门。将冀西和武安、涉县、磁县地区之国民党顽军全部驱逐。

当朱怀冰部大部被消灭之后，我军又坚决执行党中央和毛泽东同志“有理、有利、有节”的斗争方针，做出必要让步，不仅适时停止对朱怀冰残部的追击，而且在3月中旬主动撤至漳河以北，随后议定：以临（汾）屯（留）公路和长治、平顺、磁县之线为界，该线以南为国民党军驻区，该线以北为我军驻区。

至此，国民党顽固派发动的第一次反共高潮被我彻底粉碎。

南关战斗*

郑国仲

1939 年，日军对我太行等抗日根据地的“扫荡”失败之后，于 1940 年初，转而加紧修筑铁路、公路，沿途设点筑堡，妄图以铁路为柱，公路为链，碉堡为锁，层层围困、分割和封锁，以便进行更大规模的分区反复“扫荡”，遂行其所谓“囚笼”政策。

我一二九师刘伯承师长、邓小平政委深刻地研究了敌人的企图，号召全区军民“面向交通线”。为了破坏敌人修筑白晋路，1940 年 5 月初，刘师长、邓政委指挥太行、太岳军区部队进行了著名的白晋战役。白晋战役中最漂亮的一仗是南关战斗。

南关，是武乡、祁县、平遥三县交界处的一个大镇，它是出入上党的要塞，也是白晋路之咽喉。1940 年 5 月 2 日下

---

* 本文原标题为《打虎掏心 破敌囚笼——忆白晋战役中的南关战斗》，收录时做了适当修改。

午 2 点半左右，三八五旅陈锡联旅长给我打电话，要我同鲍先志同志马上到旅部驻地西黄岩村。到旅部后，陈旅长向我们说明了攻打敌重镇——南关，对白晋战役全局的重要性，并介绍了驻守南关敌军的力量和部署。日军在南关有一个加强中队约 200 人，外加伪军 200 多人，由阴险、残暴的日军中队长峰正荣率领驻守。同时，把攻打南关这一重任交给了三八五旅七六九团。那时我任该团团长，鲍先志同志是政治委员。

陈旅长接着说："对于这次战斗的左、右邻的配合，以及战斗的接合部，你们就不要考虑了。你们的任务就是要坚决拿下南关镇，消灭峰正荣。你们回去可以先研究一下，明天上午，听候作战科的命令。明天午后，郑国仲同你们团三个营的营长，一律换上便衣，到指定的集结地集中，我们一起去侦察一下地形，然后，再制定具体的战斗方案。"

按预定时间，我们来到了集结地点，穿过一条干河沟，来到了大官寨的山脚下。稍稍休息之后，我们顺着山坳处，沿着山石一步一步向上攀登。大约一个小时后，我们登上了大官寨的顶峰，借着丛丛灌木的掩护，我们选择好地形，用望远镜详细地进行观察。站在大官寨完全可以鸟瞰南关镇，南关镇果然名不虚传，地势十分险要。陈旅长一边认真细致地观察，一边指示两个参谋画草图，详细地记下了每条山路、每个碉堡的位置，火力交叉的情况，甚至连南关镇的巷道、主要房屋也做了标志。我也详细地观察和记住了每一个部位。侦察完后，在返回驻地的路上，陈旅长一言不发，可以看得出他心里很沉重，我也感到这块“肥肉”确实不大好咽。快到我们团驻地的时候，夜幕已快降临。陈旅长说：“你们回去好好研究一下，明天一定要拿出具体的战斗方案来。”然后，陈旅长等一行五人，返回西黄岩村。

我们返回驻地，已近晚8点了。吃了饭，我立即同鲍政委、王远芬参谋长、作战股长和三个营长反复进行研究，我对大家说：“如果强攻，从外一层一层往里剥，既要花费很长时间，又容易增大我军伤亡。好在不考虑左、右邻，也不必担心敌人的增援，无后顾之忧，否则，这种打法，后果更不堪设想。”鲍政委接过我的话说：“强攻不行，那就考虑智取嘛。”可“智”在哪里呢？大家一时都想不出好办法来。这时李德生插进一言说：“能不能采用潜伏的办法？”李德生这么一提醒，我一拍脑门凑过去说：“有门。我们可以组织一个突击队，从秦五坡和极子山下两个碉堡之间悄悄摸进去，潜伏到镇内，然后腹地开花。”鲍政委说：“这样就等于从敌人肋骨之间插进一把钢刀，可以直刺敌人心脏，出其不意，置敌于死地。”根据这一想法，大家又提出再组织一部分兵力，集中火力，控制敌人外围碉堡的火力支援，然后由外向里打，这样就等于揭掉了敌人头上的“天灵盖”，剥了他的皮。大家越研究越深入，直至兵力的部署，火力的配置，潜伏路线，突击方向都进行了研究和讨论。

至此，我心里才踏实下来。一看表已凌晨3点了，我让三个营长先回去休息，鲍政委、王参谋长和我又在一些细节方面做了补充，作战股股长画出了战斗部署图。说来也怪，刚才还一点睡意也没有，可这会儿上下眼皮直打架，我的身子一着土炕就进入了梦乡。清晨，陈旅长打电话问我："老郑，你们考虑得怎么样?"我马上回答说："我们已制定了战斗方案。"陈旅长说："那好，你就同王远芬同志来谈一谈。"我同王远芬赶到旅部向旅首长汇报了我们的想法，王远芬详细地汇报了兵力的使用和部署，陈旅长高兴地说："老伙计，这一次我们又想到一起了。我还给它起了一个名字，叫作'打虎掏心'。"接着陈旅长同我们一起研究了战斗方案，火力的配置以及行动部署。

从旅部返回驻地后，部队正在吃早饭，我一边吃饭，一边同鲍政委交换了意见，同时决定饭后立即召开全团连以上干部会议。这些久经考验的干部，一听说要打大仗，而且是块"肥肉"，个个高兴异常，都争着要当突击尖刀。三营九连连长杨玉忠急得站起来大声说："这把'尖刀'我们连是当定了，谁争也不让!"看着大家摩拳擦掌求战的高涨情绪，我心里也感到十分兴奋。鲍政委让大家停止争论，笑着说："你们都不要争了，今后大仗、硬仗有得打。"接着他又对我说："老郑，下命令吧!"我当即宣布了战斗命令，命令三营担任尖刀，隐蔽潜伏到南关镇，腹地开花，由内向外打。二营担任突击，待三营打响后，迅速扫清前进路上的障碍，由外向内打。一营为预备队，随时准备出击支援三营和二营。同时决定由三营营长马忠全和二营营长张天恕带领二营六连、三营九连、十连三个连长，化装成老百姓，到南关镇内进行战地侦察。会后，各营分头作战前动员和战斗准备。

5 日傍晚，部队按预定时间准时出发了，经过 25 公里急行军，到半夜时已逼近南关镇。我立即发出了行动命令，三个营迅速按预定战斗方案展开，行动非常隐蔽、迅速。大约过了 20 分钟，三营摸进了南关，指战员穿过铁丝网，一直摸到了大街上，敌人才发现，三营立即以迅雷不及掩耳之势，发起冲击，由内向外打。二营马上以密集的火力，封锁着南北碉堡的火力，同时以猛虎下山之势，迅速发起冲锋，由外向里打。战斗在大街上、火车站、碉堡与碉堡之间和外围炮楼激烈地进行着。当时，敌人的司令部、仓库、辎重都在大街上，并早有戒备，所以，大街成了这次战斗的焦点，打得非常激烈。

担任大街争夺战主攻任务的九连指战员在连长杨玉忠的带领下，猛打猛冲，于 6 日拂晓占领了镇子的东南角，并且扩大战果，迫使敌人龟缩在镇西离火车站不远的一所坚固房屋内。敌人用密集的火力封锁着大街，企图阻止九连和三营前进。战斗越打越激烈，九连伤亡较大，弹药也不多了。此时，十连和十一连正在同敌人进行激烈的巷战。面对这种情况，我命令三营营长马忠全，集中火力和兵力朝敌人司令部猛攻，同时，我又命令一营集中火力，封锁南北两面碉堡。

而后，命令二营要不顾一切地迅速向前进攻。

战场的形势很快发生了变化。十连和十一连经一阵猛打猛冲，占领了火车站和街上的仓库，肃清了村西的残敌，解救出 1000 多名被敌人抓来修路的民工。他们马不停蹄，掉头就朝敌司令部猛冲。二营在营长张天恕的率领下，也突破了敌人火力的重重封锁，扑进镇内。二营和三营会合后，立即调整了兵力部署，很快肃清了大街上的敌人之后，便以迅猛异常的战斗动作，冲向敌司令部。正当战斗激烈时刻，敌司令部突然停止了还击。当时，大家都有点莫名其妙，稍停顿了一会儿，便不顾一切地冲了进去。冲过去一看，到处是一堆堆弹壳，一具具面目狰狞的尸体。搜遍了所有的角落，也没找到一个活着的。究竟是怎么回事呢？大家都感到很奇怪。战后才知道，原来狡猾的日军早已偷偷地挖了一条直通火车站到村外的秘密地道，少数残敌就是从这条地道溜掉的。

虽然南关镇的外围炮楼还未完全攻下来，残余的敌人仍依托坚固工事负隅顽抗，做垂死挣扎，但是整个战斗已近尾声。旅首长已带着近 2000 名从榆社、武乡赶来支前的民兵和民工，进到南关镇。

在突击抢运炸药时，外围炮楼的残余之敌，仍然发疯地射击。就像一块绊脚石一样横亘在我搬运大军的路上，阻碍着我们搬运。这时，旅首长对我说：“郑国仲，限你半小时，拿下外围炮楼，搬掉绊脚石。”其实没有旅首长的命令，我也早就被这些该死的家伙激怒了。我立即把二营的两挺重机枪和特务连三挺转盘机枪集中起来，协同一营正在战斗的轻重机枪，一齐压制敌人的火力，同时命令特务连向残敌发起冲击。我对侦察排排长吴振邦说：“尽快组成四个突击组，等轻重机枪打响后，你们跟着往上冲，坚决把这些残敌吃掉。”侦察排的战士在吴排长指挥下，改换了武器，做好了出击的准备。机枪一响，他们个个如同离弦的箭，迅速扑向了敌人的炮楼，只用了十多分钟就全歼了残敌。

南关战斗胜利结束了。守敌日军一个加强中队 200 多人，除少数从地道逃走外，大部分被歼。200 多名伪军也全部被歼。日军中队长峰正荣被击毙。此外，我们还解放了被抓来的修路民工 1000 多名，缴获黄色炸药近 200 箱和其他很多军用物资。

南关战斗打得干脆、利落。我们这个太行山的铁拳头用“打虎掏心”的战法，劈开了日军套在太行、太岳根据地的枷锁——南关，胜利完成了刘、邓首长和旅首长赋予我们的光荣任务。

南关破袭战*

李德生

日军对我抗日根据地大“扫荡”接连失败后，转而实行“囚笼政策”，企图以铁路为柱，公路为链，据点为锁，割裂、困死我抗日根据地。敌人在晋东南地区，拼命抢修白（圭）晋（城）铁路，这是第一步；然后，修筑临（汾）邯（郸）铁路，妄图将太行、太岳抗日根据地分割成四块。同时，在平汉线西侧积极修筑据点与公路，封锁我太行、冀南间的交通，以便分区反复“扫荡”，达到摧毁我抗日根据地之目的。

刘伯承师长、邓小平政委在研究了敌人修筑铁路、公路的情况后，决定发动白晋战役，反击日军的“囚笼政策”。集中三八五旅、三八六旅、平汉纵队与2万多群众，和民兵相结合，重点破击与全面破击、大破击与小破击相结合，展

* 本文选自《李德生回忆录》，解放军出版社1997年版，收录时做了适当修改。

开交通线斗争。给三八五旅的任务是破击来远至权店段铁路，并攻击来远镇，夺取敌人用于修筑铁路的大批炸药。旅受领任务后，发现敌人已将大批炸药从来远转运至南关。陈锡联旅长、谢富治政委果断决定将战役突击的重点转到南关，命令七六九团二、三营主攻白晋线上的重镇南关，独立二团担任旅预备队。

南关位于权店、来远间，既是出入上党的要塞、白晋铁路的咽喉，也是敌人重要的补给站。在这个只有数百户居民的集镇上，驻有日军一个中队，连同伪军，共约 200 多人。镇上不仅存放着大量的炸药和军用物资，还关押着 1000 多名从山东、河北抓来的修路劳工。

1940 年 5 月 2 日，我们受领任务后，旅长陈锡联骑马来到我们团，陈旅长对我和三营营长马忠全说：“打南关是白晋战役中最重要的一仗，它不仅对破袭白晋铁路起着重大作用，而且要夺取我军紧缺的炸药等重要军用物资。现在的关键是要勇敢加智慧，多动脑子，多想办法，坚决迅速把南关拿下来。”我和马忠全说：“旅长，你放心吧，我们一定完成任务。”

我们打仗的准备工作是很细致的，首先要看好地形，条件允许还要化装侦察，这也是刘伯承、徐向前等首长的一贯要求。这一次也不例外。陈旅长亲自带我们七六九团团长和三个营长看地形。5 月 3 日吃过中午饭，团长郑国仲、一营营长吴荣正、三营营长马忠全和我都穿着便服来到指定的集结地点。只见陈旅长、旅作战参谋铁夫与另一位参谋和警卫员，也穿着便服走过来。陈旅长一边用手帕擦着汗水，一边指着对面突出的山峰说："前面的山峰就是大官寨，大官寨那一面的山脚下就是南关镇。"从我们出发的地方到大官寨有 15 公里路的样子。我们沿着一条干河沟，顺着弯弯曲曲的羊肠小道，爬上了一个小高地。陈旅长指着高低起伏的山峰、纵横交错的沟壑说："这里真是打游击的好地方。日军机动能力强，但是，只要把他引进这山沟里，他的机动能力就难以发挥，优势就会变成劣势，就会变成一个拐子。再加上敌人是侵略者，没有群众基础，人地两生，拐子又成了瞎子。拐子骑瞎马，没有不失败的。"大家听了觉得很有道理。我们翻过小高地，穿过一条干河沟，来到了大官寨的山脚下。九人分成三路，大约 1 小时后，我们登上了大官寨的顶峰。站在大官寨顶峰完全可以鸟瞰南关镇。借着灌木丛的掩护，我们用望远镜详细观察。

南关镇地势十分险要。全镇四面环山，白晋路由北向南穿街而过。西面和西北面有两条河川在西北处交汇，河水虽然不大，但是由于沟壑交错，地面狭窄，部队无法运动。镇北云盖山的前面有个突出的高地，高地的上下都筑有碉堡，居高临下，视野开阔，便于发扬火力。火车站位于两个突出高地之间，部队难以靠近。

陈旅长指着两个突出高地的碉堡对我们说："不控制这两个碉堡的火力，部队无论从哪一个方向都无法进入镇内。"

云盖山的对面和左侧有秦五坡和极子山，山下有两个碉堡，火力交叉，部队由此突入，必然会造成大的伤亡。加之经我军几次袭击，敌防卫更加严密，铁丝网、封锁沟交错纵横，更增加了我进攻的困难。陈旅长一边认真细致地观察，一边指示两个参谋画草图，详细地记下了每条山路、每个碉堡的位置，甚至连南关镇的大街小巷、主要房屋也做了标志。我们还详细地观察和记住了每一个战斗要点。

侦察之后，在返回驻地的路上，夜幕已快降临。陈旅长说："你们回去好好研究一下，明天一定要拿出具体的战斗方案来。"

我们返回驻地，已经是晚上 8 点多钟。吃了一点东西，郑国仲团长、鲍先志政委、王远芬参谋长、作战股股长，还有我们三个营长，一起反复研究作战方案。开始设想了几种打法，但是又都被否定了。郑团长觉得强攻不行，南关敌堡垒工事多，层层往里剥，既要花费很多时间，又容易增大伤亡。鲍先志政委说："强攻不行可以智取嘛。"他们在议论的时候，我脑子里把南关的地形和敌情过了一遍，我说："对，智取。我们可以组织突击队，从秦五坡和极子山下两个碉堡之间悄悄摸进去，潜伏到镇内，攻击时内外夹击。"鲍政委把烟斗一放说："这样就等于从敌人的肋骨之间插进一把钢刀，可以直插敌人的心脏，出其不意，置敌于死地。"吴荣正、马忠全看着地图进行补充，大家越研究越深入，直至兵力部署、火力配置、潜伏路线、突击方向都明确下来。

向旅里汇报后，陈旅长批准了这个作战方案，称这种打法叫“打虎掏心”。具体作战部署是，三营隐蔽地潜入南关镇，腹心开花，由内向外打。我们二营以突击动作由外向内打。一营为预备队，带领群众破袭铁路。次日，我和三营营长马忠全带二营六连、三营九连、十连的连长，化装成老百姓去南关“赶集”。地下党的敌工组组长、公开身份是南关维持会会长的孙汉英，带着我们进行侦察，还详细向我们介绍了情况，哪儿有多少敌人，什么地方是仓库，哪儿是炮楼工事。这样，我们对敌情、地形更熟悉了。

5 月 5 日傍晚，部队经过 20 多公里的急行军，半夜逼近南关。马忠全带领九连悄悄地从敌两个碉堡的接合部摸进镇内，进至大街上才被敌人发觉，九连迅猛发起攻击。镇内枪一响，我命令全营立即开火，对镇外炮楼发起攻击。凌晨 4 点左右，我们二营突破敌人重重封锁，扑进镇内，与三营会合，很快肃清了大街上的敌人，占领了火车站和仓库，解救出关在镇西的 1000 多名民工，然后迅猛冲向大街上的敌司令部。正当战斗激烈时刻，敌司令部突然停止了还击。当时，大家都有点莫名其妙，稍停顿了一会儿，便不顾一切地冲了进去，一看到处是一堆堆弹壳，一具具尸体。搜遍了所有的角落，也没找到一个活着的。究竟是怎么回事呢？战后才知道，原来狡猾的日军早已偷偷地挖了一条直通火车站到镇外的秘密地道，少数残敌就是从这条地道溜掉的。这个通道连维持会会长都不知道。

“打虎掏心”的这个“心”被我们挖掉了。可是，在外围炮楼上，残余的敌人依托坚固的工事，仍在负隅顽抗。旅政委谢富治带着1000多民工，冒着敌人火力，进到南关镇内来了。“炸药在哪儿？快扛，快扛。”

敌人的司令部、仓库，堆放着很多木箱、麻包，分不清哪些是炸药。打开箱子一看，都是些灰色粉末，与我们过去见过的黄色炸药不一样。

“炸药是苦的，尝尝就知道了。”我用手指蘸了一点尝了尝，“不苦哇，有点带辣味。”

这时，旅部的训练参谋铁夫来了，他是东北人，会日文，一看木箱上的日本字，高兴地说：“这就是炸药，快扛。”

一听是炸药，大家可高兴啦。在抗日战争时，炸药比金子还宝贵。黄崖洞、柳沟兵工厂最需要它；破坏铁路、造地雷，哪一样也缺不了它。这次，我们缴获了1000多箱炸药，首长们都高兴地说：“打了一个大胜仗。”这些炸药，后来在百团大战中发挥了很大作用。

除了炸药外，还有许多西药、武器、粮食。南关是日军在白晋铁路上最大的一个兵站，深入到长治、长子的数万敌人的供给，都要从这儿转运。东西太多了，民工搬不完，1000多名刚得到解放的劳工，也自动参加了搬运物资的行列。

在突击搬运炸药时，镇东一个炮楼的残敌仍疯狂射击，阻碍我们搬运。旅首长命令我团，在半个小时内把炮楼攻下来。

我们七六九团特务连侦察排奉命向残敌发起攻击。我们二营负责火力掩护。我把 2 挺重机枪和特务连 3 挺转盘机枪集中起来，一起压制敌人的火力，掩护特务连攻击。

侦察排的战士，一人一支驳壳枪、两个手榴弹，机枪一响，他们像一群雄鹰一样从侧面飞到炮楼跟前，用驳壳枪对准枪眼打了一个连发，接着把手榴弹往枪眼里塞。手榴弹爆炸了，炮楼着火了。侦察员们撞开炮楼的门，消灭了顽抗的敌人，从烟火弥漫的炮楼里，抢出一挺机枪和几支步枪。这次战斗，从发起冲锋到结束战斗，总共只用了十来分钟。

南关战斗胜利结束了，守敌 200 多人除少数从地道逃走外大部被歼，日军中队长峰正荣也被击毙。这时，从其他地方不断传来捷报：日军从北面派来的满载援兵的一列火车，被打援部队炸毁在来远镇附近。三八五旅、地方兵团、民兵和数千民工一起，把南关南北的数十公里的铁路彻底破坏，并炸毁桥梁 55 座，使日军苦心经营了一年多的白晋铁路瘫痪了。

百团大战中的一二九师*

李　达

百团大战，是八路军和华北人民群众，于 1940 年 8 月至 12 月在敌后战场向侵华日军发起的一次重大战役行动。参加这次战役的有晋察冀军区部队、第一二〇师部队、第一二九师部队以及山西新军等，共 105 个团，还有广大民兵和群众参战。一二九师（包括冀南及决死一、三纵队）46 个团参加作战，我作为师参谋长，参加了这次大战。

1940 年春，聂荣臻同志随晋察冀军区南下支队来到太行。彭德怀、左权、聂荣臻、刘伯承、邓小平，还有陈赓、陈锡联和我等曾对华北战局及我军的作战行动做过讨论，认为正太路是日军控制山西、河北的重要交通命脉，切断正太路，日军在山西的一切运输补给就失去了有力保障。这样，发起破袭正太路作战的问题就基本上确定了。

---

* 本文原标题为《百团大战》，收录时做了适当修改。

7 月中旬，左权副参谋长从八路军总部来到一二九师师部，进一步商谈了总部关于准备在最近举行这一次战役的具体设想，刘伯承师长、邓小平政委欣然赞同，尔后师又研究了战役准备工作。

7 月 22 日，由朱德、彭德怀、左权签署的《战役预备命令》下达到晋察冀军区、一二〇师和一二九师，同时上报中央军委。《战役预备命令》要求，战役使用的兵力应不少于 22 个团：晋察冀军区（含冀中）10 个团，一二〇师 4 至 6 个团，一二九师 8 个团，总部炮兵团大部和工兵团一部。在 8 月 10 日前完成一切作战准备。刘、邓首长下达了关于准备进行正太战役的指示。

正太铁路，从河北省石家庄到山西省太原，全长 200 多公里，东西横贯太行山脉，把巍巍太行劈为南北两半，是日军截断我晋冀豫和晋察冀两大战略区的重要封锁线之一。在这条铁路上，有天险娘子关和日军在华北的重要燃料基地阳泉、井陉煤矿。其守备之敌，在井陉至石家庄两侧地区，是独立混成第八旅团；在娘子关至寿阳区间，是独立混成第四旅团；太原、榆次地区是独立混成第九旅团。敌人在沿线大小城镇、车站和桥梁、隧道附近，均筑有坚固据点，各以数十至数百人的兵力担任守备。路的两侧 10 至 15 公里，还构筑了连成一线的外围据点。敌人还经常派装甲车轧道巡逻，自吹自擂这是一条“钢铁封锁线”。

8 月 8 日，总部发布了《战役行动命令》，决定于 8 月

20 日开始战斗：晋察冀军区部队担负破击正太路石家庄至阳泉（不含）段，重点是娘子关至阳泉段；对北宁、津浦（德州以北）、德石、沧石、沧（州）保（定）各铁路、公路及元氏至卢沟桥之平汉路也同时进行破击。一二九师部队及总部炮兵团一部破击阳泉（含）至榆次（含）之正太路，重点是阳泉至张净镇段；同时对平汉路元氏至安阳段，德石、邯大、白晋、临（汾）屯（留）及同蒲路榆次至临汾段进行破击。一二〇师部队破击平遥以北之同蒲路，并以重兵置于阳曲南北，阻敌向正太路增援。

一二九师首长8 月17 日上午指示部队："本战役系华北本军的整个行动，对全国对华北意义极大，任何一点都与全局有关，任何一项任务都必须坚决完成"，"为保证战役任务的完成，必须高度发挥坚持性和顽强性"，并发动本师部队与晋察冀军区、一二〇师进行打胜仗竞赛、执行党的政策的竞赛和收集敌人资料的竞赛。次日，在和顺石拐镇师前线指挥所召集了作战会议，我介绍敌情，刘伯承传达总部的《战役行动命令》，并宣布师的作战部署，接着由邓小平布置战时政治工作。同时确定由陈赓、陈锡联、谢富治统一指挥各个破路队。

8 月20 日晚，夜雨蒙蒙，我各队破路大军冒雨穿过山间小路，秘密运动到敌人鼻子底下。晚上8 点整，正太路全线准时发起总攻击。

一二九师主力按规定时间在阳泉至榆次段，发起总攻后，以突然、迅速、勇猛的动作，经一昼夜激战，即攻克了芦家庄、和尚足、马首、桑掌等地的车站和据点。

敌驻阳泉的独立混成第四旅团片山旅团长为了挽救其守备部队即将被歼灭的命运，纠集了所有兵力，武装了阳泉的部分日侨，从21日开始，向我占领的狮脑山高地猛烈反扑，其兵力由二三百人逐步增至六七百人，并以飞机（约20架次）和毒气弹配合，连续对我攻占。我军奋战至当天下午，击毙敌炮兵中队长中岛，敌人遗尸40余具，仓皇退走。我军据险扼守，又打退了日军的多次进攻，一直坚持到25日。26日拂晓，敌300余人向狮脑山反攻。我军坚守了七个小时之后，为了避免与敌人决战，遂转移阵地。三小时后，敌人重占狮脑山。

阳泉之敌1000多人，在攻占狮脑山后，复于29日晨在飞机掩护下继续西犯，同我军在桑掌、坡头附近展开血战。敌以全力发动，数度猛攻，均遭我军击退。我军坚持到黄昏时，陈锡联率援兵赶到，猛烈侧击日军，将敌截成数段。敌见势不妙，遂施放毒气，突围逃跑。这几次战斗，我军毙敌200余人，还缴获了许多武器和军用品。陈锡联、曾绍山和谢富治中毒，卢仁灿负伤。

至25日，我军还相继攻克了上湖、燕子沟、坡头、狼峪、张净、冶西等据点。至此，正太铁路西段除寿阳等少数据点外，已基本为我军控制。

在我军沉重的打击下，日军急调部队向正太路增援。8

月26日，根据战役的进展和敌情的变化，总部指示："在正太路不能继续坚持作战或已彻底完成正太战役任务之情况下，我之行动方针，应是乘胜开展正太线两侧之战果，去收复敌深入各该根据地内之某些据点，继续坚持正太线之游击战，缩小敌占区，扩大战果，同时以一部兵力进行休整。"要求一二九师以4个团之兵力出击平辽公路而彻底毁灭之，并力求收复辽（县）、和（顺）两城；另以2个团之兵力坚持阳泉以西及榆太地区游击战，开展工作，与晋西北沟通联系。

8月27日以后的几天里，除我军继续破路外，正太线没有发生重大战斗。8月底由榆次、石家庄、阳泉出援之敌数千人，分头向正太沿线进逼，企图东西夹击我军。此即日军的所谓"第一期晋中作战（第一次反击作战）"。据此，总部指示：晋察冀军区集结主力于正太路阳泉、井陉段以北地区；一二九师集结主力于阳泉、寿阳段以南地区，打击增援出扰之敌。

9月初，一二九师转入破击平辽公路。3日，新十旅副旅长汪乃贵指挥所部将进犯阳泉、沾尚之敌击溃，敌伤亡100余人，分向昔阳、平定逃窜，我军紧追不舍。溃敌200余人，于4日在昔阳南之孟壁村遭我追歼后，仅剩百余人败窜昔阳，我遂占孟壁，缴获步枪40多支、机枪4挺，和（顺）昔（阳）公路完全被我切断。9月3日至4日，陈锡联指挥三八五旅将进至马坊镇的敌人击溃南窜，6日，我诱敌至西沟附近伏击之，毙伤敌80余人，战马60余匹，敌人丢下70多具尸体逃向辽县。陈赓指挥三八六旅、决死一纵队各一部，于9月6日在榆社双峰镇地区，围歼了由同蒲线来援之敌第36师团永野支队400余人，永野中佐负伤。至此，敌人企图夹击正太路我军的所谓“第一次反击作战”即被粉碎。

百团大战第一阶段于9月10日胜利结束。经过20天的浴血奋战，蜿蜒200公里的日军“钢铁封锁线”——正太铁路，被我军破毁了三分之二以上，所有战术工事完全被我军破坏，沿线大部据点被我军攻占。敌人遭到了空前的惨败，伤亡计约2900人。由于创痛太重，日本华北派遣军司令部把此役称之为“挖心战”，以后将每年8月20日作为“挖心战”纪念日。

无论是我根据地，还是国民党统治区，无论是我军还是友军，对百团大战的战绩都是肯定和赞誉的，大家对八路军寄予了无穷的希望，期待着我们取得更加辉煌的胜利。

9月20日，百团大战的第二阶段开始了。

这一阶段的中心任务是扩大第一阶段的战果，继续破击交通线，重点在于歼灭交通线两侧和深入我根据地的日伪据点。根据总部9月16日下达的《百团大战第二阶段作战命令》，主要攻击目标是：晋察冀军区为涞源、灵丘地区；一二〇师为同蒲路朔县至原平段；一二九师为榆辽地区；冀中部队为沧石路、德石路；冀南部队为德石路、邯（郸）济

（宁）路。

按照总部作战计划，一二九师部队于9月23日发动了榆辽战役，主要任务是拔除榆社至辽县公路沿线之敌据点，相机收复榆社、辽县两城，并准备在辽、榆、武（乡）地区歼灭可能由平定、辽县或白晋方面增援之敌。

战役于9月23日夜打响后，辽县之敌即行西援。我军预伏在狼牙山的部队，迅速将其击退。24日，沿壁、王景、小岭底、铺上等四个据点相继被我军攻克。在王景村战斗中，我三十八团一个营以神速的动作直插敌堡，用密集的火力封锁敌堡，并投进一枚燃烧弹，40余名日军在绝望之中自杀。在我军的袭击下，有些日军军官，甚至是素称表现顽强的日军宪兵也跪着缴枪，乞求饶命。

同日晚上11点，三八六旅主力部队开始向榆社守敌进攻，激战一夜未克。24日下午，该部进行第二次攻击，他们冒着敌人施放的毒气，攀上高达10至30米的绝壁，穿过数层铁丝网，突破了榆社中学西北碉堡群。残敌退入中学后，又大量施放毒气，在飞机的掩护下，利用城墙和暗堡，与我军对峙。为减少部队伤亡，我军改强攻为坑道迫近作业。到25日下午4点，引火爆炸成功，部队乘烟雾弥漫之际，攻克暗堡，冲进中学，歼敌主力。残敌向东逃窜，我军乘胜追击，又将其大半消灭。所剩十余敌兵在逃窜中被三八五旅俘虏。榆社城遂告解放。

我右翼部队进攻目标管头，是榆辽路上较大的敌重点设防据点。由于地形所限，我军在占领一座碉堡后，未获进展。于是，我留小部围困该敌，以大部转攻石匣，经一昼夜激战，将其攻克，歼守敌50余人，俘日军12人。至此，辽县以西各据点除管头外，均为我军攻占。进攻辽县的战斗尚未发起，和顺、武乡之敌已分别向辽县、管头增援。

总部指示暂停进攻，将主力转移红崖头、关帝垴地区设伏，袭击由武乡东援管头之敌。管头之敌经我军数日围困，弹尽粮绝，连洗澡水都喝光了。29日夜，我十三团一营以地雷、手榴弹猛轰，将守敌歼灭，于午夜12点占领管头。30日上午9点，我一二九师向红崖口、关帝垴转移的部队，尚未全部进入伏击阵地，敌援兵600多人即通过我军预伏地区向东急驰。其先头部队在榆树节以东与三八五旅遭遇。我军已进入伏击阵地的三八六旅和决死一纵队，立即将敌四面包围。由于敌有八架敌机轮番助阵，我军至30日中午，虽已发起十余次强攻，仍未将敌全歼。

此时，由辽县西援之敌400余人，突破我狼牙山阵地，进至铺上；由和顺南援之敌在攻占寒王镇后，也向辽县方向运动。这样，我军全歼被围之敌已不可能，经总部首长批准，一二九师部队即撤出战斗，管头等地重沦敌手，榆辽战役就此结束。

10月2日，总部宣布百团大战第二阶段已基本结束，要求我各部队补充兵员，休整部队和深刻总结百团大战各方面的经验教训，积极创造条件，随时准备再做大规模进攻。

百团大战第一、二阶段的巨大胜利，使日军的“碉堡主义”“囚笼政策”受到沉重打击，一度陷入混乱，军心动摇。为挽救败局，日军急调华北境内所有机动兵力，对我抗日根据地进行疯狂的报复“扫荡”。因此，反“扫荡”就成为我军百团大战第二阶段后的作战任务，从 1940 年 10 月 6 日起，持续了两个月左右。

敌人的“扫荡”首先从太行山开始。10 月 6 日至 17 日，武安敌 800 多人会同进攻辽县、武乡、潞城、襄垣等地敌军 3000 余人，多路进犯榆、辽、武之间的浊漳河两岸地区，用“捕捉奔袭”“辗转抉剔”“铁壁合围”“梳篦战术”，向我展开残酷进攻。

10 月 19 日半夜 12 点，总部颁发了反“扫荡”作战命令，指出敌人开始向我一二九师做报复“扫荡”，命令各部队“应集结适当位置休整，准备坚决歼敌一路至两路，广泛开展游击战争，打击敌人，分散部队”，“我党政军民密切配合，深入战争动员，领导空室清野”。

10 月 29 日，向我太行黎城地区“扫荡”的冈崎大队 500 余人，经左会、柳家岩进到石门村附近之关家垴，我三八五旅、三八六旅、新十旅主力和决死一纵队 2 个团，将该敌重重包围，于 30 日凌晨 4 点展开激战。彭德怀副总司令亲临三八五旅七六九团阵地视察，他在听了三八五旅负责同志的汇报后，指示部队坚决要拿下关家垴，命令部队重新调整部署，再度发起冲锋。指战员们鏖战到 31 日拂晓，终将守敌大部歼灭，残敌60多人顽抗待援。中午，敌1500余人在10余架飞机配合下，分两路经大井沟及显王村赶来救援。在这种不利情况下，我军除留小部队同敌接战外，主力转移，待机再战。关家垴残敌在援兵接应下，遗尸280余具仓皇逃走。在整个关家垴战斗中，日军死伤在400名以上。我军的伤亡也很大，新十旅旅长范子侠就是在这次战斗中负伤的。

继“扫荡”太行之后，同蒲路之敌第四十一师团，白晋路之敌独立混成第九旅团，纠集7000多敌军，向我太岳区的沁源及其以北地区合击。我避其锐气，打其弱点，在官滩地区杀伤敌百余名，又在胡汉坪战斗中与敌展开十多次肉搏，杀伤敌160余名。

“扫荡”太行、太岳之敌先后出动3万余人。我一二九师在两个月的艰苦斗争中，共作战200多次，消灭敌伪军约2800人，至12月5日，终将日军击退，粉碎了他们的疯狂“扫荡”。

百团大战从8月20日开始至12月5日止，历时三个半月，共进行大小战斗1824次，毙伤日伪军2.5万余人（内有日军大队长以上的军官18人）；俘虏日军281人、伪军1.8万余人；日军投降47人，伪军反正1845人。我军民破毁铁路474公里，公路1500余公里、桥梁213座、火车站37个、隧道11个、大量铁轨及枕木。缴获步马枪、手枪、轻重机枪共5800余支（挺），各种火炮共53门，枪炮弹37

万余发。此外还破坏和缴获了火车、飞机、汽车、坦克、骡马、电台、电话线和大批军用物资。

百团大战，是抗日战争期间我党我军在十分艰苦的条件下，独立发动的规模最大、参战兵力最多、持续时间最长、战果最为辉煌的一次进攻性战役。这一战役，沉重地打击了侵华日军，粉碎了敌人围困我敌后军民的“囚笼政策”，迟滞了敌人向大后方的进攻，提高了我八路军的声望，打击了国民党的投降气焰，鼓舞了全国军民的斗志，坚定了敌后军民争取抗日战争胜利的信心。

关家垴围歼战*

王耀南

1940 年 10 月下旬，日军第四混成旅团的冈崎独立大队攻破我黄崖洞兵工厂防御工事之后，于 28 日夺道武乡准备撤回沁县。当时黄昏，冈崎大队进至潘龙镇关家垴附近宿营。我旅接到彭总歼灭冈崎的命令后，火速赶至关家垴，与三八五旅、决死一纵队合围冈崎大队。冈崎察觉我军的动向后，乘夜摸上关家垴，抢修工事。我二十八团（我任代团长）左翼是二十九团，右翼是七七二团。七七二团当面有达垴顶的坡道，我团当面有一条较长较深的雨裂沟。日军正利用雨裂沟沿构筑迫击炮、机枪工事和步兵掩体。

日军迅速在关家垴高地上构筑了环形工事，山坡下围绕高地挖了 300 多个散兵坑。散兵坑内日军依托高地火力掩护，形成第一道防线，妄图负隅顽抗。10 月 30 日晨，我军

---

* 本文选自《王耀南回忆录》，中共党史出版社 2011 年版，收录时做了适当修改。

向日军发起猛烈攻击，日军利用有利地形和精良装备顽抗，我军几次进攻未能奏效。日军飞机 4 架前来助战。我二十八团经受了最严峻的考验，许多战士虽与敌进行白刃从来没有皱过眉头，但对敌机轰炸、扫射不知所措，一些战士四处奔跑，一线阵地之敌趁机射击，给我团造成伤亡。

我让黄副团长命令部队卧倒，但在敌机轰炸声中命令没人能听到。我看持续下去伤亡更大，命令号手吹号冲锋，只要部队和敌人贴上去，敌机就不敢轰炸。当前敌人只有 20 余人，利用雨裂沟据壕守卫，部队发起攻击后，全歼一线守敌。敌机看到我军和敌军距离太近不能投弹。我命令部队占据敌一线阵地抢挖防炮洞。

范子侠旅长打来电话问我："二十八团怎么搞的，是不是乱了套了?"我说："这种架势部队没经历过，刚开始有点乱。现在部队已经冲上去，拿下了一线阵地，正在抢修工事。我们和敌人的前沿阵地太近，敌机不敢投弹，请旅长放心。"

刚和旅长通完话，李达参谋长也来电话询问，我据实汇报，并说我团若不冲锋则损失太大。李达参谋长得知我部占领敌一线阵地，敌机不再向我团投弹，非常满意。李达参谋长随后说："你们再深入地向部队动员一下，邓政委要我告诉你，无论多么困难，也要执行总部的命令，打掉冈崎。干部和共产党员要带头，绝不能后退。"随后我团左翼二十九团和三十团也向敌前沿阵地发起冲锋，我旅占领关家垴高地以西敌一线阵地，全歼守敌。全旅掘壕守卫一线阵地。天黑前我旅各团先后发起几次冲锋，均因敌人火力太猛，未能奏效。天黑后，范旅长和汪乃贵副旅长来二十八团看望部队。范旅长说："我在旅指挥所，看到敌机轰炸，部队有些战士乱跑，真替你担心。战前我交代过你嘛，该打的打，该杀的杀，别顾及我的面子。"我说："兵都是好兵，要说责任该我负。"范旅长说："我不是追究责任，是想让你管狠一点。"我说："战士们没见过飞机，有点害怕是正常的。我命令冲锋，部队不是冲上去了吗？这说明部队是过得硬的。"刘应启政委陪范旅长去看望伤员，我和参谋长商量如何偷袭敌人。

深夜我们几次偷袭均未成功。

31 日清晨，范旅长和赖际发政委赶到我团指挥所。赖政委告诉我说："师部有新的布置。"我说："这么打下去，部队伤亡太大了，是不是建议师里撤围设伏，换个办法打。"范旅长说："部队进退自有上峰调度，岂容你我多嘴。"我们正在议论昨日战事，李达参谋长到了。参谋长一到就让我介绍当面敌情。我把当面敌人工事情况刚介绍完，参谋长就问我说："王耀南，敌人怎么会有这么多迫击炮和机枪？"我告诉参谋长说："敌人修的备用工事比正常装备多两倍，便于战时机动。"接着我又向参谋长汇报了敌人射击死角、手榴弹杀伤范围及我团的工事。我向参谋长汇报时，三八六旅陈赓旅长、七七二团郭国言团长等也到了，他们都拿着望远镜一边观察敌情，一边听我汇报。

我汇报完战情后，李参谋长宣布：我团担任新十旅预备队，阵地交给七七二团。论武器装备、部队训练及战斗力，我团确实不如七七二团这样的红军老部队，但让我们让出主阵地，我心里确实不高兴。郭国言团长把手伸过来和我握手，我伸过去残废了的像铁钳一样的右手狠狠地掐住他，疼得郭国言直咧嘴，但他在众人面前不好叫出声来。李参谋长又命令道："郭国言、王耀南！"我们只好松开手应道："有！""你们俩交换阵地，注意别让冈崎钻了空子。"我们答："是！"

我和郭国言一起研究了部队交接阵地的办法。重新布置后，七七二团当面为关家垴的唯一通道；十八团为七七二团左翼；我旅二十九团为七七二团右翼。我叫参谋长命令部队，每个连队留一名排长向七七二团介绍工事情况，所有工具一律交给七七二团，部队撤出阵地时，不得遗漏伤员。随后，我团在十八团和二十九团掩护下，向日军发动佯攻，七七二团趁势抢占、转移到我团阵地，我团也顺利撤出阵地。

上午 10 点，我旅二十九团依命向当面之敌发动佯攻。我从望远镜里观察二十九团的进攻动作，并且观察师炮兵对七七二团当面之敌的炮击效果。我突然发现七七二团在我军炮火准备之机，冒着被自己炮弹击中的危险向敌猛烈进攻。三八六旅炮兵发现七七二团的动作后，停止了炮击。可师炮兵不可能看到七七二团的进攻，并未停止射击。七七二团的勇士们已经接近堖顶，在我军炮火和敌侧射火力的打击下伤亡较大，若无较强的增援，七七二团是站不住脚的。我立即下命令，我团一营、二营出击增援。我团增援部队出发后，我便上报旅部，向旅长、政委解释我部行动理由。范旅长在电话里刚说了一句同意，就传来赖政委的声音。赖政委说："我以新十旅党委和政委的名义命令你团增援七七二团。"旅首长们主动承担了我团行动的责任。这时，闵学胜团也向七七二团增援。此时，师炮兵停止了射击。堖顶敌人发现我军企图，调机动部队发动了反冲锋，冲上堖顶的七七二团百余勇士全部殉国。

在敌人火力严密封锁下，我团和闵团被迫退出攻击。通过七七二团此次攻击，我认为只要我团和七七二团、十八团配合好，我们完全能打上堖顶，聚歼冈崎。我打电话给范旅长，范旅长同意我的看法，并让我尽快赶到七七二团团指挥部，他也去，再一起和郭团长协商。当我们赶到七七二团团指挥部时，陈赓旅长就在七七二团。我们马上研究互相配合进攻的方法。刘伯承师长在我们研究作战计划时，严厉地批评了郭团长的冒险动作。后来我们才知道，彭总得知七七二团冒着我方炮火冲击之后，亲自到距前沿只有 500 多米的三八六旅旅前线指挥所（此时陈旅长已经到七七二团前指），亲自观阵、指挥。刘师长和彭总同意我们互相掩护，依战场敌情各团主力变佯攻为强攻，或变强攻为佯攻，轮流组织进攻的策略。我们决定掩护进攻的部队，由班长确定，集中全班火力，集中打击一个敌人，务必击毙击伤暴露的敌人。我通过观察发现，敌人在我进攻时，投弹量明显减少。我建议进攻各部队尽可能多地靠近敌射击死角，以便有足够的兵力冲击垴顶。在场首长也有同感，并同意了我的建议。

我们还商议，晚上不再强攻，只用佯攻疲惫敌人，消耗敌人的弹药。通过观察，我们确信守垴敌人已不足一半，敌人固守阵地，最多也只能坚守到明天晚上。三八六旅和新十旅在三八五旅、决死一纵队的配合下，进行了过一天一夜的轮番进攻，敌人所剩只有百十余人。

刘师长决定于 11 月 1 日下午黄昏前发动总攻，全歼冈崎大队。下午 3 点左右，我接到范旅长的命令，要我团作为后卫掩护全旅退出战斗，我才得知日军 2000 余人从黄崖洞方向向我开来，企图与我军决战。范旅长强调这是彭总的决定。虽然在日军赶到前，我军可以发动总攻，聚歼冈崎于关家垴，但为使部队不陷入被动，彭总毅然决然地放弃小利。

此役，我军虽然未能实现全歼敌一个大队的战役目的，但是锻炼了部队打攻坚战和大兵团配合作战的能力。我率二十八团在此次战斗中得到了极大的锻炼。

关家垴战斗以后，彭总亲自率一二九师的首长和司令部登到垴上巡视日军战时防御体系，总结教训，寻找破敌良策。

我看到日军利用关家垴中心的窑洞作指挥部，改造靠近断崖的窑洞作暗堡，窑洞间用坑道连通，把挖坑道的土堆积在窑洞口拍实，筑成胸墙；在通往山下的唯一坡路两侧，各有四个窑洞被日军改造成火力极强的暗堡；以路左侧的暗堡杀伤路右侧进攻的我军；以路右侧的暗堡杀伤路左侧进攻的我军，形成极强的交叉火力。

我向彭总报告了日军工事的特点。彭总反问我："如果用这样的工事，日军进攻你，能不能守得住？"我说："不行。我的理由是，日军有平射炮，有足够的弹药。野战工事经不起反复打击。若加强永备工事，至少大部分交通壕要用门板、圆木覆盖。阵地前要埋设大量地雷，以补充我军弹药不足的缺陷。"左权参谋长说："王耀南，你是三句话不离本行哟！"刘师长认为我讲的有一定的道理，但用于野战，不那么容易实现，若固守重要目标，值得考虑。彭总最后对我说："既然值得考虑，你回去把关家垴防御体系认真地考虑一下。"

此次关家垴之战后，通过对日军的防御体系巡视，全体在场领导对日军的防御工程和防守能力都有了进一步的认识。

邢沙永战役*

何正文

公司窑战斗

1941 年 8 月下旬，一二九师刘伯承师长、邓小平政委根据八路军总部命令，为配合晋察冀军区反“扫荡”，打通太行山区与冀、鲁平原的交通，粉碎敌人的封锁，决定发起邢沙永战役。邢沙永战役主要任务是消灭盘踞在沙河以西公司窑煤矿及其周边的伪军高德林部，在邢沙永地区打开一个口子。

8 月 22 日，刘、邓首长下达了邢沙永战役的基本命令。三八五旅旅长陈锡联从师部受领任务后，随即在太行山涉县的西达镇召开了有各团领导参加的作战会议，研究作战方案，进行具体部署。通过充分发扬军事民主，陈旅长决心以

* 本文节选自《回忆邢沙永战役》，收录时做了适当修改。

"迂回包围、穿插分割、中心开花、各个击破"的战术手段，给高德林部以歼灭性的打击。兵力部署是：七六九团以主要兵力突击公司窑，以一部兵力攻打申庄；十三团攻打毛村、黑山、秦庄之敌，并担负阻击增援公司窑之敌的任务；十四团攻打三王村，同时做好阻击邢台方向增援之敌的准备。会后，陈旅长立即向师部报告了这次作战的决心方案，很快就得到了刘、邓首长的批准。

作战会议之后，为了更有把握地打好这一仗，陈旅长亲自带领参谋贾本维和旅机关的部分人员，化装成老百姓，到距敌人据点很近的刘石岗一带进行现地侦察，并对决心方案做了进一步的完善，而后又带着各团团长和各团的突击营营长到现场明确任务和组织协同。

各团对战前的各项准备工作也搞得扎扎实实，尤其是战前的侦察活动搞得更为认真，当时，我任三八五旅七六九团参谋长，亲自组织了侦察工作。特别是我们团的侦察英雄罗占华，化装成商人，一直摸到高德林的老巢——公司窑，把敌人的司令部、兵工厂、军需库、矿井等重要目标，以及道路、岗哨位置、明碉暗堡、封锁沟墙等查得一清二楚。在攻击发起的当天晚上，罗占华又带着二营的干部提前出发，到申庄察看地形。大家换了便衣，罗占华穿了件黑绸大褂，头戴礼帽，腰里别支"二十响"，活像个便衣探子。他们穿过草丛，绕小道往申庄前进时，与敌两个情报人员相遇，罗占华急中生智，几句对话，不仅使敌情报员将他认作自己人，而且还把他当作高德林特务营的“李队长”。罗占华和二营营长张效义将计就计，机智地从两个送上门来的“舌头”口中套出了许多关于敌人兵力部署、火力配系、工事构筑等情况。在进行敌情侦察过程中，当地抗日组织、游击队和人民群众也给予积极的配合，提供了大量真实可靠的情报，从而为战役的胜利创造了有利条件。

参战部队还抓紧时间开展紧张的战前练兵，有针对性地演练了破障和对碉堡守敌的进攻。经过紧张、周密的准备，参加战役的部队按刘、邓首长的决心部署开始了战役行动。8 月 30 日凌晨，攻打高德林伪军的部队经过连续一昼两夜的行军，隐蔽地到达了小南沟一带集结。小南沟，是太行山麓的一个小村庄，距离高德林的老巢还有 20 多公里。31 日下午 3 点，部队和参战的民兵，分三路向进攻出发阵地开进，途中在刘石岗作短暂的集结和调整。午夜，参加战役的所有部队，神不知鬼不觉地按时进入了预定位置，旅指挥所设在七六九团侧后约三公里处。按照旅首长“中心开花”的战术手段，七六九团在团长郑国仲、政委鲍先志的率领下，迅速地插到了公司窑附近。郑团长来到担任突击任务的三营，再次给营长马忠全、教导员吴先宏明确任务。

当一切布置妥当之后，时针正好指在午夜零点。攻击时间到了！只见三发红色信号弹腾空而起，划破漆黑的夜空。七六九团的突击连——十一连在向导老崔的带领下，顺利地剪开了一矿的铁丝网，连长赵登陆带着突击排，迅速地摸到碉堡跟前。说时迟，那时快，矿警的报警枪刚一响，突击连的同志们在散布成三角形的三个炮楼跟前，闪电般地把手榴弹投掷或塞到敌炮楼里，接着就冲了进去。负责警卫一矿的伪军有的在睡梦中就上了西天，有的刚被惊醒，连衣服都来不及穿就当了俘虏。十一连充分发挥了近战夜战的特长，以勇猛的战术动作，仅用十多分钟就占领了一矿。

攻下一矿之后，三营副营长张林先又率领十一连、十二连和被誉为"夜老虎"的特务连顺西北大街攻打高德林最坚固的堡垒——兵工厂；教导员吴先宏带着九连、十连朝二矿猛扑过去。但是，高德林伪部在公司窑构筑了许多互相贯通的工事，固守的又是伪特务营、军官队、矿警队等装备比较精良的伪军。这 1000 多名亡命之徒，大多是高德林的死党，他们凭借着坚固工事顽抗，拒不投降。三营和配属该营的特务连，一直打了三个多小时，也没有攻下来。面对这种情况，特务连指导员欧阳济大声喊道："共产党员跟我上！"带头冲上去，不幸被敌人的一颗子弹击中，献出了自己宝贵的生命。战斗进行得异常艰苦、激烈，一直持续到拂晓，兵工厂仍未攻下。如果天亮前不拿下它，天亮以后攻打就更困难了。而且，日军随时都有向这里增援的可能。在这关键时刻，团政治处主任漆远渥赶到十一连。十一连是我团在夜袭阳明堡日军飞机场战斗中涌现出来的英雄连队。漆主任来到十一连后，立即号召大家发扬夜袭阳明堡的战斗精神，一定要在天亮前拿下兵工厂。同时帮助赵连长重新组织战斗，把几个连队的掷弹筒、轻机枪集中起来，准备向敌人发起猛烈攻击。就在漆主任刚把火力组织好时，忽然从大碉堡上射来一串子弹，击中了他的胳膊，鲜血把他的半边身子都染红了。战士们忙给他进行包扎，并将他扶上担架，但漆主任强撑着身体，忍着疼痛喊道："赵连长，掷弹筒一响就冲锋……要为十一连争光……"话还没有说完，就昏迷过去了。

首长的鲜血，就像汽油烧到火上一样，把战士们胸中的怒火烧得更旺了。掷弹筒发射了，机枪怒吼了，敌人的火力被压下去了。

"为十一连争光，冲啊！"赵连长高呼着口号，第一个登上梯子，翻过围墙，战士们紧跟在连长的后面，像一股旋风，冲进了兵工厂。接着特务连也攻占了澡池。

十一连冲进兵工厂后，战士们见到里面堆放着各种机器，以为是挖煤机，他们一边搜剿残敌，一边安上炸药，准备将其炸毁。赵连长见此情景，立即制止大家不要鲁莽行动。因为赵连长知道，在战役发起前，团首长有交代，要将敌人兵工厂的机器完好无损地运到太行抗日根据地。于是，他大声对战士们说，这可能就是造枪的机器，在没有搞清楚是什么机器之前，希望大家保护好，一个零件也不能损坏，待请示报告后再处理，同时派人进行严密保护。恰好刚从延安来的知识分子、曾学过机械的训练参谋蒲锡文同三八五旅供给处副处长李小五来到现场，确认是造枪的机器。于是我们很快动员组织了一支由参战民工、矿工、当地群众组成的搬运大军，把兵工厂的机床、零件以及一些步枪、机枪半成品，完好无损地搬运到太行山根据地。这对当时只有些简单机械的我黄崖洞兵工厂来说，真是如获至宝。后来，八路军后勤部部长杨立三在一次后勤工作会议上说，三八五旅完好无损地缴获敌人一座兵工厂，为抗战立了一大功。

攻下煤矿后，我团政治处的同志，不顾危险，下到1500多米深的矿井下，逐条巷道通知正在作业的600多名矿工撤离。矿工们撤离煤矿后，我们将日伪军用来榨取人民血汗的公司窑煤矿彻底炸毁了。

经过一天一夜的激战，公司窑大部分敌人已被我七六九团一营、三营消灭，但藏在村西头碉堡内的一股残敌，仍凭借坚固的工事顽抗。一营营长李德生同教导员王亚朴，立即重新调整部署，命令一连、三连从正面进攻，二连从右侧迂回，向残敌发起猛烈的攻击。冲在最前面的是一连“朱德青年队”，当占领敌野战工事后，小队长肖术英左腿负了重伤，但他仍然坚持着伏在交通沟边上射击。战士赵玉才要扶他下去，但肖术英说啥也不肯。他把剩下的一排子弹交给小赵，再三叮嘱说：“一定要瞄准后再打，一枪要干掉一个敌人。”赵玉才接过染着战友血迹的子弹，压进枪膛，瞄准敌炮楼的枪眼，一连打倒四个敌人，当他把第五颗子弹推上膛时，从左前方飞来一颗子弹，打穿了他的左肩。他忍着剧痛，把枪架在一块石头上，在火光的映照下，射出第五颗子弹，又打倒了一个敌人。

与一连一起担任正面攻击任务的三连，在连长李忠泰的带领下，冒着敌人射来的密集枪弹，发起了一次又一次的攻击。当他们看到二连遭到敌火力拦阻时，著名战斗英雄、排长李长林立即端起机枪射击，压制敌人火力，掩护二连从侧翼攻击。不料，当二连从右侧迂回上去后，又被一道铁丝网阻拦了去路。二连指导员许道春高喊道："共产党员上！"随着许指导员的喊声，共产党员苏建英飞奔上去，但刚向铁丝网劈了两下，就壮烈牺牲了。紧接着又一名共产党员冲了上去，就在铁丝网快要砍开的时候，又不幸负了重伤。第三个毫不迟疑地又冲了上去，在火力的支援下，终于把铁丝网砍开了。三位优秀共产党员，用他们的生命和鲜血打开了一条通向胜利的道路。许指导员带着二连闪电般地冲了上去，他是全营有名的投弹能手，用手榴弹把炮楼顶上的敌人全压到下边去。二连在一连、三连的有力配合下，一鼓作气攻占了最后几座坚固的炮楼。

此次战斗几乎全歼了伪高德林部在公司窑煤矿的守敌，解救了被奴役的矿工，缴获搬迁了一座兵工厂。另外，这次战斗基本上也是一次攻坚战，所取得的作战经验，对指导后来的攻城和攻坚作战也产生了深刻的影响。

御路村战斗

1941 年 8 月底至 9 月初，八路军一二九师组织了邢沙永战役。在邢沙永战役中，我任三八五旅七六九团参谋长，我旅和兄弟部队一度攻克南和、沙河两县城和公司窑等据点8处，碉堡53座，缴获修械、造枪机器和器材各一部分，歼日伪军1300余人，并争取了部分伪军反正，并把敌人几年来在公司窑一带苦心经营的巢穴彻底摧毁了。

敌人为了挽回败局，恢复原来防御态势，在9月3日下午从邢台、赵泗水方向纠集了400多名日军，在6架飞机的配合下，兵分四路，气势汹汹地向我军猛扑过来。

此时，公司窑及其周边战斗已经结束，我三八五旅除留下警戒分队外，主力均已转移到册井、安河、小南沟一带集结。这一带已进入太行山抗日根据地边沿区，地形对我军十分有利。报复之敌于4日上午8点左右到达辛庄，与我警戒分队第十四团一营一连接火。为诱敌深入，战至10点左右，我警戒分队主动后撤，敌随即占领了御路村以西的高地，与我军形成对峙。

御路村坐落在山坳间，与其相邻的村庄西边是将军墓，西南是功德望。这两个村子均在我军控制下，将军墓以东的长形高地可以火力直接控制御路一线，功德望的地势也比御路略高，正是一个打击敌人的有利地形。

亲临第一线指挥作战的三八五旅陈锡联旅长冷静地分析了敌我形势，并询问正在身旁的七六九团一营营长李德生："部队情绪怎么样？"李营长回答说："士气正旺着呢，旅长快下命令揍他吧！"

陈旅长当机立断，决定乘敌突出冒进，孤立无援之际，利用我抗日根据地天时、地利、人和等有利条件，狠狠地教训这股敌人。随即命令十四团立即占领将军墓以东的高地，正面牵制敌人，我七六九团从功德望向敌人左翼突击。

下午 6 点，反击日军的战斗打响了，敌人在我夹击之下，乱成一团。七六九团一营在李德生营长的指挥下，以迅雷不及掩耳之势，一举突破敌左翼防御，并以手榴弹、掷弹筒打得日军人仰马翻、血肉横飞。敌前梯队 100 余人，在我强大攻势下，一下子后退约一公里。昔日不可一世的日军，这时他们的“武士道”精神不知跑到哪里去了。

当天夜里，我军又向敌人发起了数次猛烈攻击。日军不甘心失败，为了稳定防御，驻邢台日军指挥部派 6 架飞机前来增援，在对我方阵地实施狂轰滥炸的同时，空降了五名指挥官来收拾残局。新来的指挥官一上阵，一连砍倒好几个正在退却的日军，这样才勉强稳住了阵脚。但是我攻击部队不给敌人一点喘息的机会，紧紧地咬住敌人不放，阵地上到处是枪声、手榴弹的爆炸声和喊杀声，敌人死伤越来越多，完全失去了抵抗能力。我攻击部队士气则越战越高，越打越猛。被打得焦头烂额的日本侵略军，6 日晨，在飞机的掩护下仓皇溃逃，急急如丧家之犬，滚滚似漏网之鱼，想要逃脱在御路被我全歼。在前沿阵地指挥战斗的一营教导员王亚朴，最先发觉日军退却之企图，于是大声喊道："同志们，鬼子要溜了，追击前进！"王教导员话音未落，部队就呼啦啦地冲了过去，一直追击到刘石岗，又打死了一批日军。陈旅长考虑到此次战役的目的已达到，同时还要防止日军主力前来增援，于是命令一营停止追击，撤离战场。

战斗胜利结束了，太阳穿过蒙蒙的薄雾，吐出万道霞光。在崇山峻岭中的蜿蜒山路上，凯旋的八路军一二九师指战员和民兵携带着缴获的战利品，高唱着《我们在太行山上》的战歌，又踏上了抗日斗争新的征途。

八路军副总司令彭德怀在北方局党校会议上，曾高度赞扬此次战斗狠狠打击了敌人的嚣张气焰，打出了抗日军民的威风，他说："这一仗打得好！说明日本鬼子没什么可怕的，我们三八五旅一个营，在御路不就把他们一个大队打得一天一夜动弹不了吗！"

苏亭伏击战

郑国仲　王亚朴

1942 年 5 月 19 日开始，日军对太行北区发动“扫荡”，兵力达 2.5 万余人。按照刘、邓首长的部署，第三八五旅陈锡联旅长指示七六九团团长郑国仲和政委漆远渥率领一营、旅山炮连和团直属机关向南艾铺方向转移。同时还指示我们，遇到总部首长要负责保卫和掩护转移。5 月 25 日，我们在南艾铺掩护八路军总部、北方局机关，突破了敌万余人以南艾铺为目标的“铁壁合围”。晚 10 点左右，我们保卫彭德怀副总司令一行转移到东黄漳。

按照原定部署，一营营长李德生率 2 个连到共庙山庄一带坚持游击战争，团直及三连于 26 日到了拐儿镇。团领导决定将机关和直属队疏散到拐儿镇以南桃园一带，抽出一营三连寻机打击敌人，鼓一鼓部队和群众的斗志。考虑到敌情不明和兵力有限，团领导决定派侦察人员继续侦察敌情，同时抽调机关干部和连队部分干部战士同地方武装联系，掌握民情，熟悉地形，积极做好战前的一切准备。

27 日中午 12 点左右，侦察员带着七区武委会主任刘玉堂和村长义呈祥来到团部，汇报了当地地方武装、民兵组织和活动情况。最后，他们还提供了一条重要情报，从黄漳经苏亭到辽县城，敌人运输很频繁，押运的日军有时一二百人，有时二三百人。在这条路上，民兵游击小组经常袭击敌人，因为力量有限，敌人没有遭到有力的打击，因而十分麻痹。

根据我们的侦察员对敌情的侦察，以及刘玉堂、义呈祥提供的情况，团的几个领导又查看了地图，进行了认真研究，感到苏亭确实是一个打埋伏的好地方。苏亭西有疙瘩垴，东有价站山，村北是弯曲的路和河滩，隔河有东寺垴，东寺垴前面是陡岩，岩下的河滩大路成“己”字形，只要敌人钻进来，我们掐住两头，敌人就成了瓮中之鳖、砧上之肉。

28 日早上我们刚刚起床，就接到一个情报：本日上午敌人的运输队可能沿柏管寺、苏亭公路通过。这时，三连连长李长林气喘吁吁地跑来说：“这可是个好机会，快下命令吧。首长不用担心，敌人就是只老虎，我也敢跳到它的嘴里，拔掉它的牙齿。”郑国仲经考虑后，转而启发李长林说：“你的胆量和勇敢我是相信的，我问你，你准备在什么地方打？你用什么办法跳到老虎的嘴里？你给我说一说。”经这一问，急性子的李长林手抓头皮，回答不上。这时，一营教导员王亚朴也跑来了，郑国仲对他们说：“我们决定在苏亭打一次埋伏，狠狠打击一下敌人。但是，不能打无准备和没把握之仗。敌人今天过去了，明天或者后天还来不来呢?”郑国仲见王亚朴、李长林都肯定地点点头，接着说：“好，仗有的是。你们现在要注意掌握好部队的求战情绪，继续做好战前准备工作。你们再带上一些干部和班长化装成老百姓去现地勘察一下地形，把兵力部署、火力配置以及撤退的路线都选择好，然后回来汇报。”同时，郑国仲又派侦察员和群众干事马上去找区武委会主任刘玉堂联系，让他们把民兵游击组集合起来，准备参加战斗。下午 5 点钟左右，王亚朴、李长林和一排长周百良回来报告：实地勘察比看地图更理想，苏亭确实是一个打埋伏的好地方。他们三人正说得起劲时，区武委会主任刘玉堂、村长义呈祥带着两个民兵也赶来了。一进门，刘玉堂就风风火火地说：“我们民兵都准备好了。大家说跟着八路军打仗，胆子壮，心不慌，这一下我们也要显一显手段了。”听刘玉堂这么一说，大家都笑了。郑国仲指着李长林笑着说：“我这里有个行者武松。”又指着刘玉堂说：“现在又来了个黑旋风李逵。”话还没说完，李长林跳起来就同刘玉堂握手、问好，四只大手紧紧握在一起，显得格外亲热。

晚饭后，我们进行了具体的布置。当时王亚朴提出由他带领三连去打伏击。漆政委提醒我们说：“按理说，三连全拉上去我们的力量也不够，但是从眼前的情况来看，侦察排已全撤出去了，团直机关都疏散在拐儿镇一带，万一出现意外情况，就无法应付。”考虑到这种情况，郑国仲说：“我同意由王亚朴带领去，但是，不能把三连全拉上去，我们身边应留一个排的机动兵力。”于是决定由王亚朴指挥三连2个排，到苏亭东寺垴埋伏，做战前准备。接着我们制定了作战方案：部队尽量往前伸，不留预备队，把所有兵力、火器全用在刀刃上。要求打得狠，打得突然，快打，快撤。如果是大股敌人，等敌人后卫部队进入伏击圈后再开火，给它一个大的杀伤；如果是小股敌人，就坚决打他一个歼灭战。

真是无巧不成书。晚上9点左右，我们的侦察员带着两个四五十岁的老乡来报告说，粟城敌工站送来可靠情报，粟城日军300余名，民夫、骡马甚多，将于30日经柏管寺、苏亭回辽县城。听到这一消息，所有在场的人都很高兴。郑国仲对漆政委说：“真是好机会，就让我们军民结合，联成一气，打一个漂亮的伏击仗吧。”漆政委把腿一拍，站起来说：“老郑，就这样定了，你下命令吧。”于是，郑国仲下达了战斗命令：由一营教导员王亚朴指挥三连2个排，当晚出发，秘密隐蔽到东寺垴附近，于29日做好一切战斗准备，30日拂晓前进入阵地。区武委会刘玉堂主任连夜赶回去组织民兵按计划行动。

29日午夜，部队和民兵都按计划进入了阵地，并且连夜垒石头，修筑射击阵地。尽管山上野草有半人深，干部战士和民兵对阵地仍然进行了周密的伪装。黎明前，做好了战前准备工作，干部们又到各伏击点进行了检查。

30日凌晨，乌云密布，至早上6点左右又飘飘洒洒地下起了蒙蒙细雨，实在是一个打埋伏的好天气。真是天公作美啊！这天上午，一直等了四五个小时，还不见敌人前来。我们都很着急，埋伏在阵地上的指战员们，早就把子弹压在了枪膛里，揭开了手榴弹的保险盖，等得有些发急了。指挥战斗的教导员王亚朴见大家有些急躁，就给大家讲响堂铺伏击战烧毁敌180辆汽车的经过。最后他说："伏击敌人，像钓鱼一样，要有耐心。"中午12点左右，1807高地观察哨报告说：粟城日军300余名，押着200多民夫，还有300多匹骡马，已经全部通过柏管寺。传来敌情报告，指战员们顿时兴奋起来，立即做好迎战的准备。

大约下午3点，敌先头部队9个骑着大洋马的日军，头也不抬就进入了我伏击圈。隔了一会儿，又过来5个骑兵。大概日军认为，离辽县城只有5公里路了，谁还敢在老虎嘴里拔牙呢？日军尖兵刚刚过去，大队人马就来了。走在头里的扛着日本旗，接着是四路纵队的步兵，前面的十多个日军还扛着大旗，摆出一副"凯旋"的架势。步兵后面是一群骑着马、腰挎指挥刀的家伙。再后面就是辎重队，大车、毛驴、洋马摆了一大串，上面装着抢来的东西。日军走进沟里一多半后，埋在大路上的一颗地雷被踏响了，炸死了两个，伤了一个。日军队伍忙闪到小路上。这时，一个骑马的日军军官赶来指指画画地咕噜了半天，于是先头部队停了下来，有几个工兵跑到前面去排雷。前面虽然停下了，可是后面的日军还是一个劲地往前拥。大路上、河滩里密密麻麻地挤满了人和牲口，简直像赶骡马大会一样，除几个端枪的哨兵外，其余的大都背着枪，有的坐着，有的躺在路上，有的抽烟，有的咿咿呀呀唱着怪声怪气的小调。埋伏在山崖上的我军战士和民兵，按捺住激动的心情，等待着指挥员下达战斗命令。直到敌人的后卫部队二三十个骑兵全部进了沟，王亚朴才向李长林点头示意。李长林高喊一声：“打!”三挺机枪同时向敌群扫去，手榴弹也不停地在敌群中爆炸。这一下可热闹了！山沟霎时间像开了锅，日军就像热锅上的蚂蚁，完全乱了套，前拥后堵十分密集。日军被打蒙了，撒开两腿朝前面石崖下跑，崖下挤满了日本兵。民兵陈乃珠一声高喊：“推!”20 多个民兵同时用力，把石崖边垒了两人多高的石墙推了下去。只听得“轰轰隆隆”一阵震天裂地的巨响，沙石乱飞，有的日军连喊叫都来不及就被砸成了肉饼，有的被砸得缺胳膊断腿。架在东寺垴的两具掷弹筒也开火了，一颗颗炮弹随着石块在敌群中开了花。侥幸活命的敌人，像一群冲散了的羊群，跳进河沟逃到对面的河滩上。这时，埋在河滩上的地雷又开了花！河滩上没有可供隐蔽的地方，结果目标更大了，近的只有 50 米，远的也只有二三百米，正是我们射击的“活靶子”，仅连部通信员王东山就打死六个日军。

战斗持续了半个多小时，日军一直没来得及进行有组织的抵抗，甚至连我们的阵地在哪里也没有弄清楚，只是盲目地朝半山上乱放枪。这时，我们的子弹快打光了。王亚朴考虑到敌虽遭到重大杀伤，但还有力量反扑，我们兵力又太少，不宜出击，于是下达了撤退命令。民兵先转移，等民兵完全撤下来后，部队才往后山转移。在最后担任掩护的五班，撤退前想下去弄几支枪，结果一个战士被冷弹击中光荣牺牲，班长也负了轻伤。这是我们在这次战斗中包括民兵在内的仅有的伤亡。

这次战斗，共毙伤日军 140 余名，其中打死一名日军讨伐队的中佐副总指挥。另外，还毙伤敌骡马 80 多匹。战斗后，日军专门从辽县开来 6 辆大卡车拉尸首。日军原来还准备在辽县召开什么“讨伐胜利庆祝大会”，吹嘘什么“太行山的八路军统统地消灭了”。敌人遭我军这一下伏击，不得不将“庆祝大会”换了横幅，改成“慰灵会”。

重伤被俘脱险记*

刘志坚

1942 年 10 月，冀南抗日根据地的党和军队领导召开了会议，提出了："誓死抗战到底!""咬紧牙关、坚持斗争，度过今冬明春就是胜利!"等口号，具体制定了进行艰苦斗争的战略、策略、方针和作战方法。还决定由军区机关领导分别到各地委、分区去传达会议精神。此时，我任冀南军区政治部主任，被分派到第六分区去传达。

10 月 15 日傍晚，我和区委领导张策、刘建章、张茂林等同志，由一个骑兵班护送出发，经过一整夜急行军，走了一百五六十里地，第二天拂晓，到了第六分区机关驻地枣强县恩察镇西面的李杨村。我们上午睡觉，下午听分区领导同志汇报。六分区司令员易良品同志说，二十一团的部队在枣强县和卷子镇之间打了一个埋伏，消灭日本鬼子 1 个排，缴

---

* 本文选自刘志坚《风雨征程》，国防大学出版社 1996 年版，原标题为《重伤被俘脱险纪实》，收录时做了适当修改。

了1挺机枪、1门六〇炮和若干枪支。分区的领导同志判断，敌人很可能要进行报复，对我们住的这个地方进行合击“扫荡”。因此，分区机关今天晚上要跳到枣强、大营之间的公路以东去。当晚，即向路东转移。当时，我妻子刘莱瑛在离我住处不远的大屯村生孩子，由她母亲和才两岁多的女儿陪着，我顺便去看了她们。她已生下一个又胖又黑的可爱的小男孩，自己却得了生产热，非常难受。说实在的，我是很想在那里多待一会儿，但当时的情况和任务都不允许我有多一分钟的留恋，只得怀着难舍的心情离开了他们。

次日拂晓，我们到了枣强大营公路以东的大师友村。进村后，刚把马背上的被褥拿下来铺到老乡的炕上，敌人就包围了大师友村，并很快冲进了村。顿时，四面八方枪声大作。这是因为敌人摸到了我们的行动规律，估计我们的部队会到这个村去。因此，预先调了大于我军几倍的兵力，设下合围圈。而我们却事先没有得到情况，钻进了敌人的合围圈。此时，部队毫无准备，来不及集合，就仓促向村外突围。我骑着马往村外冲，敌人两挺重机枪猛烈向我射击，子弹打断了我的右大腿骨，我从马背上摔了下来，倒在一个道沟里。当时，马负伤跑了，警卫员负伤后亦不知去向，我自己一个人躺在道沟不能动弹。这时，我想自己只有死路一条了。于是，我将身上所有的口袋仔细摸了一遍，查看一下身上有无失密和暴露我身份的什么东西，结果从衬衣口袋里找出用复写纸写的布置对敌政治攻势的指示一份，我即把它撕得粉碎，并放在口中嚼烂。接着，又找出莱瑛的照片一张和怀表一块，我即用手在地上扒了个土坑，把它们埋在坑里，又用旧土把坑掩盖好。说也奇怪，人到绝境，心里反而非常坦然。我想自己今年正好30岁，在党的领导下为人民的解放事业南征北战，打了十几年的仗，总算尽了自己一份心力，同时又有了两个孩子，死了也值得了，只是丢下莱瑛和两个孩子实在难过心痛。正在我处于绝境中心绪起伏的时候，冀南银行行长胡景云从道沟的西面跑来出现在我面前，我觉得自己有救了，高兴极了。我请他把我背到棉花地里藏起来。他说他跑了很长一段路，已上气不接下气，口边都是白沫，实在没有气力了，背不动。他说他到雅会村去找老百姓来，想办法把我抬出去。说完他往道沟东走去。走出大概三五十步远，几个日本兵跑过来把他抓走了。又过了二三分钟，两个伪军向我走来，我当时手上还有一支左轮枪，想先打死一两个敌人，然后就自杀。我马上拿起枪瞄准敌人扣了三下扳机，都打不响。然后，我又将枪口对准自己的头，又扣了三下扳机，还是不响，我只好赶快将枪丢进棉花地里藏起来。我的枪为什么打不响呢？原因是前几天住在雅会村，警卫员给我擦洗枪，丢了一个零件，怎么找也找不到，把地上的土扫起来，用脸盆装上，用水洗泥，也没有找到。这件事还惊动了保卫部的同志。后来，因有敌情，部队要出发，只好走了。枪当时也没有去试射，因为到处是敌人，一打枪就会暴露我们部队的目标，我却不知道这支枪竟然打不响了。此时，我难过极了。那两名伪军很快就跑到了我的面前，第一个认识我，他原来是我军第二十团团长徐绍恩的警卫员，他在一个多月以前回家，村里抽派伪军，伪村长就让他去，他没有办法就参加了伪军。他人虽参加了伪军，但心里仍然向着我们，同我们取得了联系。另外一个伪军并不认识我，他们两人可能是好友。他们交头接耳小声说了几句，就同声对我说："我们一定要想办法营救你。"这时，日本鬼子也发现了我躺在道沟里。随后三个日军押着两三个老百姓过来，把我从道沟里抬到棉花地里。日本鬼子凶狠狠地搜查了我的全身。我从军区机关出发时，为了隐蔽军人身份，军装外面套了件长袍，他们把我的长袍撕掉了，军衣、衬衣也撕开了，翻来覆去地搜查了好半天，但没有搜出任何东西，就派一个日本兵端着刺刀看守我。敌人在那一片地里进行了反复搜索，因为部队向外冲时丢失了一些背包、挎包、帽子，他们就搜索寻找，收集起来作为战利品。

日伪军把我往道沟上抬的时候，有一个伪军就把我的鞋脱下一只，因为这双鞋是莱瑛给我做的黑面棉鞋，很多人都知道我穿的这双鞋。那个伪军拿我的一只鞋，跑步到六分区司令部去报告。六分区的领导同志接到这只鞋后，就知道我负重伤被俘了。于是，他们一面上报军区和师首长，一面集合部队准备营救我。那里正赶上第二十团由德（州）石（家庄）以北南调去军区执行作战任务，其先头部队由副团长楚大明带领，已到达枣强以东地区。易良品得知我们遭日军袭击后，便派通信参谋去找楚大明，要楚大明率部火速追击敌人。楚副团长接到命令后，即指挥部队丢掉背包米袋，插上刺刀，跑步朝日本大营方向追击。

日本鬼子在地里搜索完后，就把我抬上一辆牛车，开往恩察。仍然由最先过来的那两个伪军坐在车上押送我，他们在车上又对我说要想法救我。在恩察停留了几个小时，我一直躺在牛车上。天快黑了，日本鬼子就押着我回大营据点去，我看见日伪军有300多人。他们走了才几里路，我就听见后面我们的部队追来了。这时，日本鬼子立即停止前进，摆好密集阵势进行阻击。日伪军的步枪、轻重机枪一齐猛烈开火，我们的追击部队冲不上来。敌人看见追兵被阻，就押着牛车跑步进了大营据点。

敌人把我抬放在地上，由日本兵端着刺刀看着。我在地上躺了约3个小时，到了半夜，抬到日军中队部的驻地。该地驻有日军一个中队（相当于一个连），他们把我放在老百姓房子里的土炕上就把门锁起来，门口有端着刺刀的日本兵看守。我那天晚上难受到了极点，伤口剧痛，一天两夜没有喝一口水，没有吃一点东西，又渴又饿，通夜没有入睡。我没有别的法子，只有痛骂日本鬼子，想激怒他们把我杀掉。整整一夜我骂了不知多少次，但看守我的日本兵听不懂，有时他推开门猛吼几句，我也听不懂，他又把门锁上了。第二天上午10点左右，日军中队长带着一个翻译来审问我，问我说：“你是干什么的？”我回答说：“我是打日本鬼子的。”

他又问："你是哪个部队的？"我说："我是八路军。"又大声对他说："我的腿被你们打断了，你们把我枪决就是了，你们不要问，我没有什么要说的。"日军中队长手拿一本不知怎么弄到的我们军区部队干部的简历表，我侧头斜眼清楚地看到表上面也有我的简历。有的简历表下面还有照片，但没有我的照片。原因是西安事变后，组织上曾正式通知我，叫我不要照相，要随时准备派出做地下工作。因此，从那以后有好几年我根本不照相。所以，尽管日军中队长和翻译用表上的那些照片对我进行反复对照，可就是查不出我究竟是谁。他们又看到我态度很坚决，就再也没有问我了。接着，他们就把冀南抗日文救会干部赵鼎新叫来，他是前十天左右被日伪军所俘来的。我张大眼瞪了赵一眼，示意他不可说出我的姓名，不可暴露我的身份。赵即对日本中队长说，他不认识我。他们得不到我的有关情况，只好回去了，而赵鼎新却留在我身边。赵等日军中队长和翻译走远了，就低声对我说："日军翻译大古把我叫来，名义上是让我照顾你这个'彩号'，实际是让我侦察你到底是谁。"我觉得赵给我说了实话，对他也就放心了。当时，我的断腿痛得很厉害，生活完全不能自理，不能翻身，大小便也坐不起来，全靠赵鼎新同志照料。他到伪警察所去吃饭时，就给我带回小米稀饭和咸菜。我们睡在一个炕上，他看到听到我只求一死的坚决态度，便对我说，他可以同外面组织联系，要设法拖延时间，应付敌人。

我听他说他可以同外面的组织联系进行营救，心里就有了希望。我想：日本侵略者的铁蹄正在践踏我的祖国，蹂躏我的同胞，我们打败日本侵略者的使命远没有完成，我一定要同敌人拖时间，争取组织上营救我出牢笼，继续抗战到底，直到最后胜利。于是，我就设想组织上营救我采取什么方法为妥。一是我们的部队打敌人的据点，但据点里有日军一个中队，约 150 人，还有 150 多名伪军。敌人的工事又有外墙内墙两层，很坚固，不易打下。二是发动我党我军派到伪军维持会和伪警察所中工作的同志来抢救我，但也不容易做到，因为这些组织里面还有少数死心塌地的汉奸，万一泄密更坏事。三是乘敌人把我往枣强县城送的时候，我们的部队在路上打埋伏，把我抢救出来。我认为采取第三种方法最妥善。赵鼎新同志也是这种看法。

有一天，赵鼎新同志对我说，敌人派他来考察了解我，如果什么也不说一点，他也不好应付敌人，也不好拖延时间。我同意他的意见，我们两人反复商量后，决定由他去给日本鬼子说，我名叫李英华（编的假名）大概是个连排干部，也可能是分区的一个什么参谋。他去把这些情况告诉了敌人之后，回来对我说：我们商量的那些话，敌人不全信，要他继续了解。我说："继续对我进行了解，正好达到我们拖延时间，等待外面组织营救的目的。"

在对日军隐蔽身份方面，人民群众起了很大的作用。枣强县的群众同我们军队的关系非常密切，我同他们有着广泛的接触，他们完全知道我是谁，是干什么工作的。但是，不管日军怎样盘问，没有一个人向日军泄露我的实情，使敌人始终搞不清我是个什么人。这使我对军队与人民之间的鱼水之情感受至深。

20 日清晨，日军带来四个老百姓来抬我，把我连被子一块抬放在牛车上，说是送到枣强去。我想如果我军在大营据点外面来营救我，还有点希望，如果送到枣强城里，营救就没有希望了。因此我坚决不让他们抬走，老百姓见状就没有抬了。后来，日军中队长亲自带了四个日本兵来，把我连人带被一起抬到第三辆牛车上，由中队长带着 30 多个日本兵和 30 多个伪军，押着三辆大车，前面两辆装着我们部队丢掉的背包、挎包等东西，后面一辆载着我、艾大炎和胡景云等人，向北往恩察走。刚一出大营，我就看到公路以西路上有自行车来往，像是我们的侦察员在那里侦察，那个日军中队长不断地拿着望远镜向两边观察。牛车在公路上缓慢地前进。有的伪军低声对我说要设法救我们，有的给我香烟、日本币。我说："我不要烟，也不要日本币。如果遇上我们部队来营救我们时，希望你们不要开枪或朝天开枪。"车队走出据点大约五里路，我们预先埋伏在那里的部队就向敌人猛烈开火，把日军压在公路两边的道沟里。那些伪军就往公路东边的沟里一趴，一动也不动。此时，我急忙叫赶大车的老百姓把大车调头往南跑，赶快离开敌人，防止敌人来枪杀我们。大车一下子就跑出离敌人一里多路。这时，营救我们的部队一个班冲上来了，大个子排长纪志明同志把我背上，他背着我快跑了一里多路，然后把我放在担架上，抬着就跑。我们得救了，部队也就撤离了。过了一阵子，指挥这次战斗的二十团副团长楚大明同志也来了，这时我才知道营救我是刘伯承、邓小平和军区给他们下的命令，要他们坚决地、不顾一切伤亡也要把我抢出来，抢不出来活的，也要抱出一个死的来。

我被救脱险回到部队后，二十团马上派人把我送到军区驻地马头镇（在邱县北面）。当天晚上就由郝保康医生给我做手术，取出了重机枪弹头。当时医疗条件很差，对我断腿骨的固定没有什么好办法，只能用菜刀削两块木板，用绷带把它捆扎起来。手术之后，军区领导派敌工科科长周时霖、医生郝保康和警卫员刘华英等同志把我送至肥乡县城附近的敌占区，在与我们有关系的村庄住了两三天。一天，敌人突然进村来了，周时霖等同志迅速将我抬进睡觉炕底下预先挖好的洞里，然后铺上炕席，让一位老太太坐在炕边上纺棉纱做掩护。敌人果然没有发现我，他们在村里吃喝一顿之后就走了。军区的同志知道这个情况后，感到这里还是不安全，不能久住，又把我抬回到安全条件较好的邱县县城附近的村庄里住下。这时，莱瑛硬着心肠将刚满月的孩子交给老百姓抚养，自己到我养伤的地方来照料我。但是，我们那个可爱的孩子却在 8 个月时患肺炎死了。每当我们想起这个可爱的孩子时，心里总是十分难过。

我在邱县县城附近养伤，为了安全也像打游击一样，在这个村里住几天，在那个村子里住几天，总是转来转去，同敌人周旋。有一次。又发现了敌情。他们就赶紧把我抬到地洞里藏起来。这个地洞设计得很巧妙，是在老百姓猪圈里挖一个洞，出口在猪粪池子的边上，把担架从边上塞进去，然后把砖再垒起来，泼上猪粪，一点也看不出有什么异样。再在猪圈里挖一个通气洞，洞口上放一个喂猪食的盆。又在洞里装一个铃铛，用绳子同外面院子里的铃铛相连，洞内院里若有事，一拉铃铛双方就知道了。我和莱瑛在地洞里住了几天，敌人始终没有发现。我在这个地区住了将近两个月，伤口已开始愈合。军区领导同志感到在那里时间长了，怕不大安全，就派三分区副司令员赵海峰带一个排，在夜里将我转移到永年县城附近的王沿村，住在伪军大队长韩荫亭家里。

韩荫亭虽然当了伪军大队长，但他主动来同我们军区搞好关系，接受我们的领导。所以，军区首长觉得他可靠，就送我到他家养伤。为了不引起日军对他的怀疑，军区送我去时，双方商量故意打个假仗麻痹日军。所以，我们进村时双方互相放枪，打了好一阵子，我们还杀了一只鸡，把鸡血染了几条毛巾和衣服，丢在他的碉堡下，同时还丢了几支破枪，让他的人第二天捡去向日本人报告，说他同八路军打了一仗，把八路军打跑了。另外我们也同他商量好，就在第二天，让我们散发一些传单，骂他是汉奸，公布他的几条所谓罪行，使他能在日本人面前造成同八路军势不两立的假象。

同我一起住在韩家的还有我的妻子、医生和警卫员，为了不暴露他们的身份，医生、警卫员都穿伪军衣服，戴伪军符号。韩荫亭为了掩护我，还让他的二儿子拜我作干爹，以便于应付敌人。我在他家吃住和治伤，组织上让我带给他3000元日本币，但他分文不要。他说他当了伪军，要将功赎罪，一定要把我保护好，使我养好伤，我需要吃什么、用什么药，全部由他负责。我受到了他全家热情周到的照料。

我在韩家养伤期间，分区、地委、县委负责同志非常关心我，轮流来看望我，顺便也做韩荫亭的工作。我也和韩经常推心置腹交谈，使他的思想不断进步，坚定抗战胜利信心。

1943 年 5 月初，我伤愈将要回部队向韩荫亭告别时，他还不知道我的真名和身份。因为组织上为了保密，当时告诉他我叫王福贵，是团政治处主任，军区很器重的一名干部。临走前对他说：我叫刘志坚，现在担任冀南军区政治部主任，以后有机会时到我家做客。他听后非常激动，说八路军把高级干部安排到我家养伤，这是共产党对我的信任，我能为抗日出力而感到高兴。并要求加入中国共产党。后来冀南区党委接受他入了党。日本投降前他率领全大队起义，编成我军一个团，他任团长。

我离开韩荫亭家后，便回到了军区机关，受到军区领导和同志们的热烈欢迎。随后，我便全身心投入到轰轰烈烈的伟大的抗日战争中，为争取抗战胜利而奋斗。

我这次由于重伤被日军俘获，之所以能从虎口脱险并安全地养好伤，其原因是多方面的。首先是我们党和军队对我的关怀，第一二九师刘伯承师长、邓小平政委亲自下令必须全力营救我；二是冀南军区和有关部队的指战员足智多谋、英勇奋战，把我从敌人手中抢了出来；三是抗日根据地人民群众对我的爱护和照顾；四是我们党和军队对伪军工作做得好，使许多伪军官兵“身在曹营心在汉”，想方设法帮助我脱险和养好伤。总之，我是党、军队和人民共同抢救出来并使我迅速养好伤的。

新中国成立后，我调总政治部工作。50 年代初的一天，我在怀仁堂东厅见到了伟大领袖毛主席，他紧紧握住我的手风趣地说：“你就是那个劫法场出来的，成了跛子的刘志坚。”我心里激动万分，心想，毛主席也知道我这件事。我对毛主席说：“同无数先烈比，我还活着看到了革命胜利，就是最大的幸运，感谢党和人民救了我。”

沁源围困战*

李懋之

1942 年 10 月 20 日，日伪军 7000 余人多路“扫荡”太岳抗日根据地，合击我驻沁源的领导机关和主力部队。当日傍晚，日军侵占沁源县城时，我领导机关和主力部队分头转到外线，群众也已疏散转移进山，敌人只占领了一座空城。日军侵占沁源县城后，一直“驻剿”不撤，并竖起了“山岳剿共实验区”的牌子。

11 月中旬，太岳区党委和军区确定了“在党的一元化领导下，依靠广大群众，广泛开展群众性游击战争，实行长期围困，战胜敌人”的方针。12 月中旬，太岳军区司令员陈赓、政委薄一波把我叫去，当面部署对沁源日军进行围困的任务。陈司令员说：“组织上已决定把你从二十五团参谋长位置调到三十八团任参谋长兼围困沁源总指挥，常驻沁源

---

* 本文节选自《对沁源日军的围困战》，收录时做了适当修改。

指挥部，在决死队第一旅旅长李聚奎、政委周仲英的领导下，统一指挥三十八团、二十五团、五十九团各一个营和县区武装及民兵，对敌人进行围困战斗。”陈司令员还对如何发动群众、反“维持”斗争，以及部队的部署、活动方式等做了详细指示。

我受领任务后，于 12 月下旬到达三十八团，1943 年 1 月 1 日到达沁源县委，随即组成围困指挥部，统一领导围困斗争。我同指挥部刘开基等同志对沁源当时的形势做了认真的研究，一致认为，宣传教育和保护群众，开展反“维持”斗争，孤立敌人是头等大事。围困斗争始终围绕着反“维持”这条主线展开。

日军六十九师团的伊藤大队侵占沁源三个月也未建立起一个“维持会”，接替换防的三十六师团的斋藤大队，在付出高昂的代价后到达沁源，一到沁源就夸下海口，要在一个月内建立起“维持会”。他一面收缩阵地，放弃了中峪店、霍登据点，集中兵力守备沁源城关、交口等据点，同时扩修二沁大道，改成能通汽车的简易公路；一面派出大批特务、汉奸，四处散布谣言：“皇军换了防，长驻下去不走了。”“皇军不伤害老百姓。不要在山沟里受冻挨饿了，快回家成立维持会吧!”“过年了，皇军给大家准备了大米白面。不愿长住，过了年过了冬还可以回去。”

围困指挥部做出了针锋相对的决定：一是调整兵力到沁源城关、交口等敌据点周围，充实加强围困力量。二是将城关、交口周围7.5公里以内的各村群众彻底动员搬迁进山，扩大“无人区”。三是加强岗哨，查路条，查户口，抓汉奸特务。我们还坚决镇压了一些投靠日军、企图成立“维持会”的地痞流氓，如交口镇王银锁等几个游手好闲、不务正业的人，民兵们夜晚摸进交口镇，把王银锁几个抓出来，人民政府开大会公开镇压。想搞“维持会”的人从此销声匿迹。

时近年关，太岳区党委和军区送来了慰问信，指示“一定要围困到底”。太岳行政公署主任牛佩琮，亲自将各县援助的3000石粮食送来，救济转移出来的群众，并将各地援助的衣物分发给困难户。县委和县政府为使群众过好年，发给每人一斤白面，使大家在大年初一可以吃上一顿饺子。并组织“山头集市”，尽可能多办些年货。政府还成立了一个绿茵剧团，演出《捉特务》《杀汉奸》《战敌伪军》等活报剧。这年，沁源军民在冰天雪地的山沟里，过了一个欢欢乐乐的不寻常的春节。

斋藤在散布谣言、欺骗群众的同时，又加紧奔袭、搜山等军事行动。1943年2月19日，沁源日伪军近千人，夜间急行军，于次日拂晓包围了沁源城东20公里的我一分区机关驻地松交镇。虽然多数同志奋战突围出来，但分区参谋长吕尧卿、政治部主任刘正平等30余人被俘，并被裹胁走五六百人。这是围困斗争中最大的损失。日军偷袭成功后，气焰更嚣张。3月4日，日军为了捕捉我路经沁源赴延安的

500 多名八路军干部，又出动日伪军 700 人，冒着大雪，远距离奔袭汝家庄。因我干部队伍已经转移，日军只裹胁走 300 余群众回巢。日军奔袭、搜山时抓到老百姓，便伪装同情，给小孩糖果吃，给男人纸烟抽。返巢时，将走不动路的小孩背着，将老弱病人扶上牲口，沿途还给老人、小孩喝水、吃饼干。回到据点后马上把掠夺来的衣物等，让老百姓认领。没有可认领的，就从仓库里拿出来一些东西，发给他们，帮助他们安家。敌人还假仁假义地给老弱病人打针、送药。对家离据点远的人，详细登记后发给“良民证”，让他们回去宣传“中日亲善”“共存共荣”。要他们在“皇军”到村时，秘密报告八路军和干部在哪里。不敢公开“维持”的，可以暗中“维持”等等。

被裹胁到敌据点的群众，不为敌人的小恩小惠所动心，利用夜晚纷纷偷跑出来，暂时跑不出来的群众，宁死也不“维持”敌人。被抓走的群众中有位叫阴明之的城关士绅，敌人多次威逼要他出面成立“维持会”，阴明之虚与委蛇，拖延时间。沁源人民有骨气，全县没有一个村建立起“维持会”。1943 年 4 月 15 日，伪山西《新民晚报》也不打自招地说：“自 1942 年 10 月 20 日，日军占领沁源后，城内尚无‘维持会’之组织……”

日军奔袭松交镇、汝家庄，群众遭受了损失，我们心里难过极了。事后，围困指挥部认真总结了经验教训，并通知各级党政机关、部队和民兵，克服麻痹思想，提高敌情观念，随时准备用战斗来保卫人民。但是，日军每次远距离奔袭，行动十分诡秘、突然，待我发现其行动后，群众往往来不及撤走，部队也往往贻误战机。于是，我们把各村“树树哨”（消息树）连接成网，增设了“烽火哨”昼夜值班，形成了全县系统的土通信网，给沁源军民安上了“千里眼”“顺风耳”。日军修好二沁大道第一次通汽车，白孤窑的“树树哨”发现后，及时将情况接力传递到部队。三十八团的一个连和一个县中队、民兵轮战队跑步赶到王家沟设伏。当敌汽车进入我伏击圈时，部队、民兵突然以火力急袭，敌猝不及防，被我杀伤50余人，炸毁汽车4辆。“树树哨”头一次立了大功。以后，日军两次奔袭李家庄、支角等村，不但找不到我机关、部队和民兵，连老百姓也抓不到，只得扫兴而归。群众把“树树哨”“烽火哨”喻为“大树将军，烽火元帅”，并编顺口溜赞美它：不吃饭的侦察员，不跑腿的通信员。

斋藤到沁源三个月，“一个月建立起‘维持会’”的计划早已破产，处境就如被围困的野兽，重又露出野蛮凶残的本相。4月下旬的一天，日伪军200余人，行动飘忽不定，突然掉转行军方向，包围了城东南12.5公里的霍登村。由于“烽火哨”发信号晚了，霍登村许多群众被围在村子里。敌人把霍登村群众赶在一起，开始还假惺惺地讲“中日亲善、共存共荣”，要大家成立“维持会”，推选会长。见无人搭腔，又叫群众说出谁是村干部。全村人怒火满腔，谁也不吐一个字。日军终于撕下了伪善的面具，抓出两位老人捆在树上狠打，并放出狼狗，咬得他们的腿鲜血淋漓。两位老人忍着痛对敌人骂不绝口，始终未指出谁是村干部。由于汉奸张峰殿告密，敌人把副村长霍仲文叫出来，软硬兼施，要他出面成立“维持会”，并威胁说，如不答应就活埋他。霍仲文毫不畏惧地说：“要杀要剐由你们，想叫我们‘维持’不可能。中国人杀不完，最后埋葬你们的还是中国人。”敌人气急败坏，当夜就把霍仲文和他的母亲、妻子、女儿，连同游击队主任胡奋之的妻子、女儿共 6 人，拉到村北山沟里活埋了。霍登村群众被敌人活埋、刀砍、枪杀了 31 人，但没有一个人屈膝答应成立“维持会”，表现出了崇高的民族气节。当时，我二十五团一营驻在离霍登村 7.5 公里的柏木沟，指战员们听到敌人惨绝人寰地杀害霍登村群众的消息，个个义愤填膺、怒不可遏，营长徐其孝很快将敌情报告给围困指挥部，同时代表全营请战。二十五团领导也来信建议要打，并拟派团参谋长于凯去组织一营战斗。我同刘开基商量后，即刻给二十五团回信，决定于 5 月 1 日拂晓攻打霍登敌人，速战速决。同时指挥部派三十八团一营营长张忠良率领 2 个连在沁源城南 2.5 公里外的乔沟和有义村打敌援军，一个连在城北门佯攻，并派五十九团一个连到韩洪沟，预防城关敌人避开大路，绕道增援，以保证霍登战斗的胜利。

5 月 1 日凌晨 3 点以前，二十五团一营带领柏木、学孟、南北石和姚家沟等八九个村的民兵共200余人，秘密开进到南沟以南的山沟里。骄横自负的斋藤部队在霍登几天里，忙于用残杀镇压手段强迫群众成立“维持会”，连野战工事都没有构筑，只在村边修了三个简易岗楼，每个岗楼放一个班哨。此时，大部分敌人正在村里五个庭院里睡大觉。一营用3个排隐蔽在霍登村边三个岗楼附近，监视岗楼内敌人，避免先打响惊醒村内的敌人。凌晨3点，其他连队和民兵由霍登民兵带路，避开敌巡逻路线，插僻静小巷，直奔敌住的五个庭院，突然开火，猛烈杀伤敌人。敌人在睡梦中惊醒，来不及穿衣服就向外冲，但我机枪火力已封住大门，把敌人堵在院子里。已登上窑顶和房顶的战士和民兵，居高临下，用手榴弹向院里砸，敌人大多死在院里。战斗一个半小时，打死打伤敌人中队长以下100余人。在得知城关敌人已经出援的情况后，部队即撤出战斗。在城南有义村打援的三十八团部队，于1日凌晨3点半同城内出援霍登的敌1个中队接火，将敌控制在有义村外不能前进。战斗相持到天亮，敌部将伤亡的30余人送回城内，大部继续前进。我尾追迟滞敌人，追到鹿儿回，得知我打霍登的部队已经撤出战斗，才收兵回驻地。

此次两地战斗，使敌人伤亡惨重。斋藤垂头丧气，于5月3日放弃霍登，收拾残兵窜回城内。敌妄图在霍登搞“维持会”的阴谋彻底失败。

日军在沁源唯一的补给线是二沁大道，能不能切断沁源敌人的交通运输，是围困战成败的关键。具有光荣革命传统的沁源民兵，始终站在围困斗争的第一线，夜晚在公路上挖坑、扔石头，白天开展游击战、麻雀战，利用沟壑、丛林等有利地形打敌运输队，每次敌人都有死伤。

1943 年 7 月中旬，陈赓司令员等人到沁源围困前线视察，并听了我们的汇报。陈司令员在围困指挥部会议上赞扬了沁源围困斗争的胜利，还对进一步围困敌人做了周密部署。此后，我们更加广泛地开展了地雷战、麻雀战、夜袭战。

狂妄自大的斋藤在沁源半年多时间里，不仅没有建立起一个“维持会”，而且时刻处在我们的袭扰和围困中，伤亡惨重，处境愈来愈困难，再也“维持”不下去了。1943 年 8 月 15 日，日军从胶济线上调独立混成第六旅团木村大队来顶替。木村率队伍不敢走二沁大道，而是绕道古县、南家、上窑沟、董家沟进入沁源。我五十九团 1 个连和民兵轮战队在董家沟毙伤敌 50 余人，给来换防的敌人当头一棒，木村大队仓皇逃进据点。

10 月初，日军调集 2 万余兵力，采取“铁滚式三层阵地”新战法“扫荡”我太岳区，企图将我太岳抗日根据地全部摧毁，全面实现“山岳剿共实验区”。困守在沁源城关和交口据点的木村大队，趁我五十九团、二十五团参加围困的部队已归原建制，转移到外线作战之机，也蠢蠢欲动，天天四处搜山抓捕老百姓。我留在沁源的三十八团一个营和民兵轮战队化整为零，不仅继续打击沁源城关和交口出扰的敌木村大队，还不断袭击了来沁源“扫荡”的日伪军，共打死打伤敌90余人。不久，敌人的“扫荡”即告彻底失败。敌人被迫退守在沁源城西山坡不到半平方公里小圈子的几个碉堡内，企图依仗坚固的防御工事，赖在沁源做困兽之斗。

从1943年底到1945年春这段时间里，敌人就这样死不死，活不活，动不敢动，走无处走，赖在乌龟壳里，坐以待毙。

1945年3月，太岳区党委和军区指出，日军已成强弩之末，全线开始崩溃。决定在太岳全区各县支援下，沁源党政军民总动员，对困守在城关与交口之敌发动总围攻。在敌两据点周围及二沁大道上，我埋设地雷5000余颗。又发动群众数千人，轮流到敌据点周围喊话：“鬼子兵快投降吧，你们的末日到啦!”白天摇旗呐喊，夜间遍地篝火，燃放鞭炮，扰敌休息。轮战队和部队班排也到城东关武装游行示威。敌人惶惶不可终日，喝不上水，吃不上饭，叫苦连天，度日如年。

4月5日，沁源日军准备撤退。6日，沁县敌人上千人准备来接应沁源之敌。我三十八团、五十九团及洪赵支队和全县民兵立即在二沁大道两侧，部署了几十里的阻击线，二十五团一营负责袭扰沁源城关。从7日沁县敌1000余人进入沁源接残兵，到11日狼狈逃出沁源的五天时间里，我军共打死打伤日伪军500余人，缴获步枪200余支。敌喧嚣一时的“山岳剿共实验区”彻底失败了。

最后的顽强者与胜利者，是众志成城的沁源军民。沁源军民在两年半的围困斗争中，共作战2730余次，毙伤日伪军4200余人。它以生动的事实，证明了群众力量的伟大，只要联系群众，依靠群众，没有不胜利的。

从1942年10月到1945年4月，在太岳军区的直接领导下，沁源8万军民对驻守沁源县的日军进行了长期围困，并最终取得胜利。我参加了围困沁源的斗争，于1943年1月1日到达沁源，并担任总指挥。

当时已进入冬季，天气严寒。因日军占领沁源，转移出来的群众有的投亲靠友挤在山区一些人家的简陋房子里，有的住在临时搭起的草棚和多年失修不用的小窑洞里，还有些人家露宿在山区树林中。而天气越来越冷，有些群众对长期围困敌人，在山里安家产生了动摇。在这紧要关头，县委和围困指挥部动员、带领部队和群众一起挖窑洞，奋战一个多月，共挖大小土窑洞5000多孔，首先解决了住的困难。

最难解决的是粮食问题。2万多群众撤离乡村时，凭经验以为敌人“扫荡”很快就会过去，未料到敌人驻下不走搞“实验”，带出来的粮食很快吃完了。我们正想办法解决粮食时，听说民兵们掩护胆子大的群众，夜晚到未驻敌兵的村庄里取回一些埋藏的粮食，有的民兵还摸进敌据点里拉出来一些粮食。群众也给我们提出：如果有部队掩护，可以集体到敌据点把埋藏的粮食都抢回来。

围困指挥部研究后认为，部队掩护群众到据点抢粮是可行的。据从敌据点跑出来的群众说，驻沁源的日军伊藤大队正忙忙碌碌，准备由第三十六师团来换他们回同蒲线。我们估计敌人此时已无心恋战，只会死守碉堡等待换防，不会出来反击硬拼。再就是我们自从把敌人的补给线安沁大道切断后，敌人粮草运不来，就地抢粮难抢到，连牲口都杀掉吃了，又天天遭我袭扰，非常疲惫，战斗力不强。如果我对敌各据点同时动作，敌摸不清虚实，也不敢贸然出动和互相增援。根据以上情况分析，我们决定主力部队、县大队和轮战队负责掩护，轮休的民兵轮战队带领群众到敌据点抢粮。

群众听到部队掩护抢粮，积极踊跃报名参加，到各据点去抢粮的都有上千人。我们按班排连的建制形式，把群众组织起来，行动时由干部带队，并每班派给一名民兵和一名原住在据点内的居民，带路挖取粮食和衣物。

在组织群众抢粮队的同时，我们对第三十八团、二十五团、五十九团参加围困的部队和县大队、民兵轮战队下达了任务，分别负责对沁源城关、阎寨、中峪店、金堆、亢驿、交口敌据点进行袭击，以掩护群众抢粮。要求部队和抢粮队统一于1月18日凌晨1点行动，识别记号是每人臂带白毛巾，口令“大闹”。战斗打响后可喧哗，示敌以我人多，起威吓作用。进去后三小时把粮食挖完装好，撤退时放六响火铳，主力部队掩护群众抢粮队安全撤出。我和刘开基、张学纯在沁源东关西山坡上指挥。

这天夜晚，群众就像赶夜市一样，络绎不绝地走出山沟，和部队一起向敌据点及附近村庄行动。三十八团参加对沁源城关据点袭击的部队，趁夜黑俘虏了 6 个伪军哨兵，叫他们带路直奔伪中队部，抓住伪军中队长。这时，各处枪声已响，我战士威逼伪中队长向驻县城的日军报告，说八路很多，抵抗不住，并且通知伪军朝天放枪，不准伤害我抢粮群众。日军听到四处都是枪声，不知我们来了多少部队，龟缩在碉堡里向外毫无目标地乱放枪，不敢出来应战。我们为了节省子弹，只是虚张声势地将敌碉堡围住，监视敌人动静。吓破了胆的日军始终未敢出碉堡一步，眼睁睁地看着我们把粮食挖出来装好运走。

其他各处战斗和抢粮也都很顺利，部队和抢粮队按统一规定时间撤出。据统计，此次共抢出粮食 7400 余石。有的群众还趁据点里敌人慌乱之际，抢了敌仓库，拿回一些粮食和衣物、用具，并收缴敌步枪 70 余支。抢粮斗争的胜利，鼓舞了群众对长期围困敌人的信心，增强了群众与敌斗争的胆量。此后六七天里，群众在轮战队的掩护下，把未取净和未脱粒的粮食也都收抢回来。城关有个青年妇女郭淑兰和其 19 岁的妹妹，几次摸进城关背出粮食，被誉为“英雄姐妹花”。群众中有很多这样勇敢的人，他们单独摸进敌据点，有的把据点里水井的辘轳、水桶、井绳，碾盘上的转轴都抢出来；有的到敌伙房把粮食、炊具抢出来；民兵英雄史载元把敌人一箱子弹扛了回来。

春耕季节到来了，群众很担心当年的地没法下种。经过斗争锻炼的沁源人民提出来，我们不能老靠政府救济，只要部队看住敌人不出来捣乱，我们能到虎口抢粮，也能到敌人眼皮底下抢耕抢种。

这时，驻守沁源的日军斋藤大队在霍登吃了败仗，龟缩在沁源城关和交口等据点里，整顿残兵败将，扬言要对我进行报复。

围困指挥部经过细致研究后，认为斋藤是不会甘心失败的，必然会拼全力出来搞破坏。我们要扩大声势，利用霍登之战胜利后我部队、群众的高涨情绪和敌人悲观厌战的时机，趁热打铁，强袭敌据点。主要任务是解救被敌人抓进城关、交口的1000多名老百姓，同时破坏敌军事、生活设施，给敌人来一次更大的打击，迫使敌人老老实实地待在据点里。这样做，才是积极的掩护办法，群众抢耕抢种就会人心安定。

下达战斗任务时，我们又提出要求：此次战斗只强袭，不拔除敌碉堡，要打巧仗，行动要隐蔽突然，出其不意，攻其不备，以迅猛火力杀伤敌人，烧毁敌人的粮秣、仓库、草场、住房，解救出被日军抓进据点的群众。战斗要速战速决，不胶着恋战，两个小时内看信号全部撤出。

5 月 6 日凌晨 1 点 30 分，指挥所发出进攻信号。两颗红色信号弹升上夜空，划破了四周的宁静。紧接着，枪声、手榴弹声、土枪土炮及鞭炮声到处响起来，各连的冲锋号也吹个不停，人多势众，杀声震天。突进城关的部队、民兵将敌草料场和魁星楼也放火点燃，熊熊大火，照亮半个夜空，使敌十分恐惧。进抵城东门的三连，正赶上日军仓皇往碉堡里跑，连长胡尚礼当机立断，指挥两挺机枪猛烈扫射，掷弹筒也打到碉堡门口，将许多日军打死在碉堡外。钻进碉堡的日军不敢出来，只是乱放枪炮。在东关的部队，也将敌人压制在房屋、窑洞里不敢出来。部队发现伪军除执勤兵带枪外，其余枪支均集中放在一个房间内，战士们便破门而入，全部夺取出来。民兵们将被敌人关押的群众全部解救出来，还打开敌仓库，搬出不少东西，最后又放火焚烧了仓库。我们趁敌人四处挨打还没缓过劲来，于凌晨 3 点 30 分发出撤退信号，部队、民兵按计划迅速撤出。敌人不知深浅，在我刚撤出据点后，就分南北两路追击出来，被我设伏部队迎头痛击，撤退部队的后卫还杀了个回马枪。敌人未敢远追，缩回据点去了。

此次强袭城关和交口，共打死打伤日伪军 250 多人，缴获步枪 160 余支、轻机枪 2 挺，烧毁仓库 4 座、草料场 3 处，救出全部被扣押的群众 1000 余人，砸烂了日军自欺欺人的假“维持会”牌子。我部队做到了突然进袭、快打快撤的要求，只有4名战士负伤。

战斗的胜利鼓舞了沁源人民，他们不再紧锁着眉头，露出了真情的笑容。在县委的领导下，群众组织了许多抢耕、抢种队，白天，部队、民兵肩枪下地，和群众一起在离敌据点2.5公里外的地里正常犁耙下种；夜晚，部队、民兵掩护群众到敌据点附近的地里铲坑点种玉米。斋藤并不认输，但又不敢派大部队出来，怕我们端了他的据点，只是不断派出小股队伍出来骚扰破坏，但每次都遭我警戒掩护部队打击。敌人无奈，只好缩在据点里不时向我抢种区打几炮。沁源军民昼夜抢耕抢种，只用了七八天时间，就把敌据点周围和二沁大道两侧的3万亩良田全部耕种上了。政府还在群众暂住的地区，拨给荒地5000亩，种上庄稼。群众的心里更踏实，围困到底的信心更坚定了。

6月中旬，山区的麦子还未完全成熟，日军就派伪军和从外地拉来的民夫抢收。据跑出来的民夫说，上次我们强袭城关，把敌粮仓和草料都烧了，敌人只得吃烧焦的粮食。现在麦子不成熟，饿急眼的敌人在据点附近抢割回去，就连皮压烂往肚里填。日军还策划了一个夺麦计划：近处抢割，远处收不回去就放火烧掉。粮食是群众的命根子，麦子决不能让敌人抢去和破坏掉。围困指挥部立即决定，不能等麦子完全熟透了再收，提前于6月20日开始收割，并派出部队、民兵，分区域负责掩护群众抢收。群众喜形于色，奔走相告："有部队掩护，我们赶快去收麦吧！"

群众抢收队伍的组织同春耕抢种一样，干部带队，集体抢收，白天黑夜紧张地收割，四五天就全部收完、运走。而日军派出来的抢收队伍，常遭我民兵、部队袭扰、打击，往往是空手而回，就是抢回去了一些粮食，也维持不了多少日子。就这样，我们解决了粮食问题，为长期围困打下了基础。

林南大捷

徐深吉

1943 年 4 月下旬，盘踞在豫北和太行南部的国民党军第四十军庞炳勋部、新五军孙殿英部公开叛国投敌。在日军的卵翼下，为虎作伥，妄想借日军的势力，消灭或驱逐我八路军一二九师部队，占领我抗日根据地。

为歼灭进犯之敌，刘、邓首长决定，以太行军区、冀南军区主力各一部，晋察冀军区之警备旅及地方武装部队共计 15 个团，另有抗大第六分校等部队，组织林南战役。

刘、邓首长指示师参谋长、林南战役前线总指挥李达同志，要以优势兵力，首先分割包围、各个歼灭林县城及其周围之敌。然后，相机向林县城以南地区发展，扩大战果。为此，参战部队分为东、西两个兵团，西兵团由太行军区第八军分区司令员黄新友、政治委员何柱成指挥。其任务：以林县城及城西北之桑园、城东北之大小菜园等地为第一步攻击目标。第一步任务完成后，迅速向南扩大战果。东兵团，我

（时任抗日军政大学第六分校校长）为司令员，太行军区第七军分区司令员皮定均为副司令员，任务是：以南北陵阳、蒋里、东西夏城和曲山等地为第一步攻击目标，完成上述任务后，主力迅速向林县以南之东姚、合涧方向推进，扩大战果。

接到师首长关于林南战役的命令后，我和皮定均即在一起办公。8 月 16 日，十三团团长陶国清调动工作，由太行军区第三分区副司令员刘昌毅接任。

各部队接到作战命令后，认真进行了战前准备，并发动群众坚壁清野，配合部队作战。8 月 16 日夜，我参战部队分别由平顺、壶关和涉县等地出发，急行军至林县西、北地区隐蔽集结。17 日上午，我东、西兵团的先遣分队开始向敌前哨据点逼近，实施佯攻。下午突然后撤，借以麻痹敌人。黄昏后，我东、西兵团主力分别从集结地出发，对林县城及其周围之敌进行远距离奔袭。

这天晚上，我东兵团主力部队经过半夜跋涉，避开伪军前哨据点，从东、西两面包围了林县东北之南北陵阳、东西夏城和蒋里等据点，以吸引敌人的注意力，配合西兵团攻城的作战行动。

西兵团完成对敌包围的动作后，18 日 0 点 30 分，即集中兵力和兵器，强攻林县城之敌指挥中枢。七六九团对城西北附近之伪军据点展开攻击，二十团由城西、三团从城东同时发起强攻，一举攻入城内。天明后，伪军经过数次反扑，夺占了南门和西南角，妄图以火力封锁我前进道路，但未能阻止我军向纵深发展。18 日午时，我二十团和三团同时对刘月亭的前敌指挥部发起猛攻。敌拼死反击，我伤亡较大，三团团长周凯东牺牲，政委崔建功负伤，攻击一度受阻。一直打到下午 6 点，才将刘月亭的指挥部和伪保安司令部解决，刘月亭负伤逃跑，其参谋长何光弟被击毙。与此同时，我警备三十二团一部全歼了刘月亭的警备营，七六九团一部攻克了城西桑园、郝家庄的伪军据点。6 点，我警备三十二团击溃了城外马圈之伪军。午夜 12 点，二十团全部、七六九团 1 个营和警备三十二团 3 个连对城内头道营被围之日军发起猛攻。日军见势不妙，乘夜突围，逃至南关，遂被我包围。19 日，我二团攻克黄庄。七六九团攻击西坛刘月亭之特务团时，日军飞机数架向我轮番轰炸、扫射，伪军趁机进行顽抗，激战至黄昏，敌特务团被我全歼。至此，除林县城南关被我围困之日军外，林县城及其附近之伪军已全部肃清，并击落日军飞机一架。

西兵团 19 日完成战役第一阶段作战任务后，即挥师南下，展开第二阶段作战。当我主力赶到林县以南之合涧、原康时，该地区伪军在我二团痛击下，狼狈逃窜。我军遂以神速动作进击临淇。21 日午夜 12 点，我三十二团首先扫清三拐头伪军之警戒部队，并协助警备三十二团迅速向临淇展开攻击。三十二团在临淇外围全歼伪独立旅第一营。二团和七六九团在开进途中遭到敌人顽强抵抗，未能按时赶到指定地点，致使临淇以东之大部分伪军逃向平汉线。临淇西南角之伪军特务队被我警备三十二团消灭。警备三十二团刚进临淇，驰援而至的辉县日军即向他们发起了攻击，为避免日、伪夹击，警备三十二团遂撤出了战斗。

23 日西兵团开始向辉县以北之东西平罗的伪军第八纵队范龙章部进击。当日晚 9 点，我二团和警备三十二团开始攻击西平罗，二十团、三十二团等部攻击东平罗。西平罗之仗打得十分激烈残酷，我军一度攻入村内，大量地杀伤了敌人，但我伤亡也很大，弹药消耗太多，未能将敌全歼，部队即撤出战斗，转移至原康地区待机。东平罗之伪军在我连日猛攻之下，于 26 日弃村南逃，该地区遂为我三十二团占领。

东兵团除以警备二团一部监视敌正面前哨据点姚村、何家之伪军杨振兰独立旅外，其他各部均于 18 日 0 点 30 分，向当面之伪军据点展开攻击。我七七一团及十团一部向北、南陵阳之伪五军第四师牛瑞亭部主力第十团发起攻击，该敌凭借砖石结构之房屋顽抗，我军与敌展开房院争夺战，激战至下午 1 点，将守敌全部歼灭。

18 日上午 9 点左右，正当皮定均指挥一团和三十四团同东西夏城之伪军激战之际，从林县城跑来 100 多伪军。皮定均要我派部队迎击该敌，以掩护我夏城作战部队的安全。当时，我在望远镜里看到这股伪军惊慌散乱的样子，断定是由林县城逃出来的溃兵，即令抗大六分校二大队一部前去迎击。该敌一见我出击部队，即刻掉头向东南方向逃去。下午

2 点，我攻克东西夏城，全歼守敌。接着，太行军区七分区副司令员兼一团团长方升普率该团从曲山西面，三十四团团长蒋克诚指挥该团从曲山东北面，同时向伪五军第四师师部发起攻击。激战两小时，解决战斗，伪师长牛瑞亭乘机向南逃掉。

战役打响后，刘昌毅指挥十三团主力向林县城东北蒋里之伪军据点展开攻击。该敌依托坚固房屋顽抗，我十三团即对敌进行分割包围，以手榴弹开辟道路，逐屋争夺。战至 18 日下午 5 点，将敌全歼，毙伤伪军 300 余人，俘 600 余人。

紧接着，十三团主力向水（冶）林（县）公路上的横水西北之崔南庄、风宝台集结，准备打击水冶、安阳西援之敌。一团和三十四团向东姚方向推进。就在七七一团和十团准备北上歼灭姚村、何家之伪军独立旅时，警备二团报告：姚村、何家的伪军在其东南方向的交叉路口用白灰做了标记，有向东南逃跑的迹象。为不使这股敌人漏网，我即向李达参谋长报告这一情况，并建议七七一团和十团一部迅速北上消灭该敌。李参谋长同意后，我马上率部向姚村、何家疾进。行至姚村东南五公里处，七七一团副团长向守志在马上透过夜幕，隐隐约约地看见右侧有戴白臂章的部队，觉得情况可疑，便悄然下马，走上前去，轻声问道：“哪个部分的?”对方答道：“九十二团的。”向守志随即告诉吴宗先团长说：“有情况，右侧是敌人。”吴团长果断地说：“干掉他！”向守志即指挥部队由行军纵队中间向两头传口令：“右侧是敌人，准备战斗！”“打！”一声令下，枪弹轰鸣。这突如其来的袭击，顿时把敌人打得稀里哗啦，遂掉头逃回姚村和何家。遭遇战中，七七一团俘敌数十人，缴枪数十支。十团歼敌1个迫击炮连，缴获迫击炮4门。19日早上7点，七七一团对逃回姚村之敌发起攻击，歼敌1个营，残敌逃向何家。何家村子不大，村周围有二三米高的石头墙，敌人企图凭此顽抗。我们把村子包围起来后，一边展开政治攻势，一边加紧强攻准备。对敌劝降无效，我军即于19日下午2点发起强攻。梯子组的同志在强大火力的掩护下，迅速把几十架梯子靠上围墙，勇士们从东、南、北三面，一举攻入村内，经过两个小时巷战，全歼村内之敌，俘伪军官兵800余人。至此，除林县城南关之日军据点外，林县城北及其附近的伪军已全部肃清。我东兵团旋即向南推进，展开战役第二阶段作战。这一阶段是追歼战，多是白天在野外进攻或追击敌人。

这年豫北的蝗虫多得惊人，满山遍野都是，吃光一片庄稼即转向另一片，由北向南推进。“空中转场”时，几天几夜不停，遮得天昏地暗，日月无光。这给我们追击和进攻敌人带来很大困难，部队行动时，常常碰上或驱赶成群的蝗虫，同志们不得不一手持枪，一手护脸。战士们风趣地说：“敌人的枪炮子弹比起这里的蝗虫可就逊色多啦！”

20日，我东兵团侦悉日军1000余人由安阳增援水冶的情报后，决定让汤安支队继续查明敌情，十三团留在水（冶）林（县）公路线上积极开展游击战，阻击敌人西犯，主力即向东姚挺进。21日，我军攻占李家厂，歼灭伪军1个营。22日，占领东姚，伪独立第三旅闻风东窜。

伪军庞、孙部因连日遭我军歼灭性打击，有向东逃窜迹象。为此，我即乘日军援兵尚未完全到达之际，以西兵团主力继续向盘踞辉县以北之伪军进击，以东兵团主力由东姚地区经盘石头南下，截击可能由淇河东窜之伪军。23日，我东兵团为协助西兵团截击沿淇河东窜之敌，除留三十四团控制东姚地区外，主力经盘石头南下，对敌实行平行追击，24日进到张家河一带，发现东窜之伪军已全部退到平汉线，再想捕歼大股的伪军已很困难。为扩大我之政治影响，即由张家河一线，由南向北横扫西鹿楼、鹤壁集以西地区之流散伪军，我十三团顺势打下公光之日伪军据点三座炮楼。而后，我主力集结于东姚地区待机。

24日，安阳出援之日军1000余人进到林县，辉县出援之日军400余人亦进到临淇。25日，上述两处日军兵分三路进犯原康。我西兵团之七六九团沿途阻击，杀伤和迟滞敌军。26日，敌军占领原康，并西进至连家坡一带。我遂以二团向其出击，日军不支，退到坡底、小庄集结。我又向坡底、小庄进击。日军唯恐被包围聚歼，乘黑夜渡淅河向林县城方向撤退。当时，正值连日大雨，山洪暴发。在我追击下，仓皇渡河的日军被淹没冲走100余人。我已达到战役目的，加上渡河困难，便停止追击，战役至此胜利结束。

在这次战役中，我们的指战员以其大智大勇创造了许多传奇式的歼敌事迹。战役开始时，太行军区参谋训练队的党支部书记张雨霖、白琏等人巧演一场“空城计”，一弹未发，生俘伪军一个连100多人。我西兵团七六九团一营将固守在西擅、西家庄的伪军包围后，向伪军喊话，要他们反正。对方来人要我们派代表进村谈判。是真降还是诈降？一营营长李德生没有犹豫，毅然进了村。他到伪军指挥所后，向伪团长讲了我军对待投诚人员的政策，并坦率地介绍自己就是一营营长。伪团长及其部属深为李营长的诚意和胆识所折服，遂率领这300多伪军投诚。

林南战役从8月18日0点30分开始，到26日结束，历时9天，共歼灭日伪军7000余人，缴获山炮1门，迫击炮20门，轻机枪83挺，高平两用机枪1挺，步枪3118支，以及大批弹药和其他军用物资，击落敌机1架，攻克敌据点80多处，解放人口40多万。我军伤亡790余人，其中三团团长周凯东、七七一团参谋长周力夫、十三团二营营长等光荣牺牲。

这次战役，沉重地打击了伪军庞炳勋、孙殿英部的疯狂气焰，巩固和扩大了林县以南、辉县以北的抗日根据地。

“皇军观战团”的覆灭*

林克夫

冈村宁次——这个被日本侵略者誉为“三杰”之一的刽子手，眼看着自己精心策划的“铁壁合围”“捕捉奇袭”“抉剔扫荡”等“绝妙战术”一个接一个地被粉碎，懊丧之余，绞尽脑汁，又制定了一个穷凶极恶的“新战术”，这就是1943年秋季对我太岳根据地进行的所谓“铁滚扫荡”。

日军调集了2万多兵力，分三线摆在东起白晋线、西至霍山的一二百里的正面上，企图以第一线兵力分路合击，寻找我主力作战；以第二线兵力“抉剔扫荡”，烧毁村庄，抢掠物资；第三线兵力分散“清剿”，捕捉我零散人员及小股部队。整个战役行动，先是由北向南横扫，迫使我军退到黄河边背水应战，然后再由南而北滚扫回来，以“扫荡”我可能突围之部队，这谓之“大滚”；担任“抉剔”“清剿”

* 本文原标题为《日军“军官观战团”的覆灭——忆韩略村战斗》，收录时做了适当修改。

的部队，又每天前进 40 里，后退 10 里，谓之“小滚”。为防止我军向两侧转移，还沿着同蒲线、白晋线，构成了严密的封锁线。冈村宁次得意地把这种战术命名为“铁滚式的三层阵地新战法”，亲自担任了“扫荡”总指挥，又命其第一军团参谋长临阵督战。他还向东京参谋本部夸口说：这次要“迫使共军在黄河岸边背水作战，不降即亡!”在太行山区建立一个“山岳剿共实验区”。

敌东京参谋部对冈村宁次的这个“雄谋大略”寄望尤深，为研究“铁滚战术”和瞻瞩“皇军”的“赫赫战果”，特从华北各地抽来 180 余名军官，组成军官观战团，由服部直臣少将带领，前来太岳前线。

“铁滚扫荡”于 10 月 1 日开始。太岳区全体军民立即投入了紧张的反“扫荡”斗争。就在这个时候，国民党反动派却无耻地与日军呼应，策动内战，掀起了第三次反共高潮，并把进攻的主要矛头指向陕甘宁边区。这样，我们三八六旅十六团就不得不将反“扫荡”的任务交给兄弟部队，赶赴延安，保卫陕甘宁边区。

一个漆黑的夜晚，部队迅速地秘密向外线转移。敌人已深入根据地腹心，正在东扑西撞，寻找我军主力作战。我们遵照临行前陈赓司令员的指示，部队集中行动，只派一些小部队在侧翼钳制敌人。一路上，担任钳制任务的部队，忽而出现，给敌人一阵猛烈杀伤；忽而隐蔽，让敌人找不到踪影，掩护着团的主力向西南方向猛插。

22日傍晚，我们终于跳出了重重封锁，乘虚逼近敌人“前敌指挥部”所在地——临汾，进驻临汾附近的岗头村。次日黄昏，一股敌人又跟来了，我们突然掉转矛头，逆敌北上，转到敌人背后，一直插向韩略附近。

韩略，是临（汾）屯（留）公路上的一个村子，距临汾只有几十里。这一带物产丰富，群众条件很好。老乡们听说我们到来，都喜出望外，忙着腾房子、烧水、做饭，把最好的东西拿给我们吃。民兵们也围上来说：“你们来得正好！敌人天天在公路上过，狠狠地揍他一顿，给我们解解恨吧！”为了保守军事秘密，民兵们主动在村周围站岗放哨。地方上党的负责同志，也向我们介绍敌人的动向：每天早上，总有一两批汽车，满载着部队或物资由这里经过，下午再载着从根据地抢劫的物资返回来。天天如此，少有例外。经我们研究，认为这里地形很好，既利于隐蔽也利于出击，加上有可靠的群众掩护和民兵的配合，真是个理想的作战地点。而韩略之敌，以为左有苏堡、前有古县据点的相互支援，十分麻痹，做梦也想不到八路军的主力部队会来到这里。虽然我团的主要任务是赶赴陕甘宁边区，但战机不可坐失，正好乘敌不意，攻其不备，打一个胜仗，来答谢哺育我们的太岳根据地的人民。因此我们决定就在这里设伏痛击敌人，把拳头狠狠打在敌人的鼻梁上。

群众和民兵听说要打仗，都积极行动起来，给我们蒸馒头，准备担架，纷纷要求参战。当地的武委会主任兼民兵队队长，还亲自带领我们侦察人员一连几次去伪军据点侦察。23 日下午，我们又组织了营连干部化装成农民，到韩略去观察地形。

韩略村边有一条山沟，公路正从三四米高的陡壁中间穿过。这确是一个理想的伏击阵地，我们只要埋伏在两侧，敌人一进口袋，就真像战士们说的，要“包饺子”了。

当天晚上，部队便悄悄进入工事。一直等到第二天早饭时候，仍不见敌人的踪影，战士们等得耐不住了，甚至有人提议：“不要再等了，干脆把据点里的敌人收拾了吧！”

隐约地传来了隆隆的声音，公路远方立即腾起滚滚烟尘，我拿起望远镜观察，共有 13 辆汽车。真是巧，多了，吃掉它费劲；少了，不大过瘾。我高兴地注视着汽车一辆接一辆，像跛驴一样，一颠一簸地向韩略爬行。车上满载着鬼子，摇摇晃晃，又说又笑，看那得意扬扬的样子，俨然把这里当成他们的“王道乐土”了。我耐着心头的愤怒回视阵地，见战士们个个紧握枪杆，已做好了出击的准备，并低声传着：“准备好！准备好……”

顷刻间，敌人的汽车驶到了沟口，高傲的敌人，连观察也不观察，不停地往“口袋”里钻，13 辆汽车全部进了伏击圈。信号一发起，六连先动手，打烂了最后一辆汽车，斩断了敌人退路。班长赵振玉带领全班，跃出阵地，从陡壁上飞下公路，从汽车上夺过重机枪，顺着公路猛扫。领头的鬼子如大梦初醒，急速驶车，想一鼓作气冲出去。可是九连像一道铁门，迎头把敌人截住。公路两旁的轻重火力，紧随着压了下来。顿时，一条凹道变成了火沟，打得敌人晕头转向，连还枪都来不及。好大一会儿，才有敌人一个大佐带着十几个鬼子军官，举着战刀，狗急跳墙似的扑向六连阵地。这时沟道前面的敌人也端着枪，“呀！呀……”地怪叫着，顺公路向九连冲来。班长杨发喊了一声“冲!”全班9人，踏着敌尸迎上去，在遮天蔽日的烟雾中，与敌人厮杀在一起。

参战的男女老少也都拿着菜刀、棍棒、锹镐跑来了，在阵地的四周高呼：“鬼子被包围了!”“鬼子跑不了啦!”“同志们！狠狠打呀!”山鸣谷应，威势倍增。

敌人在一阵猛烈的火力下，死伤了大半。剩下的敌人被切成了数段，互相得不到支援，东撞西闯，团团乱转。敌人见夺路逃生无望，就收拾残兵，企图争得一个立脚点以便负隅顽抗，等待来援。如果让他们拖延下去，对我们这一支深入敌区单独作战的部队，将是十分不利的，必须毫不犹豫地速战、速决、速离。部队立刻开始了猛烈的攻击，发起了冲锋。

战斗中，我们发现沟中间有一群带指挥刀的敌人，四周的鬼子兵向他们靠拢，看样子是想拼命把这一堆带指挥刀的“长官”救出去。这使我们找到了鬼子为什么这样顽抗的原因，估计被围的可能是个指挥机构，便立即命令部队集中力量，先消灭这股敌人。

冲锋信号一发起，五连指导员郑光南同志抱起一堆手榴弹就扑向敌人一个火力点。一声巨响，敌人机枪哑了，郑光南同志也倒在那里。同志们高呼着："报仇呀……"随着吼声，突击队像狂风般地扑向敌群。

鬼子端着枪、举着刀，三五成群，背靠背掩护着与我扭杀。民兵和群众也拥了上来，呐喊着，和我们一起战斗。

一直想为带指挥刀的军官们解围的那个指挥官，见大势已去，切腹自杀，"效忠天皇"了。残存的敌人，"武士道"的精神也立即烟消云散。一个钟头战斗便结束了，除三个敌人逃脱外，其他均死于这条沟内。

这一仗，使敌临汾"指挥部"慌了手脚，冈村宁次气得暴跳如雷，号叫着："再牺牲两个联队也要吃掉这一股共匪!"于是把担任战役侦察的六架飞机，全部调来追寻我团的踪迹，又从"清剿"安泽、浮山、沁水、沁源、翼城等县的联队中抽调了几千人，星夜赶来合击我团。这一来，敌人"扫荡"的兵力被扯开了，部署打乱了。而那些被调来合击我团的鬼子，又被我们拖了几天，结果是一无所得，空受了多日风霜之苦。

就在韩略战斗的前后，我太岳区的其他兄弟部队和民兵在白晋线、同蒲线上，连续出击歼敌，到 11 月中旬，冈村宁次蓄谋三月之久的"铁滚扫荡"，终于被我太岳区军民彻底粉碎了。我十六团则胜利地奔向延安，执行保卫陕甘宁边区的任务。

“扫荡”一被粉碎，根据地内万民欢腾，庆祝胜利。而这时的冈村宁次恼羞成怒，并认定此次败北，定是出了内奸。于是又亲自出马对六十九师团司令部及其周围的敌伪人员，来了一次大“甄别”。结果是鬼子师团长清水中将撤职了，第一军团参谋长调职，二鬼子伪翼宁道（临汾）“道尹大人”丢了官。冈村宁次这才息了怒。他那“迫使八路军背水作战，不降即亡”的计划，一时使蒋阎群丑们欢呼的“铁滚扫荡”，像一幕自我嘲讽的闹剧一样地结束了。

事后，情况弄清楚了，从缴获的文件上查明，原来这些“万死不辞”的敌人，就是那准备随“铁滚扫荡”的“皇军”到战地观光和吸取“扫荡”经验的“军官观战团”。这180多个观光者中有旅团长1名，联队长8名，少佐10余名，他们想不到当临汾“指挥部”正在拍电报向东京报告“赫赫战果”“皇军如入无人之境”的时候，还没有走到战地，就尸横遍野了。

飞驰豫西

郭林祥

1944 年春天，日军为打通中国大陆南北交通，支援太平洋战争，同时迫使蒋介石投降，向国民党正面战场发动了大规模的军事进攻。5 月下旬，河南大部沦陷。尤其是豫西地区被侵占，造成了横亘于我陕北、华北、华中解放区之间的隔离地带。

1944 年 7 月中旬，中共中央北方局代理书记、八路军第一二九师政治委员邓小平，专门召见太行军区第五军分区司令员皮定均和太行第五地委书记兼第五军分区政委徐子荣，传达中央关于向河南敌后进军的指示，要我们着手组建“八路军豫西抗日支队”，迅速南渡黄河，开辟豫西抗日根据地。

我原在太行军区第六军分区工作。为了开辟新区，组织上要我任八路军豫西抗日支队副政委兼政治部主任。接受任务一个多月来，我们一边紧张地组建部队，一边到黄河岸边侦察，寻找渡口。这支部队由太行军区所属部队抽建组成，支队司令员皮定均，政治委员徐子荣，副司令员方升普，参谋长熊心乐。支队辖第三团、第三十五团。

准备工作基本就绪时，我在河南涉县（今属河北省）的赤岸村向太行军区李达司令员做了汇报。他要我迅即赶到八路军总部，说邓小平政委等着听取我的汇报，并要做重要指示。于是，我快马加鞭赶到了八路军总部。八路军总部坐落在山西省左权县麻田镇东南角的一座四合院内。当时，朱德、彭德怀等领导同志都去延安了，邓小平同志主持八路军总部和北方局的工作。我刚下马，邓政委就把我迎进屋，他立即叫炊事员给我准备晚饭。

吃完饭，邓政委要我汇报部队南渡黄河的准备情况。当我把郑州至洛阳间的敌伪河防部署讲完后，邓政委拿起桌上的煤油灯，走到挂在墙上的军用地图前，和我一起选择渡河点。看完地图，他转过身来，与我面对面坐下。邓政委向我介绍了豫西的形势和民风，强调了开展工作的方法。他还要我们互相尊重，加强团结，发挥集体智慧。

回到林县郭家园，我向支队的领导同志传达了邓小平政委的重要指示，大家做了认真的分析研究。部队组建完毕，进行了形势、任务和党的政策纪律教育，武器装备和银圆、现钞都已补充。豫西先遣工作队也顺利过河，担任武装侦察的太岳军区的同志提供了沿途情况。

9 月 6 日早晨，天蒙蒙亮，我们整装出发。因为军情紧急，只好边走边发干粮和衣服。三十五团虽是从主力和地方武装抽调组建的，但个个英姿焕发，俨然像支老部队。走了一天，赶到了三团驻地。第二天，全支队的部队汇成一支威武雄壮的铁流，一式的灰布军装，一式的牛皮弹匣，一式的乌黑长枪。

从临淇到薄壁到夺火到柳树口，一路上马不停蹄。到了阳城，太岳军区第四军分区唐天际司令员对我们说："奉中央和北方局的命令，我们拔除了到黄河岸边的敌伪据点，并已有部队过河，在河南接应你们。"唐司令员还请我们吃了一餐黄河鲤鱼，预祝我们抗日成功！

到了王屋镇，离渡口只有一天的路程了。这天半夜，中央来了急电：敌人正在调动部队加强黄河防线，你们必须星夜渡河。军情急如火，部队披星戴月，像一支利箭向黄河岸边飞奔！

9 月 21 日，我们这支 1000 多人的队伍赶到济源县杜八联的河清渡口时，先期到达的豫西地委组织部长史向生立即迎上来，他告诉我们："四周的山顶上已有民兵放哨，河对岸的伪军通过内线做好了工作，船和水手都准备好了，马上可以渡河！"

夜雾弥漫，星月无光。我们支队的领导同志一起来到渡口，只见滚滚黄河在夜色中奔腾咆哮，像中华民族的精魂在黑暗中不屈地怒吼和抗争。北岸的王屋山和南岸的邙山岭都罩上了一层黑纱，山头的碉堡亮着鬼火一样的灯光。山河悲，同胞苦，强烈的民族责任感在催促我们：快！渡过黄河去，消灭侵略者！

方升普副司令员带领三团三连率先过河。激流中，英勇的艄公迎大浪，避浅滩，水手们一齐用力划桨。这里虽然水深流急，但河面狭窄，船工们富有渡河经验，一切都很顺利。半个多小时后，三堆大火在对岸的邙山岭上烧起来了。接着，又听见三声枪响。这是渡河成功的信号。

因为只有四条木船，其中有一条曾被日军的炮弹炸掉了船头，加上船小，每条只能载四五十人。船工们分秒必争，渡河的速度也不算慢。事后我才知道，因为日军“扫荡”，黄河岸边的木船大都被破坏，这四条船，是船工们悄悄埋藏在河湾的泥沙下的，白天才挖出来。

天还没亮，除了担负收容的后续部队外，我们1000多人顺利地渡过了黄河。当最后一船战士登上南岸时，皮司令员对站得恭恭敬敬的地方士绅和守河的伪军说：“我们来解放豫西了，中国人不打中国人，要枪口对外，一致抗日。这个地方我们要常来常往，今天先订个协定。”他对身旁的史向生说：“落上我的名字！”伪军们一个个弯着腰，不敢吭声，只是一个劲地点头。

我们一鼓作气，乘敌人大部队没有发觉我们之前，从磁涧镇附近迅速越过陇海路，一边堵击尾追之敌，一边涉过伊河、洛河，22日进入了古称“三川之地”的伊川县境。

水、旱、蝗、汤（国民党军汤恩伯部）的祸害，日军铁蹄的践踏，使豫西大地满目疮痍一片凄凉，一路上野草遍地、尸骨散乱。树木都剥光了皮，饥饿造成了一群又一群骨瘦如柴的难民。

出发前，首长指示我们，到伊川后去找地下党中心县委书记张思贤同志联系，他不久前奉命从延安返回家乡，组织了一支200余人的队伍。晚上，我们在阎窑村见到了头戴礼帽、身穿长衫的张思贤同志。他紧紧地握着我们的手，连声说："可盼到了，可盼到了。"

油灯下，他用深沉的语调，向我们介绍了豫西的社会情况。沦陷后，日伪军在交通要道和重镇都修了据点，逃进山区的国民党顽固派军队经常出来骚扰打劫，地主武装和土匪也组织了"游击队"，村村寨寨都筑了高墙。也有一些抗日保家的农民武装，但豫西地下党在国民党顽固派的反共高潮中遭到极大破坏。说到这里，这位以吕店小学校长和联保主任身份做掩护的地下党员，明亮的眼睛中突然闪烁两朵火花："但是，豫西的群众正义感强，他们勇猛善战，性格豪爽，只要一发动，要人有人，要枪有枪！"这天晚上，我们谈了很久。

正当我们和地下党的同志一起分析敌我形势，准备继续东进时，游击队的同志送来了敌情报告：洛阳、白沙、登封以及临汝、巩县、偃师等地的日伪军纷纷出动，妄想乘我军立足未稳之际，来个先下手为强。

军情紧急！张思贤同志看到部队因连日行军，极度疲劳，要求组织地方武装阻击敌人。为了配合游击队行动，我们命令第三十五团在北山伏击。下午，日军的先头部队遭到我军痛击，被迫龟缩到颍阳镇内。张思贤带领的农民武装，用大刀、长矛、棍、棒、土枪，同武器精良的侵略者在山地拼杀，越战越勇，杀得日伪军向白沙方向逃窜。地下党员甄得宽同志率领的一支武装，消灭了日伪便衣队，扫除了我军东进登封的障碍。接着，我们的队伍向中岳嵩山挺进。挺进部队一路疾驰。行至石道时，我们得到一个消息，说日军强征万余民工在嵩山脚下赶修机场。我们支队几个领导一碰头，认为这是敌人妄图打通中国大陆交通线的一个重要行动，它不仅不利于全国的抗日形势，同时对我们开辟豫西抗日根据地也是一个严重的威胁。当时我们决定：立即派三团去奇袭机场，解放民工！

那天是农历八月十三，夜里皓月当空。三团团长钟廷生率领三连、九连、机炮连和团部猛攻机场；六连袭击登封西关，切断敌人增援的道路。霎时，枪声大作，火光冲天。被突然袭击的日伪军晕头转向，乱成一团，死的死，伤的伤。战士们向被铁丝网围着的民工高喊："老乡们，我们是刚从黄河北过来的八路军，是来打日本鬼子的，你们快跑啊，快回家过八月十五去！"民工们一下子愣住了：哪里来的神兵！当我们第二次喊话时，黑压压的人群像潮水般地涌动起来。我们迅速把铁丝网剪了几个大口子，人流像决堤的洪水冲了出来："快跑啊，八路军给咱放工了！""快回家过八月十五去啊！"

在欢呼声浪中，敌人的炸药、器材及哨所被民工和战士们点燃了，霎时，火光冲天，惊天动地的爆炸声像一阵阵春雷，日军苦心经营的飞机场成了一片焦土。1 万多民工回到家乡后，纷纷传说：黄河北的老八路来了，把鬼子的飞机场踢翻了。这消息像春风似的吹遍豫西，使人民高兴，敌伪心惊。夜袭机场是支队挺进豫西后第一个成功的战例，付出的代价最小，政治影响最大。

我们到达嵩山南麓后，因没有周旋余地，加上敌人统治严密，只好挥师南下，来到临汝、禹县和登封三县交界的箕山。这里山势雄峻，日军还未深入，我们决定以箕山的白栗坪为中心建立根据地。支队在白栗坪召开了干部会，认真传达和讨论了邓政委的指示，决定当务之急是唤起民众，团结抗日。于是我们立即分兵四路，进行武装大宣传，深入乡村，发动群众。不久，我们就在嵩山、箕山两个豫西地区建立了抗日根据地。

突袭清丰城

潘 焱 李 觉

清丰是冀南、豫北交通要道上的一个大县，境内交通方便，土地肥沃，盛产小麦，素有粮仓之称，抗战以来，为敌我几经争夺之地。

1944 年春天，日军在华北、华中地区调整部署，收缩兵力，放弃次要据点，或交由伪军驻守，集中兵力于城市及交通要道。3 月初，驻清丰县城的日军调往邢台，该城交给清丰县伪县长兼保安团团长张裕元部 400 多人驻守。守城伪军在我清丰县大队和民兵的袭扰下，于 5 月 10 日弃城逃窜，沿途遭到我地方武装截击，伤亡逃散一部，余敌逃至大名城。

清丰城之敌撤走后，我们分析，日伪军在清丰县城及其附近修筑了大量据点和坚固工事。敌人虽然仓皇逃走，但绝不会轻易放弃清丰，且麦收即将来临，敌人很可能重返清丰。鉴于此，冀鲁豫军区第八军分区领导即令清丰县大队进城，发动群众，星夜拆除城墙、碉堡，摧毁一切军事设施。

敌人的行动果然不出我们所料。5 月中旬，敌人以清丰、大名、南乐等县的保安队为主，组成冀南“剿共”保安联合军，李铁山为指挥官，总兵力达 4800 余人，决定 5 月 23 日进攻清丰城。我们得到这一情报后，主动撤离了清丰城，日伪 2000 余人便于 23 日重占了清丰城。

5 月 24 日、25 日，我们军分区接连收到清丰县大队和情报站的报告：重占清丰之敌从各县带来大批麻袋和 100 多辆大车，他们到处抓丁拉夫，一面抢修被我破坏的城防工事，一面进行出城抢粮的准备。敌军还决定在 5 月 29 日(即日本天皇诞辰天长节)，举行“庆祝光复清丰县城盛典”。军分区司令员曾思玉、地委书记兼军分区政委段君毅、副司令员何光宇、地委副书记兼军分区副政委万里和参谋长潘焱、司令部参谋处处长李觉在一起研究后，一致主张，应乘敌工事、城墙尚未修复，抢粮尚未行动，13 个县的伪县长或警察所长尚未撤离之际，以突袭的动作夺取清丰城，一网打尽重返该城之敌。

我们的想法和决心很快得到了冀鲁豫军区首长的批准。根据军区首长指示，决定调集第七团之团直和第一、二营，清丰等县大队以及军分区直属的特务连、九二步兵炮连参加这次战斗。5 月 28 日，我们急行军 70 公里，于 29 日拂晓前陆续进至距清丰城 15 公里之六塔集地区。集结完毕后，指挥所即刻下达口头命令，29 日晚上 10 点完成对城内敌人的包围，晚上 11 点发起攻击，力求将敌主要兵力歼灭于伪县府小围寨以外，30 日拂晓前对小围寨发起总攻击，力争上午 10 点前全歼守敌。军分区指挥所设在南关王窑。

天渐渐黑了。各部队趁夜色从麦田里迅速向城下运动。此时，城内敌人正在高高兴兴地看戏，沉迷在“光复清丰”大捷之中。晚上 9 点左右，我各路部队到达指定位置，将清丰城团团包围。

二营从城东北角实施攻击，五连担负突击任务，成两个梯队，悄然进至攻击出发地。部队迅速展开了，突击组和梯子组的战士们在黑暗中向城墙下前进。梯子组的二班班长对大家轻声说：“城墙上好像增加了兵力，而我们只有四副梯子，突击组登城很困难。”

大家正在议论，带路的老乡刘二志说：“向东走 20 多步，有一段城墙还没修好，很陡，在下面搭个肩，人就能爬上去。不过要特别小心，里面就是炮楼。”

这时，已经是晚上 10 点半，时间十分紧迫，必须当机立断。于是决定突破口改选在那里。虽然敌人在此做了重点防守，但从这里突进去，一是便于攀登，二是出其不意。

到了那段城墙根下，突击排的通信员许德盘蹲下，搭好肩，大家一个个踩肩而上，登上了城墙。守敌在我掩护火力及率先登城的五连一排的猛烈打击下，被击毙十余人，余敌仓皇溃逃。一排遂占领了一段城墙及临时修起来的一个没盖顶的小土碉堡。这时又发现左侧六七十米处的一段城墙还未加高，五连一部及六连相继从这个缺口登城，随即占领民房向西发展，连续击退了敌人的多次反击。该处守敌是南乐县的警备队，他们反击不成，便依托房院及街巷进行顽抗。我二营步步进逼，逐层投弹冲杀，毙敌 40 余人，俘敌 100 多人，余敌逃向北门。

二营占领城东北角城墙及一片民房后，站稳了脚，完成了偷袭突破城垣的任务。接着，后续连队及炮兵相继进城。从俘虏口供得知，南乐警备队守备北门及城东北段城墙，东门及小围子是大名的“剿共”第一军守备，小围子里还有几十名日军。第七团徐副参谋长和项立志营长、杨劲政委（当时该营设有政委）商议，鉴于敌情尤其是日军的情况还未查实，死老虎要当活老虎来打。五连伤亡不大，仍用五连继续向南发展，从东北包围小围子；六连向西发展，从西北包围小围子；特务连向西北发展，肃清城墙上的敌人，攻占北门；七连做预备队，准备对付日军。他们将战况及下一步打法派参谋报告七团政委杨俊生后，当即得到同意。杨政委并向他们通报了一营的战况。当时已是凌晨 2 点。二营及特务连随即展开，向指定目标攻击前进。

攻城开始后，一营在营长李光前、教导员赵阳带领下，秘密接近到城东南角至东门之间，选择在一段还未修好的城墙处，组织火力掩护四连竖梯登城，迅速夺占了一段城墙，继而向两翼扩展，攻占了城墙东南角的碉堡。攻击东门时，敌人拼死抵抗，我指战员奋勇登城，一举登上城楼将敌歼灭，毙伤大名警备队 20 余人，俘 50 余人。战斗进展很顺利，一营势如破竹，一直打向西门。

拂晓前，二连向南城楼发起攻击，歼灭清丰县警备队一个中队。接着，三连攻占了鼓楼，并在鼓楼制高点上以机枪掩护一连向警察局院子攻击。在七团等部队登城巷战的同时，清丰县大队在西城墙一举登城奏效后，迅速占领了西城门全部制高点。

天将破晓，二营五连由东北侧逼近伪县府的围寨，迅速肃清了围寨外围之敌。这时，六连由北侧迫近围寨，特务连已将城北门的敌人歼灭。城内未被消灭之敌竞相逃入围寨。

伪县府的围寨，位于城内东北角，原为清丰县保安团驻地。围寨四周筑有五六米高的砖质围墙，墙四角各有一个二层碉堡，自成交叉火力体系。围寨内东、北、西三面的房屋都紧靠围墙，中间是个院子，像是操场，南面的房屋离围墙远些。29 日刚“光临”清丰的“客人”冀南道道尹薛兴甫及各县伪县长、警察所长、警备队长，加上他们的主子日本顾问，都住在这里。

徐副参谋长和项营长看了小围寨东面及北面的地形后，决定先以炮兵摧毁东北角的炮楼，后从这里突破。因为东侧紧靠民房，可以隐蔽部队；北侧有约 100 多米的空地，可以使用炮兵。随即下达了炮兵射击，五连突击，七连跟进，六连由西北角佯攻的命令。

各单位接受任务后，马上进行了战斗准备。炮兵将九二步兵炮和八二迫击炮分别架在北侧民房内，掏开屋墙作射击孔。五连的突击准备工作也在紧张顺利地进行着。二排听说要组织突击队，马上有18名同志挺身而出，组成了突击队。

30日凌晨5点30分左右，炮兵向小围寨东北角的炮楼开炮，我九二步兵炮一炮即把炮楼下部打了一个大洞，趁硝烟弥漫之际，五连二排排长朱怀泉带领突击队，在我机枪、手榴弹掩护下，一跃而出，直奔敌炮楼。突击队在激战中，牺牲9人，重伤3人，轻伤4人，只有2人未负伤。最后，就是这4位轻伤员和2个未负伤的同志顽强地守住了突破口。战后，军区通令嘉奖了这18位战斗英雄。

五连副连长陈景玉带二梯队一排进入突破口后，即令在炮楼顶架上机枪，掩护一排夺占东屋。东屋内十多个敌人被击毙数名，其余举手投降。正在这时，西屋及南屋的敌机枪向炮楼及东屋猛扫，紧接着西屋出来40多个敌人，南屋出来20多个敌人，在日军顾问的督战下，又向五连反冲击。陈副连长即令各种火器准备好，把敌人放过操场中间。“打！”一声令下，五连一阵猛打，敌人当场倒毙30余人，其余仓皇逃回。

接着，项营长令五连将东屋后墙挖开，解决进出路的问题，并督促该连向南发展并夺占北屋。陈副连长即令一排挖开东屋南墙向南发展，令二排以火力掩护三排夺占北屋。激战至早晨7点多钟，三排夺占了北屋，歼敌20余人。一排夺占了南屋，与敌人在屋内进行了拼搏，歼敌40余人。我伤亡10余人。之后，敌人又一次组织了对南屋的反冲击，被我击毙20余人，乃固守在西屋。此时，六连报告，发现敌人向西撤退。项营长即令六连留下一个排协同歼灭围子里的敌人，其余兵力追击逃敌；令七连直插城西北角截住敌人。县城被我突破后，敌人企图固守小围寨待援。小围寨被突破后，敌令李铁山坚守并组织反冲击，同时挖开了小围子的西墙，向西突围。敌人到西北角城墙后，即越墙向北逃窜，随行的除日本顾问及道尹、县长等官吏外，还有李铁山部数百人。我围城部队发现后，即以火力阻击，并喊话令其投降。敌掩护部队见又遇到我军阻击，畏缩不前。日本顾问见状，恼羞成怒，大声号叫着，抽出指挥刀强逼残敌向我军冲击。我清丰县大队三中队，七团一、三连和清丰五、六区基干队等部，遂将逃敌拦腰切断，毙俘二三百人。

卫河县大队在副大队长耿宏等同志指挥下，埋伏于城西韩桥一线。当逃敌窜至韩桥南时，他们当即发起猛烈攻击，歼敌310多人。

另有一股日伪军100余人企图向南乐方向逃窜，途经高堡村南之袁村地区时，观城县大队以一个中队坚守阵地，对南乐方向警戒；两个中队向逃至袁村地区之敌发起攻击，以猛打、猛冲、猛追的动作歼敌大部，只有30多名敌人钻入袁村村内，依仗院落顽抗。该大队迅速将村包围，逐院打通院墙，用进逼和攻心相结合的战法，终迫伪军缴械投降。

城里战斗结束后，潘焱和曾司令员、段政委、万副政委来到东大街，见到清丰县大队副傅学楷，问他抓了多少俘虏，他说有伪军千人，日军8个。我们告诉他，目前大名之敌还没有动静，南乐之敌紧闭城门，估计今天不会有什么新情况，七团等部队即刻撤出城关，要求他搞好善后工作，彻底清查潜伏的日伪特务，收缴好各类物资，特别是武器弹药。

30日上午10点，尚和县大队拔掉了永固集据点，全歼该处守敌。至此，清丰战斗胜利结束。

这次战斗保卫了麦收，扩大了根据地，活捉伪冀南道道尹薛兴甫和伪县长、伪警察所长等伪官吏40余人，以及冀南道新民会总会日本顾问河本、调查委员福田稔等30多日本人，俘伪军官100余人、士兵1200余人，击毙伪冀南“剿共”保安联合军指挥官李铁山、冀南道日本联络部代理部长名取正雄大尉、联络员川本以及伪军200余人，缴获轻机枪21挺、步枪1500余支、子弹1万余发、战马15匹、汽车2辆，还有大批其他物资。

攻克南乐

曾思玉　段君毅

1945 年春天，八路军各部都发动了春季攻势，冀鲁豫军区于 4 月下旬发起了南乐战役。南乐位于我冀鲁豫边区之腹心地区，是日伪军在卫河以东地区的一个重要的最强固的战略据点，城内外驻有伪军 2600 余人，日军近百人。

冀鲁豫军区命令第八军分区七团及地方武装一部攻打南乐城，由该军分区司令员曾思玉和政委段君毅负责指挥，要求 4 月 24 日晚 10 点打响战斗。

22 日，我们第八军分区，在集结地区——南乐城东南之马村集召开营团干部会议，传达军区作战命令，分析敌情，商定攻城的作战部署。

南乐城敌人的防御工事比较坚固。全城共有炮楼 15 个，炮楼高低不一，最高的十余米，且暗堡密布。城墙高达十余米，四个城门两侧筑有岗楼，并设有拒马、铁丝网。城墙外的护城河，设置有鹿寨和木栅栏，重要地段设有铁丝网。城外之李屯、吴屯、三里庄、袁庄、左宁寺、前后陈庄等伪军据点，均筑有防御工事。据点周围挖有一道三四米宽、四五米深的壕沟，并设置有吊桥及鹿寨、木栅栏等。各据点守敌多则上百人，少则数十人。

根据敌人的城防工事和兵力部署，会议确定，以军分区炮兵连、特务连、公安连及南乐、昆尚县（今划入东平县和阳谷县）基干大队配属七团为攻城部队，由团长温先星、政委杨俊生指挥。打法是，攻克城垣后，即穿插分割敌人，先歼灭伪军，后歼灭日军。濮县、清丰县基干大队分别包围城外伪军据点，以军事打击和政治攻势相结合的办法克敌制胜。

会后，各部队迅速进行了战前动员。我们八军分区还在集结地召开了誓师大会。分区政治部范阳春主任在战斗动员中提出“打到南乐去，消灭鬼子兵，活捉杨法贤，解放南乐城”的战斗口号，鼓舞了部队和群众的斗志。

24 日黄昏后，攻城部队由曹八屯分途向南乐城进发，一路上各部队隐蔽疾进。一个半小时后，主攻部队七团二营抵近南乐城西北角，一营抵近城西南角，三营为预备队，在城外野地和麦地里隐蔽待机。助攻部队南乐和昆尚县基干大队，已神速地占领了城东关和西关。

攻城部队进入待机地域后，迅速组织班排以上干部骨干，巧妙地利用地形地物，隐蔽地从麦地摸到南乐城守敌的副防御设施——鹿寨、木栅栏下勘察地形，选择突破口和火力阵地，并派出精干分队破坏敌人的鹿寨、木栅栏，开辟通路，为部队偷袭或强攻做准备。

当时，城墙上敌人的岗哨对攻城部队的行动有所察觉，但只是毫无目标地乱放了几枪。游动打更的敌人，在城墙上不时当当当地敲着梆子，喊着：“注意啊……”

二营突击连的勇士们，勇敢沉着，一个接一个，悄然通过了敌人的鹿寨、木栅栏，并架梯作桥，越过护城河，隐蔽待命。真是兵临城下，鸦雀无声。

强攻准备工作就绪。时针指向了晚上 11 点，前线指挥员还未观察到内线情报员的联络信号，个个无不心急如焚：怎么搞的，是不是内线出了乱子呢？

在这重要而紧急的时刻，七团首长机断行事，命令火力队突然开火。顿时，枪炮齐鸣，迫击炮及轻重机枪对准城垣突破口地段猛烈射击，突击连投弹组的勇士们手提装着打开盖子的手榴弹的筐子，奋不顾身地跃到城墙下，快速地将手榴弹掷向城墙上，炸声如雷，砖石横飞，火光冲天。紧接着，我突击连的冲锋号声和勇士们的喊杀声响彻南乐城。不到十分钟，我攻城部队即以排山倒海之势，一举登城成功，并打退了敌人的反冲锋。

我们八分区前进指挥所设在距南乐城数里的野外。当我们看到三发绿色信号弹从二营方向腾空而起时，兴奋异常。曾思玉欣然自语道：“只要登城奏效，南乐解放指日可待！”

不一会儿，七团在电话里向分区指挥部报告：“一、二营及三营七连（在二营东侧）登城奏效，助攻部队也分别从城东关和西关登上城垣。北门城楼被我占领，城门已被炸开，后续部队正在入城巷战。”

冀鲁豫军区杨勇副司令员闻知攻城部队奏效后，立即让曹里怀参谋长在电话里转告我们：“祝攻城部队登城成功，望发扬七团勇敢顽强、连续作战的战斗作风，狠狠地打。”

我攻城部队突破城垣后，不堪一击的守城伪军，慌乱地龟缩到城内各围寨炮楼里，企图负隅顽抗，固守待援。

25日凌晨3点，我军各部队迅速对敌进行分割围歼。拂晓前，七团一营围歼了伪警察所和新民会大楼之敌；三营围歼了合作社守敌；二营解决了伪自卫团和城隍庙伪军2个连，肃清了十字街以东的伪军，并控制了全城的制高点天主教堂。与此同时，七团一、二、三营各一部还分别包围了伪县政府和伪军旅部及日军据点。

这时，城内部队十分活跃，各部队求战情绪很高，争先恐后地要求强攻敌最后几个据点。攻城部队领导随即调整部署，进一步明确了主攻部队和助攻部队的攻击目标与打法。

25日白天到夜晚，我军各部队采取灵活机动的战术，对伪旅部、伪县政府和日军之据点轮番实施佯攻，借以消耗敌人，察明敌情，选择突击的目标和方位。

在我军的袭扰打击下，守敌惊恐万状，机枪、迫击炮、掷弹筒，一阵接一阵地乱打起来。有的同志打趣说：“我们这一手真是妙极了，不仅察明了敌人的火力点，而且迷惑了敌人，消耗了敌人的弹药。”

在对敌人进行袭扰打击的同时，我主攻部队抓紧时间，隐蔽地进行坑道作业，步步逼近敌伪驻点。当日夜间 10 点，七团二营、三营和一营分别对伪县政府和伪军旅部和日军据点发起攻击。二营阵地上的炮兵抵近射击，弹无虚发，仅几发炮弹就把伪县政府围寨的炮楼轰开一个大洞。爆破组的同志们奋勇跃进，穿过硝烟和尘土，把一捆 20 余公斤的炸药靠在敌炮楼脚下。随着一声闷雷似的巨响，敌炮楼又被炸开一个大洞。二营指战员经过一番冲锋拼杀，全歼了伪县政府之敌。

三营对伪军旅部发起攻击后，遭到了伪军的顽强抵抗，伪东亚同盟自治军第三旅参谋长郗仲英亲自督战，并几度将动摇士兵斩首示众。26 日上午，三营逐步打通营房，接近了伪旅部之主炮楼，在连续打垮伪军反击后，将坑道挖至主炮楼下，以大量炸药实施爆破，将炮楼炸开一条十多厘米宽的裂缝。炮楼里的敌人大部被震昏，少数非死即伤。片刻，被围在寨内的伪军乱作一团，不时传出惊呼狂叫的嘈杂声，枪声也随之稀疏。

在这种形势下，我军对敌展开了政治攻势。不一会儿，敌人从围寨和炮楼的枪眼里举出了一面面白旗，并把枪支弹药丢了出来。

一营的攻击，由于日军据点工事坚固，火力猛烈，也由于爆破点选择不当，距敌炮楼 30 米，一时未能轰垮敌炮楼。

但是，一营的战士表现得非常勇敢。攻击开始后，三连爆破组战士王新善、刘双芝相继负伤，后继战士王钦有并没有被前两个战士的负伤和敌人猛烈的火力所吓倒，他怀着复仇的怒火，义无反顾地冲了上去……他负伤后被抬到担架上时，还不住地说："唉，这次最难过的是我没有完成任务。"

我七团一营攻击受挫后，随即调整部署，对日军实行四面包围，依托民房与之对峙，并集中特等射手，用日本九九式狙击枪封锁日军炮楼和地堡的射击孔，掩护部队进行近迫土工作业。

26日凌晨3点，杨勇副司令员打电话给曾思玉，询问强攻日军据点的准备情况，并通报说，大名日军出动增援，军区前指拂晓前转移。面对这一突发情况，我们和机关的同志做了紧张而冷静的分析思考。在一些同志各抒己见之后，曾思玉谈了自己的想法：大名之敌增援南乐，要渡过卫河，沿途有我兄弟部队和地方武装的阻击，可为我们赢得歼灭日军的时间。我们要当机立断，抓紧时间，对日军发起强攻，坚持最后五分钟，务求战役全胜。大家一致同意曾思玉的想法和决心。

接着，曾思玉把七团温团长和杨政委叫到东城门楼分区前进指挥所，通报了敌情，并命令他们立即调整部署：三营集结担任预备队。二营轻装出动，火速沿南乐至大名公路向卫河、大名方向前进，注意与沿途兄弟部队联络，若遇到敌人，要采取灵活机动的战术，节节抗击，迟滞援敌行动，保证一营全歼日军。一营抓紧准备，待命强攻。

曾思玉还让侦察科科长邱克难派出三名便衣侦察员，骑自行车沿南乐到大名的公路，迅速查明卫河和龙王庙方向的敌情，并规定了沿途投掷手榴弹报警的信号。

随后，我们分别派出参谋人员向军区首长及其他参战部队领导报告了我们的决心、部署及相互协同的意见。

正当大家焦急等待的时候，两个便衣侦察员飞车而至，侦察班班长气喘吁吁地报告说："卫河东岸没有新情况，七分区的部队在那里，卫河桥已被他们破坏，急得日军在西岸直打枪放炮，狂呼乱叫。我留了一个侦察员同七分区联络。"

指挥所的同志听了侦察班班长的报告，兴奋异常，信心倍增。曾思玉即刻用电话向七团温团长下达了强攻日军据点的命令。之后，机关的同志登上东城门楼，观察一营对日军据点的攻击。

"哐、哐、哐……"我们的迫击炮发言了，没几炮就把敌炮楼打了一个大洞。与此同时，我军轻重机枪以严密而猛烈的火力封锁敌人的射击孔。末日即将来临的日军仍在顽强反击，炮楼二层上的重机枪疯狂地扫射着。隐蔽在敌炮楼左前方房子里的三连七班战士李传海，抱起重 20 余公斤的炸药包，破门而出，踏着砖块瓦砾，飞快地越过二三十米的开阔地，冲到炮楼墙下，敌人的机枪在他的头顶上吼叫着，子弹擦身而过。李传海把炸药包紧靠着墙放好，点燃导火索后，又在敌人的热烈"欢送"下安全地撤了回来。随着一声天崩地裂般的巨响，砖石块像冰雹一样从天而降。透过弥漫的硝烟，隐约看到日军围寨西南角炮楼被炸开一个一米多宽的大洞，敌人的重机枪腿也挂在炮楼上。

冲锋号音未落，三连班长刘光亭的战斗小组神速占领了西南角炮楼，随后又抢占了西北角炮楼的顶部。当他们冲下炮楼底层时，遭到四个日军的反击，第一战斗小组组长顾作林当场牺牲，其他同志撤至炮楼顶部，用手榴弹消灭了炮楼里的日军。

八班激战的同时，日军大院里也展开了惊心动魄的搏斗。从堂屋冲出来的十几个日军，分成两股，企图分头抢夺西南角的炮楼，增援西北角炮楼。“跟我来!”三连副连长张德祥拔出手枪，就要带领四班去迎击敌人。五六个战士上去阻拦张副连长。张副连长火了：“放开，我知道小心!”说完就冲了出去，当他从南屋通过院子跑到西屋门口时，不幸中弹牺牲。愤怒的战士纷纷从东屋、南屋和西屋的门口和窗户里向敌人投弹射击，顿时院子里硝烟弥漫，敌人号叫着退回堂屋。

四班班长吴功先带着全班对堂屋发起了攻击。战士郭宗棠端着刺刀冲上堂屋门阶，向从门里冲出来的一个日军刺去，没想到对方突然朝他来了个反刺，正中他的胳膊，痛得他丢掉了枪。但他迅速从地上捡起另一支枪，与敌人拼杀起来，直到战斗结束才上了担架。白刃战中，九班战士阎俊召突然看见敌人挺刀向副班长张友太的脑门刺去，急忙伸手抓住敌人的刺刀，对方一拉，他的手被割破，接着敌人从后面刺中了他的左肋。阎俊召回头连刺两刀，刺倒了敌人，当他拔出刺刀时，鲜血已染红了枪托。战士石学义，在同敌人拼搏中，枪托被打断，赤手空拳与敌人夺枪，鲜血直流，最后和敌人扭打在一起，壮烈牺牲。经过一个半小时的激战，树田中队的 37 名日军全部被歼。

我们八分区能在三天之内全歼南乐城守敌，是与其他军分区部队、地方武装的密切配合作战分不开的。这次战役，我军攻克南乐城及其周围所有据点，全歼守敌，共击毙日军 50 余人、伪县长以下官兵 300 余人，生俘伪东亚同盟自治军第三旅旅长杨法贤、旅参谋长郗仲英、特务团团长杨俊卿以下 3000 余人，缴获步枪 2600 余支，轻机枪 60 余挺，重机枪 4 挺，掷弹筒 15 具，迫击炮 2 门，马 50 余匹，以及炸弹厂、枪炮修械所与粮食等。

这次战役的胜利，巩固和扩大了解放区，使卫河西与卫河东解放区连成一片，十几万人民得以重见天日。冀鲁豫军区政治部出版的《战友报》称："此役之壮伟，实为我区空前未有之战绩。"

困走沁源敌*

王新亭

1945 年春，太岳区广大军民在国内外大好形势的鼓舞下，热烈响应毛主席发出的关于“扩大解放区，缩小沦陷区”的号召，区党委和太岳军区决定，对沁源守敌发动大规模的围困作战。指出：日寇已经成了强弩之末，全线开始崩溃，沁源党政军民要实行总动员，在全太岳各县的支援下，对困守城关与交口之敌发动总围攻。

决定下达后，第一军分区代理司令员李成芳、政委（地委书记兼）顾大川、政治部主任刘有光等同志，亲自去围困沁源前线，传达上级精神，发动广大人民群众，调整兵力部署，对日伪军据点展开猛烈的袭击和围攻。从 3 月中旬开始，在全太岳区各县的积极支援下，沁源县的广大党政军民齐出动，在沁源与交口两据点的周围和二沁大道上，首先埋

* 本文选自《王新亭回忆录》，解放军出版社 2008 年版，收录时做了适当修改。

设了各式地雷 5000 多颗，封锁敌人。并且用灰土、柴草、圪针刺等分段铺设，进行伪装，明雷暗雷相结合，造成了一个真真假假的地雷阵。而后派出各个游击集团，抵近日伪军的炮楼、岗哨，以冷枪袭击敌人。同时派出一部分穿便衣并进行了化装的游击小组，摸到敌人的据点内部，进行袭扰。一时间，在敌人的据点内，不仅黑夜是我们游击队的活动天下，就是连白天也可以畅行无阻了，闹得日伪军日夜不得安宁，吃不上饭，喝不上水，还到处挨打。在不到一个月的时间内，日伪军踏响了我游击队埋设的地（石）雷 200 多个。仅 4 月 9 日那天，从沁河到河西村的五里路之内，就踏响了 60 多颗地雷。同一天，从沁县窜出 1000 余日寇向沁源救援，结果在二沁大道上，触炸了 90 多颗地雷，遭到了重大伤亡。

在我军民猛烈围攻之下，沁源据点内的日伪军丧失守备信心，终于在 1945 年 4 月 11 日从沁源撤退，逃回了沁县老巢。在撤逃过程中，又连连遭到我民兵游击队的阻击、截击和地雷的轰炸，共炸死炸伤敌 300 余人。沁源县广大军民经过 30 个月的艰苦围困斗争，在党和军区的领导下和全太岳区人民的支援下，终于获得了最后的胜利。

在这次围困作战中，共进行了大小战斗 3500 多次，毙伤日伪军 4300 余人，曾经造成过一个 1600 平方里范围的“有鬼（日寇）无人（沁源人民）区”。日寇的“山岳剿共实验区”计划最终以惨败而告结束。

当时担任太岳区党委书记兼军区政治委员的薄一波同

志，后来在《没有人民的世界》一书序言中指出："在抗日烽火燃遍祖国大地的日子里，敌后军民在中国共产党的领导下，用自己的机智勇敢和流血牺牲，写下了无数可歌可泣的英雄史诗。1942 年到 1945 年，晋冀鲁豫区太岳抗日根据地沁源 8 万军民坚持二年半之久的对敌围困斗争，就是其中极为壮烈的一页，值得我们和子孙后代永远铭记不忘。"薄一波同志还亲自将沁源人民的战斗精神向党中央做了汇报。《解放日报》当年还发表了《向沁源军民致敬》的社论，高度赞扬了沁源人民。

后来，我曾在太岳军区的一次干部会议上，讲到了沁源军民围困日寇据点的几种作战方法：

一是广泛地进行麻雀战、冷枪战，摸敌哨兵，袭击骚扰。如我三十八团的一个连，摸到沁源城边，对城内正在出操的日寇突然开火，一次就毙伤日寇 40 余人。日寇和伪军的枪支、弹药、军用品，常常被我们的民兵巧妙地摸出来。有一位老情报员，带领两个民兵，黑夜摸进交口日寇据点内，打死敌人哨兵，赶出 60 多只羊来。

二是大摆地雷阵，在日寇守备据点内的营房、城关大街、小巷，和据点周围的村庄以及道路、岔口，到处张贴"此处有地雷"的纸条子和插上木牌子。真真假假，假假真真，地雷爆炸声不断响起，炸得日本鬼子胆战心惊，草木皆兵，寸步难行。

三是破坏敌人的交通线。在沁源至沁县的二沁大道上，民兵和游击队广泛地敷设地雷、三角钉等，并伏击日寇的辎重部队，使其不能通车运输，得不到物资补充。尽管日伪军出动1500余人，大肆抓夫抢修临（汾）屯（留）公路，却被我沁源军民不断袭击，损失300余人后，日寇只得放弃修路计划，又缩回屯留。

四是断绝日伪军的粮源和水源。1943年初，每天夜间都有数百名男女老少，在游击集团的掩护下，摸进沁源城内及其附近村庄搬出粮食达7000多担。城内的水井，也被民兵用砖石填死，或用粪便弄脏，井上的提水工具全部被毁坏。扰得日寇饮食全无，无法坚守据点。

沁源军民围困日寇据点斗争的胜利，也是我全太岳区人民的伟大胜利。它生动地证明了毛主席关于人民战争思想的伟大和正确，显示了人民群众游击战争的强大威力。沁源据点内的日寇不是被飞机、大炮给轰走的，而是被沁源8万多军民所汇成的巨流冲走的。这次沁源广大军民对日寇的长期围困斗争，是以军事斗争为主，结合政治攻势和经济封锁等全面、全民的斗争。广大军民在党的一元化领导下，创造出许多可歌可泣的英雄赞歌。诚如当时《解放日报》在题目为《向沁源军民致敬》的社论中所指出的那样：“模范的沁源，坚强不屈的沁源，是太岳抗日根据地的一面旗帜，是敌后抗战中的模范典型之一。”

光复东平*

曾思玉

东平，位于泰安、肥城西南，东平湖东畔，是鲁西较为富庶的地区之一。这里盛产小麦，流传着“收一收，吃九秋”的民谣。自 1938 年沦陷后，东平成为侵华日军的一个粮源点。到了 1945 年春天，已陷入灭顶之灾的侵华日军，仍没有放弃对东平的占领和掠夺。入春以来，他们加紧实施实质是抢夺夏粮的所谓“夏季政治攻势计划”，准备发起大规模的抢粮活动。

为了粉碎敌人的抢粮计划，收复失地，1945 年 5 月 9 日，冀鲁豫军区决定组织东平战役，主要攻占东平，相机夺取东阿，乘势扫除盘踞于嘉祥、济宁、金乡、鱼台地区的伪军及国民党顽军。攻击开始时间为 5 月 17 日晚上 10 点，要求战役必须于 20 日拂晓前结束。整个战役由冀鲁豫军区杨

* 本文原标题为《光复东平城》，收录时做了适当修改。

勇副司令员、曹里怀参谋长携电台随我们八分区进至东平附近统一指挥，我是第八军分区司令员。

接到军区作战命令后，我们八军分区党委常委进行了认真的研究和部署，决心集中优势兵力，坚决打好这一仗。5月11日，我们军分区前进指挥所在昆山县（今划入东平县和梁山县）商老庄（今属东平县）召开了县团以上主要干部会议。会上下达了作战命令，并交代了各梯队的作战任务。军分区政委兼地委书记段君毅提出了“攻克东平城，消灭日伪军；扩大解放区，武装保卫麦收”的战斗口号。

5月17日黄昏前，各参战部队从集结地域出发，向各自作战目标疾进。晚上10点，七团在城南接近城垣。一营埋伏在南城楼至东南城角炮台间之护城河南岸，二营在城西南，待命行事。事先，东平县敌工部的同志已争取了驻南门城楼伪军中队长解广运，答应为我攻城部队打开城门。晚上11点左右，七团副参谋长徐仲禹、副主任惠毅然、东平县敌工部部长郭刚等，在特务连一个排的掩护下，接近南门，用暗号与内线联络，但联络不上。原来解广运突然变卦，内线已被破坏。当时，对方诡称道：“你们讲话听不清，靠近一点。”就在徐副参谋长等上前与之对话时，伪军突然从城墙上扔下几颗手榴弹，惠副主任和郭部长躲闪不及被炸伤。

徐仲禹怒从心头起：“等老子打进城，非把你们这伙汉奸严办不可！”说完就跑到二营阵地，命令炮火支援，实施强攻。

担负突击任务的一营一连，从南门西侧，以勇猛、机智、神速的动作，抵近城墙，架起云梯，一举偷袭登城成功。守城伪军被突如其来的突击队打得措手不及，突击队迅速向南门城楼发起攻击。与此同时，一营二连越过护城河，在南门城楼东侧600米处偷袭登城奏效后，登上城墙的突击队员和城墙下的同志一起向西边的南门城楼进击，并以火力封锁了城楼东侧的马道，切断了城楼守敌唯一的退路，城楼守敌在我左右夹击下大部被歼。残敌走投无路，顺墙坠下，落荒而逃。一连连长李如田和指导员立即派人打开南门，入城部队按照任务区分，迅速对敌进行穿插、分割和包围。一连沿城墙向东进击，夺占了城东南角炮台后，又顺城墙内侧向北，毙伪军30余人，拿下东门，直捣伪省警备大队。二、三连从西、南两侧包围了伪省警备大队。二营入城后，顺南北大街向纵深进击，迅速包围了伪县政府、伪县警备大队和新民会。拂晓前，三营在兰玉良副营长和李廉泉政委带领下，入城后直插城东北角，先歼灭了日军围寨西侧文庙内的伪军，继而将日军围寨包围起来。被围之敌惊恐万状，盲目地用迫击炮、掷弹筒向我部队轰击。

天亮后，七团指挥所进至城内。根据敌我态势，团领导决定，以步、炮、爆（破）密切协同的动作，对敌人进行各个击破。接着，一、二营对所围之敌发起了攻击。伪省警备大队是土匪底子，多为歹徒，他们负隅顽抗，拒不投降。一营三连从南面、二连从西侧攻入院子后，合力杀敌，敌大部投降，少数拼死向日军围寨方向突围。然而，深知自身难保的日军，不仅不让仓皇逃去的伪军进围寨，反而向他们开枪射击。这些丧家犬在无路可走的情况下，便向三营阵地扑来。当时，徐仲禹和三营营部的几个同志正从七连回营部，刚走到七连和九连接合部的一个操场中间，便与这股伪军遭遇。卫生班班长刘汝景等同志用身体掩护徐仲禹，边走边打，到了九连。七连、九连一起向敌开火，消灭了这股敌人。在这次截击突围之敌的战斗中，七连指导员石玉昌臀部负伤，九连三排排长壮烈牺牲。

伪县政府、伪县警备大队和新民会之敌在二营及炮兵连的猛烈打击下，大部投降，一部被击毙，百余人夺路逃走。这股敌人逃至城西北之马口村附近，被我外围部队截获。城外之北大桥、孟楼、三官庙、大安山等据点之敌，在我军事打击和政治攻势下纷纷缴械。

三营围住日军围寨后，迅速扫清了外围障碍。至 19 日上午，东平城之伪军已基本被解决，只剩下围寨里负隅顽抗的 30 多名日军。我攻城部队除留下三营及炮兵连攻歼这股日军外，其余部队相继撤至城外集结待命。

日军盘踞的围寨位于东平城东大门里，原来是一个姓王的地主的一所宅院。敌人在宅院四周修筑了围墙，围墙四角各有一个炮楼，中间有座房子，加高了一层，成了中心炮楼，炮楼下面设有暗堡，工事坚固，易守难攻。围墙外是三米宽、三四米深的壕沟，沟外是民房。

18 日至 19 日下午，三营及炮兵连展开了紧张的强攻准备工作：组织分队袭扰日军，掩护部队突击进行土工近迫作业。经过紧张的作业，很快挖成了多方向的交通沟掩体，接近了围寨。炮兵阵地设在壕沟外边的一座破瓦房里，炮手把房墙挖个大洞作射击孔。主攻连七连的突击队隐蔽于壕沟边的几幢民房里，靠近壕边正好有一道旧屋残墙，突击队把残墙铲得很薄，以便发起攻击时推倒冲锋。温团长、徐副参谋长等团的领导分别到各连阵地，检查落实强攻准备情况。攻击前，徐仲禹和兰玉良在团指挥所，向我报告了强攻的部署和准备情况，我向他们交代了注意事项。当时的兵力部署是，七连为主攻连，二排担任突击，一排、三排为第二梯队，并组织火力掩护。突破口选在围寨西北角偏南处。九连为第二梯队，并以一个排在围寨西南佯攻。八连在围寨以东佯攻。

19 日下午 5 点攻击开始。九军分区的山炮首发击中西北角敌炮楼，我军山炮、迫击炮连续轰击，将敌炮楼打了好几个洞。冲锋号吹响后，我主攻连和佯攻连同时在火力组掩护下发起攻击。处于枪炮声、呐喊声和硝烟包围之中的日军，弄不清我军虚实，一时惊慌失措。隐蔽在壕边残墙后的七连突击队，推倒残墙，越过壕沟，冲至围墙下。七连王万仙副连长指挥梯子组迅速架起了云梯，突击班班长温元汝等率先登上围墙。连文化干事牟金光在登上围墙的一刹那被敌机枪打中牺牲，接着又有四五个突击队员相继中弹掉下梯子。带伤坚持战斗的指导员石玉昌发现梯子竖在敌两座炮楼中间的围墙垛口上，正冲着敌炮楼的射击孔，即令把梯子移至右边，避开了敌人的火力。突击排和二梯队（一排、三排）大部越过围寨后，石玉昌命令一个班在围墙上捅个洞，保障后续部队及时跟上。就在部队向敌人冲击的时候，兰玉良副营长不幸中弹牺牲。当时三营没有营长，跟随七连的徐仲禹副参谋长和营政委李廉泉即指挥全营作战。

在七连攻入围寨的同时，九连一排和八连的同志先后向围墙角上的炮楼发起了攻击。战斗到深夜，围寨四角的炮楼及寨里之房屋全部被我攻占，敌人大部被歼，只剩下十多名日军在中心炮楼做困兽之斗。七团领导一边让军分区敌工干事用日语向敌喊话，进行政治攻势，一边组织部队做强攻准备。残敌拒不投降，我们每喊一次话，日军都要向我射击投弹。相持了两三个小时，战士马清章气火了，用冷枪接连打死两名敌军，敌人才老实了一会儿。团营领导决定消灭这伙法西斯匪徒。为了减少不必要的伤亡，决定用炸药包爆破，让残敌坐“飞机”去见他们的“天皇”。

七连虽在南乐让伪军杨法贤的旅部坐过“飞机”，可是让日军坐“飞机”还是第一次，而且地形条件远不如南乐有利，关键是如何把炸药包放到炮楼上。在一排的“诸葛亮”会上，三班的耿流章和孙保常，自告奋勇担任了这一艰巨而光荣的任务。他俩表示：“只要不死，就一定完成任务！”

他俩在火力掩护下，从黑暗处快速向前跃进，把炸药包放到了炮楼门口的一边。但是，由于导火索和雷管衔接不好，第一次爆破失败了。

正当七连组织第二次爆破时，忽听炮楼里传出一片声嘶力竭的号叫声，一声巨响之后，从炮楼里蹿出一个捂着肚子的日军。这才知道顽敌在绝望之下集体自杀了。那个跑出来的日本兵，原来是编在日军里的一个朝鲜人，他自称是被迫参战的。

第二天拂晓，七连三排继续搜索时，发现一间厨房里还有几个负伤的日军靠墙坐着。当我们的战士接近时，苟延残喘的日军一跃而起，端着刺刀扑了过来。三排的同志迅速闪到门外，用日语喊话，要他们投降。僵持了十多分钟，敌人拒不出降。三排的同志只好登上房顶，掀开瓦，连投下几颗手榴弹，将这些拒不投降的残敌“报销”了。

5 月 20 日，我军分区部队又拔除了东平城外最后一个伪军据点——二十里铺。至此，沦陷七年之久的东平城遂告解放。在这次战役中，我中央纵队歼灭日伪军 1300 余人，缴获迫击炮 1 门，掷弹筒 11 具，重机枪 2 挺，轻机枪 30 余挺，长短枪 1000 余支，汽车 1 辆，战马 30 余匹，麦子 75 万多公斤，布匹 6 大车，电台 1 部，电话机 10 余部等装备和物资。

在我中央纵队向东平城之敌发起攻击的当天夜里，左纵队一军分区部队攻入东阿县城，先在东城解决伪警备队一部，后围攻西城之日军据点。经过三天土工作业，将坑道挖至敌碉堡。但因情报不准，以为肥城援敌已到，遂仓促爆破，未能摧毁敌碉堡，即撤出战斗。日军也于我军撤出后逃回泰安。

右纵队之十一军分区和九军分区骑兵团，根据国民党顽军孙秉贤等部到处流窜、驻地游离不定的特点，组成南北两个支队，向顽军进行分进合击。但因地区过大，我兵力太少，顽军就地分散突围，故未能达到战役目的，仅将唐口、刘庙两据点之伪军吓跑。5 月 19 日，右纵队以强攻手段攻克伪军据点喻屯，歼灭济宁伪自卫团 350 人及伪军刘本功部一个中队 160 余人、汉奸杆子会 200 余人，共缴获长短枪 200 余支、机枪 6 挺。

东平战役的胜利，极大地震慑了梁山、汶上和宁阳之敌。有些据点的伪军感到危在旦夕，在东平城被克之日便闻风而逃。

这次战役，收复失地 725 平方公里，使冀鲁豫根据地直抵津浦路，使东部之泰（山）西、运（河）东、运（河）西、湖（微山湖）西连成一片，扩大和巩固了鲁西抗日根据地，鼓舞了抗日军民夺取抗战最后胜利的信心。

连克四城*

秦基伟

“毛主席号召扩大解放区!”“朱总司令发布了反攻命令!”“日本政府无条件投降!”“抗日战争胜利了!”……动人心魄的讯息，像惊雷闪电般，在 1945 年 8 月上、中旬，接二连三地传到太行山东麓的李川沟。

李川沟，是横切太行山的一条小川，槐河淙淙蜿蜒其间。这条沟，向东可出赞皇、元氏、石家庄；向西山峡回转，翻越太行山脊就是昔阳县境。当年我们太行第一军分区就是依托了这条绵延数十里的李川沟及其附近的层峦叠嶂，与敌军持久苦斗，度过了民族解放战争最艰难的岁月。

熬过了八个年头，盼望已久的胜利喜讯终于来了！可是，正当人民兴高采烈的时候，躲在峨眉山上的蒋介石也加快了发动内战的步伐。他借助美帝国主义的支持，妄图假受

---

* 本文节选自《回忆出击平汉铁路作战》，收录时做了适当修改。

降之名，劫夺抗战胜利果实，重新把中国人民投入内战的血海。

按照党中央的指示，刘、邓首长号召全区立即进行紧急动员，将分散的部队迅速集中，放手发动群众参军参战，组成声势浩大的反攻大军。我们在接到上级的反攻命令之后，迅速收拢了军分区主力第十团，并将昔阳、和顺两个独立营合编为昔和独立团；派人通过敌工站向前锋段各日伪据点发出最后通牒，限令他们停止一切敌对行动，立即向我军接洽投降事宜。

8 月 17 日下午 3 点，我们在军分区机关所在地黄北坪附近的河川地上，召开了反攻作战誓师大会，并举行了阅兵式。会场周围人头攒动，挤满了看热闹的老百姓。十团团长向守志向我（原为太行军区第一军分区司令员，此时已被任命为太行军区司令员，未到职）报告人数之后，我陪地委负责同志在军乐声中检阅了部队。“同志们准备好了没有?”“准——备——好——了!”部队的答词是复仇之火，义勇之声，激越嘹亮，惊天动地。接着，我开始做动员讲话，我们要千军万马，浩浩荡荡，杀下太行山！当我最后宣布第一仗打赞皇的时候，战士和民兵们情不自禁地欢呼跳跃起来。

赞皇县是我们当面的头一个钉子。日本投降后，该县我地方武装和自卫队已经收复了外围的若干据点，逼敌退守县城。此时，城内除仍驻扎着日军 1 个小队外，另有伪军 600 人左右，地主武装“联庄会”等游杂土顽 500 多人，这帮家伙长期以来为虎作伥，经常配合日军进山“扫荡”，是我们的死对头。“膏药旗”一倒，他们的精神支柱没有了，但又不甘心向八路军投降，而是采取收缩态势，妄图凭借多年经营的城池苟延时日，等待投靠“中央军”。

8 月 18 日，我们军分区第十团和临城、赞皇两个独立营包围了赞皇县城。从力量对比来讲，当时我们的主力不过 800 人，但是随军行动的 3000 多民兵却很壮声势。城内敌人一下子摸不清我们的底细，不知道八路军为什么忽然冒出这么多，颇感恐慌。

在此之前，我们通过敌工关系给伪军小队长以上的军官发了劝降书，又对守敌展开了一昼夜政治攻势。城内敌人稳不住劲了，最先逃跑的竟是日本人，他们见伪军军心浮动，自觉势孤力单，钻城北高粱地跑到元氏去了。

8 月 19 日傍晚，我们开始火力攻击。曳光弹交织着火网，手榴弹的爆炸不时腾起一个个彩色火球。20 日 0 点左右，城内敌工站的同志出来通知部队：伪军已乱，正在溃逃。我军就势攻城，拿下了城东南角敌人的核心地堡。同时分兵一路，在城东北白壁村、白鹿村和纸屯一带追歼逃敌。早上 6 点，旭日东升，云霞满天，我军完全解放了赞皇。共毙伤俘伪军 500 多人，缴火炮 1 门，长短枪 120 余支及其他军用品。

解放当天，县政府召开了军民庆祝胜利大会，号召群众参加八路军。群众的踊跃程度超出预料，一天就报名 1080

人。但部队一时要不了那么多，只好耐心解释，从中挑选了300人补充主力，其余留下参加民兵自卫队和县独立团。

赞皇解放后，我军声威大震，临城之敌很有一些不祥的预感。伪县长寇宏谟、伪国民党县党支部书记吴荫溪等人员白天还硬着头皮支撑门面，一到晚上就都钻进炮楼，以防不测。

9月8日，一分区十团、五十团（昔和独立团）、临（城）内（丘）独立团和2000余民兵分路疾进，直逼临城。作为胜利之师，我们一路行军一路歌，威风凛凛，势不可当。

下午3点，参战部队和民兵在临城西北黑城村戏楼前集合。我向部队做动员讲话，历数日伪军和汉奸卖国贼对临城人民犯下的滔天罪行，要求部队奋勇杀敌，为民复仇。十团和五十团还提出开展战斗竞赛，看谁先登城，先突破，先解决战斗。日终之前，我军将临城团团围住。

晚9点40分，战斗先在北关打响。担任主攻的十团通过火力威逼和政治瓦解，迅速拿下城东北角普利塔附近的炮楼，守敌全部投降。紧接着，五十团也登上了东城墙。那时候地方兵团武器装备很差，攻击能力不强，但指战员们都有一种为民复仇、义无反顾的使命感，作战非常勇敢。特别值得一提的是那些刚刚补进来的新战士，他们连枪还没有，便揣着两颗手榴弹跟老战士一块爬梯子登城。有的牺牲了，还没能穿上一套军装。正是凭着这种压倒一切敌人的气势，战斗发展比较顺利。两个团突破后，进入激烈巷战，歼敌大部。残敌退守城西南角和西北角的两个炮楼。

西南角是核心炮楼，砖石结构，比较坚固。寇宏谟、吴荫溪带着百十人据此负隅顽抗。9 月 9 日拂晓，我沿着掏了洞子的民房，进到距这个炮楼三四十米的地方指挥部队作战。我向敌人喊话："你们不要打了，给自己留条活路吧！我们胜利已成定局，你们继续与人民为敌，就彻底消灭你们！何去何从，快快选择！"寇宏谟、吴荫溪拒不投降，煽动伪军拼死效命，并且以钱买鬼，一个手榴弹的拉火环可领 10 元伪币的奖赏，敌人竞相往炮楼外投手榴弹，硝烟弥漫，弹片横飞。我见敌人不肯投降，抄起身边的机枪，瞄准敌人的射击孔还击，战士们的枪口也随之喷出了愤怒的火焰。我们的工兵利用断壁残垣掩护，抵近敌碉堡，进行爆破，把敌人的炮楼炸了个大窟窿，一股浓烟随着暗红色火苗直往上冲。吴荫溪见势不妙，企图夺路逃跑，被我军击毙；寇宏谟和其余敌人缴枪投降。

随后，城西北角的炮楼也被我军用炸药轰开。至上午 8 点 30 分战斗结束，全歼守敌 1000 余人，其中生俘 600 多名，缴获一批武器弹药。一夜之间换了天地，临城人民喜出望外。

大反攻也是大发展。十团下太行时只有 500 来人，打完临城，一下子就扩到 2800 人。队伍越打越兴旺，攻势越来越凌厉。9 月 16 日晚，五十团和临内独立团以及部分民兵又向内丘发起攻击，仅20分钟，就从两处登城突破，不到1个小时解决战斗，共毙俘伪军300余人，缴枪200多支（挺）、掷弹筒2具。

20日，临内独立团派遣一部兵力北上，与高邑独立营包围平汉路东之高邑县城。在打入敌人内部的敌工人员的策应下，兵不血刃，轻取该城，缴枪200余支。

此后，我们根据党中央和晋冀鲁豫军区关于彻底破坏所有铁路，以迟滞敌人北犯之行动的指示，发动赞皇、临城、内丘、高邑四个县13万群众，对平汉路元氏至内丘段进行大破袭。解放了的人民，长期积郁在心头的复仇怒火猛烈迸发出来，他们不分男女老幼，整村出动，分段包干，铆着劲、发着狠地干，只用了五个昼夜，敌人的这段铁路被搞了个天翻地覆面目皆非。

我们一分区连下四城，并顺势收复鸭鸽营、冯村、镇内、官庄等车站，基本上扫清了分区范围内的敌伪残余据点，彻底摧毁了日伪的反动统治。

古城邯郸的新生[*]

高厚良

1945年8月15日，日本政府宣布投降后，蒋介石为了抢夺抗战胜利果实，公然不准人民军队受降，并向解放区发起进攻。9月中旬，正值国共两党在重庆谈判之际，国民党第一战区胡宗南部2个军的先头部队已进至洪洞附近；第十一战区孙连仲部3个军及河北民军，在日伪军的掩护下北渡黄河，侵入新乡、汲县地区，与伪军孙殿英部会合，妄图北进邯郸、石家庄一线，打通平汉路。

邯郸是平汉路上的重镇，华北的南大门，河北南部经济、文化、交通的中心，历来为兵家必争之地。日军撤走后，在我晋冀鲁豫边区军民强大的反攻中，大名、临清、鸡泽、曲周、武安等县相继解放，从这些县逃窜的伪军、汉奸和土匪，竞相麇集邯郸城。曾当过国民党军中将师长、伪冀

---

* 本文原标题为《古城新生——忆解放邯郸》，收录时做了适当修改。

南“剿共”军教导司令的郭采芹，伪冀南道道尹王冠英，伪军头子郭化民（郭采芹之侄，曾当过日军统治下的民团团长）等投靠了蒋介石，所部被收编为国民党军“冀晋豫边区挺进军第三纵队”，国民党军统特务孙嗣同为参谋长。之后，他们按照国民党的指示，加紧构筑城防工事，积极策应北上的蒋军。

为了切断平汉线，阻止蒋军北上，晋冀鲁豫军区刘伯承司令员、邓小平政委电示冀南、太行部队，暂时放弃攻打平汉路两侧残余之敌据点，迅速集中兵力拿下邯郸。9 月下旬，晋冀鲁豫军区王宏坤副司令员召集冀南军区第三、五、六军分区负责人会议，下达了解放邯郸的作战任务。我任第三军分区司令员。

当时，驻守在邯郸城内及其周围的敌人有 4000 多人，城内 1000 余人，郭化民率一部驻守东门和丛台，西门是原肖根山的警备大队，南门是原刘崇山的警备大队，北门是原冀国藩的邯郸反共自卫团。城外，西庄驻敌 1300 多人，铁路西有 2000 多人，城南 70 多人。城防工事坚固，且有日军留下的充足的弹药、粮食和药品。

根据敌人的城防工事、兵力部署及其北犯部队日益迫近的态势，王宏坤副司令员决定，解放邯郸的战斗分两步进行：第一步，扫清外围，消灭城外敌人，将残敌压缩到城里，不让敌人突围；第二步，攻城，全歼守敌。并确定，10 月 1 日夜间发起总攻，尽快结束战斗，占领邯郸。

会议一结束，我们第三军分区立即召开团（支队）和县大队的领导干部会议，传达军区会议精神。之后，进行了紧张的战前准备工作，各级领导反复对部队讲了迅速拿下邯郸，切断平汉线，阻止蒋军北上，对于保卫抗战胜利果实，配合毛主席在重庆的和平谈判，落实党中央关于“向北发展，向南防御”的战略方针的重大意义。邓小平政委对我们说：“你们不是很关心毛主席在重庆的安全吗？你们打得越好，消灭敌人越多，毛主席在重庆就越安全，就越好说话。”这极大地鼓舞了干部战士的斗志。

9 月 29 日，我们接到了冀南指挥部的作战命令：第三军分区部队消灭东城角、西南关东半部之县合作社、神社、伪道尹公署一带之敌。夺取该地后，主力集结于东城角待命。

10 月 1 日晚上 10 点钟，信号弹腾空而起。接着，四面八方的机枪声、步枪声、手榴弹的爆炸声响彻夜空，扫清外围的战斗打响了。我第三、五、六军分区的部队以摧枯拉朽之势，向邯郸城外围守敌发起猛攻。

十九团在攻打电灯公司时，守敌凭借电网进行顽抗。由于我指战员缺少电的知识，不懂电网对人的危害，加上歼敌心切，奋不顾身地向电网扑去。结果被电网吸住了，后面的战士去拉，又被吸住了，好几个战士就这样献出了生命。后来，还是用手榴弹把电网炸开，部队才冲进电灯公司，将守敌全部歼灭。

冀鲁豫抗日游击纵队第一团五连三排排长带领全排沿邯

山路向敌人穿插进攻时中弹牺牲。战士们怒不可遏，高呼着复仇的口号杀向敌人，很快歼敌一个排。

天将破晓，我军相继攻下火车站、面粉厂、电报大楼、电灯公司和新民医院等据点。残敌仓皇逃进城里。我军以极小的代价扫清了城外之敌。接着，部队投入攻城准备工作。

10 月 3 日，太行军区司令员秦基伟率太行第一支队加入了战斗。我冀南、太行两支部队近万人，将东西 500 米、南北 1500 余米的邯郸城垣团团围住。冀南指挥部命令 4 日夜发起总攻。

为防敌外逃，各部队对其作战地区外围进行了严密封锁。我指挥部仍在邯山马路电话局不动。

按照作战分工，各部队立即调整部署，勘察地形，选择突破口，积极进行攻城准备。攻打南关的冀南第六军分区十九团，打通了靠近城墙的民房墙壁，并把距城墙最近的墙壁凿薄，以便攻击开始时，推倒墙壁冲锋。我军仅有的一门在百团大战中缴获的 88 毫米野炮，隐蔽在距南门 200 米、东南角炮楼 350 米的地方，做好了抵近射击的准备。攻打西门的太行部队迅速完成了土工作业和爆破的准备工作。

10 月 4 日下午 4 点，我敌工人员协助我军接通了敌司令部的电话，我们要敌人放下武器，但敌拒不投降。

晚 7 点 30 分，三发绿色信号弹腾空而起，我军攻城开始。南门外，我 88 毫米野炮首发命中城东南角炮楼，敌尸、枪支、砖块飞上天空。战后得知，当时正在炮楼里指挥残敌顽抗的敌参谋长孙嗣同当场毙命。紧接着，第二炮又把南门城楼削去半截。与此同时，十九团爆破组的战士抱起炸药包，推倒墙壁，跃到城墙下，巨声响处，城墙被炸开一个口子。硝烟弥漫之际，隐蔽在城墙下的十九团突击队，在火力掩护下，兵分三路，向南门城楼、东南角炮楼和城墙缺口扑去。有的搭起梯子，吆喝着："上""快!""跟我来！……"正当我突击队缘梯登城的时候，城上的敌人把梯子炸断了。战士们冒着枪林弹雨立刻扛来新梯子，搭在城墙上，奋勇登城。掩护部队以机枪、步枪、掷弹筒、手榴弹组成强大火力压制敌人。有的干部、战士被敌人的燃烧弹烧着了军衣，有的中弹坠城，献出了生命。前面的倒下了，后面的又紧跟上，战士们一个接一个迅速登上了城墙。紧接着，大部队也冲进城内，同敌人展开了争夺每一条街、每一座房屋的激战。

在我南面部队攻城奏效的同时，其他方向的部队也先后攻入城内，与敌展开了巷战。十九团和第四军分区基干支队一部在我地下工作人员带领下，兵分两路，一路直捣敌司令部，一路向西发展。敌司令部的官兵躲藏在房屋和工事里，疯狂地向我军射击。我指战员用手榴弹轰炸房顶，但邯郸的房屋多以石灰灌顶，手榴弹根本炸不开。我指战员将数公斤的炸药包抛向屋顶，炸毁了房屋。敌酋王冠英、郭采芹指挥督战队、敢死队拼死向我军进行三次反扑。其中一次，敌把我军一部分部队压回了十字街口，多亏十九团特务连及时赶来，才击退了敌人的反扑。经过一番激战，敌人主力丧失殆尽，已无力反扑。王冠英、郭采芹带着残敌一部逃进敌司令部的核心工事，继续顽抗。郭化民带一部分人退守丛台。

我军迅速包围了敌司令部核心工事，敌人的数挺机枪疯狂地扫射，我军难以接近。我们的战士急中生智，把 15 公斤的炸药包捆在一根长竹竿上，点燃导火索，伸向敌核心工事顶端。一声巨响过后，我军冲进敌核心工事，消灭了守敌，并生擒王冠英。侥幸逃脱的郭采芹，第二天在丛台西边的定角寺就擒。

攻打丛台的战斗十分激烈。丛台位于城东北角，相传是战国时期赵武灵王为观看军事演习和歌舞而修建的，丛台高 7 米、东西长 59 米、南北宽 22 米，向南突出一段，长 50 米、宽 10 米。台东有如意轩，台北有赵王宫，台顶的武灵台，高 13 米、直径 19 米。敌人凭借丛台这一制高点拼命顽抗，他们把浇了汽油的滚木点着推下台来，使人防不胜防。我们的战士不顾枪林弹雨、滚木横飞，前仆后继，向上猛攻。当部队攻上丛台时，垂死挣扎的敌人又点燃了汽油，霎时火光冲天，浓烟腾空。我们立即组织部队扑灭了大火，使丛台这一名胜古迹得以保全。战斗在继续，干部带头向敌人发起攻击。正在这时，只听敌人喊叫："不得了啦，八路打过来了，快跑呀！"这一惊叫，竟使敌人失魂落魄，争相逃命。原来是太行一支队从西面、第六军分区部队从南面攻过来了。继而，我各路攻城部队向残敌发起了围歼战。

激战中，残敌见大势已去，便蜂拥向东，纷纷从高达十多米的城墙上跳下护城河，企图逃命。但他们哪里知道，这正好进入我第三军分区部队的埋伏区，溃逃之敌被堵在河里，一个个成了落汤鸡，爬上一个被抓一个，一下抓了800多人。解放邯郸城的第二天，老百姓还在护城河里捞上几十具敌尸。

经过4个多小时的激战，我军胜利解放邯郸。除郭化民（解放后被我抓获处决）等少数敌人侥幸逃脱外，余敌全部被歼。其中俘敌“冀晋豫边区挺进军第三纵队”副司令王冠英、原伪冀南“剿共”军教导司令郭采芹等1700余人。缴获迫击炮2门、轻重机枪31挺、长短枪1700余支、食盐500多吨，以及大批粮食、弹药、布匹、药品等物资。

在这次解放邯郸的战斗中，我军共伤亡营以下指战员300余人。邯郸的解放，使我太行和冀南解放区连成了一片，使蒋介石打通平汉路、抢占华北解放区的企图失败，并且配合了毛主席在重庆的谈判。